MADAME TI
MÈNE L'ENQUÊTE

Frédéric Lenormand est l'auteur de nombreux romans et essais historiques. Sa fameuse suite des aventures du juge Ti compte aujourd'hui dix romans policiers.

Frédéric Lenormand

MADAME TI MÈNE L'ENQUÊTE

Les Nouvelles Enquêtes du juge Ti, vol. 5

ROMAN

Fayard

TEXTE INTÉGRAL

ISBN 978-2-7578-0052-2
(ISBN 2-213-62440-2, 1re publication)

Merci à Christophe Looten
de m'avoir suggéré l'idée de ce roman.

Personnages principaux

Dame Yin, jeune mariée.
Pei Hang, riche négociant, mari de dame Yin.
Bouton d'Or, concubine de Pei Hang.
Hue, général en retraite.
Hue Feng, fille du général, ancienne épouse de Pei Hang.
Zao Zao, portraitiste mondain.
Liu Ngai, apprenti du peintre.
Puissance de la Vérité, grand prêtre taoïste.
Wen, médecin du juge Ti.

L'action se situe en l'an 666. Le juge Ti, âgé de trente-six ans, est magistrat de Han-yuan, ville située au bord d'un lac, non loin de la capitale impériale des Tang.

I

Un mariage est célébré dans les larmes ; un beau portrait consterne une jeune mariée.

Toute la nuit précédant l'ultime étape de son mariage, Mlle Yin conserva une bougie allumée à côté d'elle. Incapable de dormir, elle ne pouvait s'empêcher d'espérer contre toute raison que le matin ne viendrait jamais. Lorsque le soleil se leva sur la deuxième journée du rite traditionnel, celle où devaient se conclure les épousailles, ses tantes et cousines surgirent dans sa chambre, les bras chargés de tissus et d'armatures, pour confectionner la coiffure complexe imposée par l'usage. Des doigts habiles arrangèrent sur sa tête un agencement de bois et de soieries précieuses. Ses cheveux furent enduits de cire d'abeille. On posa sur son crâne une planche droite sur le devant, arrondie par-derrière. Puis on tira ses mèches à travers le col d'une gourde. Elles furent étalées sur le panneau et aplaties de nouveau à la cire. Des supports placés aux angles se croisaient assez haut, comme la charpente d'un toit. On fixa à la partie arrondie de la planche un cadre fait de bâtonnets de bambou qui s'élevaient en pointe au-dessus de son dos. Une étoffe rouge, aux coins garnis de cordons torsadés, vint recouvrir l'ensemble comme une nappe, et on noua tout autour une chaîne de perles et d'ornements en argent garnis d'une longue frange bordeaux. Cette frange, qui pendait jusqu'aux épaules de la jeune fille, masquait entièrement son visage.

– S'il te plaît, prends ma place, souffla-t-elle à l'une de ses cousines à travers ce voile. Mon époux ne s'apercevra pas de la substitution. Il est riche, tu feras une bonne affaire !

L'adolescente resta interloquée par le sérieux avec lequel Harmonie lui avait fait cette proposition. Toutes les femmes présentes éclatèrent de rire, feignant de croire qu'il s'agissait d'un bon mot destiné à détendre l'atmosphère. Le tissu qui dissimulait les traits de la promise empêchait de voir son expression, fort éloignée de la plaisanterie.

Un lot d'étoffes rectangulaires brodées, héritage que les femmes se transmettaient de mère en fille, fut cousu sur la structure pour la recouvrir tout à fait. Une bande de brocart rouge, drapée sur les bords, tombait dans son dos. Des fleurs en argent furent épinglées devant et derrière. Ainsi parée, Mlle Yin ne pouvait se déplacer sans se heurter aux meubles et chambranles. L'un de ses petits frères la guida par la main pour rejoindre la salle de réception. Elle ressentait l'horrible impression d'avoir été enfermée dans une cage, comme si la prison du mariage venait de se matérialiser tout contre son corps. Ainsi harnachée, elle ne risquait pas d'aller loin si l'envie la prenait de fuir les fastes de la cérémonie. Il lui faudrait au moins trois servantes pour se débarrasser de tout ça, une fois rendue à sa destination finale, la chambre conjugale où s'écoulerait la majeure partie de sa vie d'épouse.

Mlle Yin prit place sur un tabouret, bien droite pour ne pas risquer de renverser l'architecture compliquée de sa coiffure, ce qui aurait été de mauvais augure. Par la fenêtre, elle apercevait la cour et les deux ou trois domestiques de la maison, qui s'affairaient pour être prêts à recevoir les invités. Il régnait dans l'air une odeur âcre : son père, dès l'annonce des fiançailles, s'était empressé de faire donner un coup de propre à leur demeure, qui en avait bien besoin. On avait repeint le porche, les poutres les plus apparentes, et le produit utilisé n'avait pas eu le temps de sécher complètement.

Ses parents avaient fait de leur mieux pour que le moindre détail approchât de la perfection. Pourtant, Mlle Yin ne pouvait s'empêcher de constater que rien de tout cela ne correspondait à ce qu'elle avait imaginé. Elle était loin de ses rêves, et ce décalage lui donnait l'envie de fondre en larmes. Elle parvenait encore à se maîtriser, au prix d'un effort qu'elle n'était pas sûre de pouvoir tenir jusqu'au moment où il lui faudrait disparaître dans ses nouveaux appartements de femme mariée, pour laisser les convives s'amuser sans elle, ainsi que le voulait la coutume. Elle ne pouvait que regretter son état d'esprit, à l'opposé de l'heureuse humeur exigée par ladite coutume. On avait inventé des coiffures pour entraver les corps, que n'avait-on conçu des systèmes aussi efficaces pour contraindre les pensées !

Un tintamarre de crécelles tira la jeune fille de sa somnolence. Elle ouvrit les yeux. Les valets se hâtaient d'ouvrir le portail à double battant. La famille du mari arrivait chez eux à l'heure fixée. Les émissaires, des domestiques en livrée, apportaient des boîtes rouges, laquées, de forme ronde, pleines de présents tels que des feuilles de bétel[1], des noix d'arec, du vin, des pâtisseries, cinq sortes de fruits, une paire de bougies, et d'autres objets symbolisant le confort nécessaire à une paisible union.

Les invités qui entouraient à présent Mlle Yin ne purent éviter de voir qu'elle pleurait. Ils se dirent que c'était le regret de devoir quitter ses parents, ou la tristesse d'avoir à rompre de façon si brutale avec l'enfance.

On avait dressé sur le seuil de la maison un dôme de feuillages où était accroché un petit tableau magnifiquement décoré. Chacun pouvait y lire les quelques mots signifiant que la jeune épousée se rendait chez son mari le jour même, ce qui tenait lieu de faire-part à l'attention du voisinage.

Elle sortit enfin, soutenue de chaque côté par une dame de sa famille. Lorsqu'elle arriva près d'un palanquin traditionnel du plus bel écarlate, on eut la surprise de la voir tourner les talons. Les matrones l'empoignèrent fermement par les deux coudes et la forcèrent à prendre place à l'intérieur. Les porteurs soulevèrent aussitôt l'équipage, qui franchit le porche l'instant d'après, avec tant de hâte que les invités de la noce durent presser le pas pour le rejoindre dans la rue.

Mlle Yin parcourut ainsi le chemin qui la séparait de la maison Pei, cernée de joyeux drilles appointés pour éloigner les démons en faisant le plus de bruit possible. Une crépitation de tambours signala bientôt qu'on s'arrêtait devant la nouvelle demeure. La procession pénétra dans une tente carrée dressée pour

1. Poivrier grimpant dont les feuilles contiennent des principes stimulants.

l'occasion, où furent servis des gâteaux et du thé. Une servante apporta un bol de vinaigre à la jeune mariée, toujours assise dans le palanquin nuptial. Une autre lui tendit une tige métallique chauffée au rouge, que Mlle Yin trempa dans le liquide pour le faire bouillir. Elle en avala quelques gouttes : boire l'amer breuvage avant la cérémonie préservait, disait-on, le mariage de toute acidité.

Un petit orchestre composé d'un hautbois, d'un tambour, d'un gong en bronze et de cymbales entonna un air de bienvenue. Les musiciens firent trois fois le tour de la procession. On aida la promise à s'extraire du palanquin, mais quelque chose semblait entraver sa démarche ; elle s'immobilisa devant le portail, incapable de faire un pas de plus. Les domestiques du marié la saisirent pour lui permettre d'enjamber le seuil surélevé qui barrait l'entrée.

– Entrez, Madame, lui lança l'un d'eux. Allez ! Ne soyez pas timide !

Elle franchit ainsi le porche, poussée, tirée, sans presque poser le pied à terre. L'assemblée des serviteurs, hommes et femmes, l'attendait dans la cour d'honneur. Ils lui firent gravir les trois marches qui menaient au perron, et elle se retrouva dans le premier salon de la résidence. Un homme en costume d'apparat agitait un plumeau et des clochettes devant l'autel où étaient disposées les tablettes symbolisant les membres défunts de la lignée. C'était un prêtre taoïste, chargé d'expliquer aux ancêtres Pei qu'une nouvelle maîtresse allait vivre ici. Le prêtre choisit deux tasses et y versa de l'alcool, puis il recommença à chanter en se penchant d'avant en arrière. Une fois ses invocations terminées, il croisa les bras et confia les tasses à ses assistants. À leur tour, ceux-ci les offrirent aux mariés, qui burent face à l'autel. C'est alors que Mlle Yin vit, ou plutôt pressentit, car elle ne pouvait tourner la tête, que son fiancé se tenait à ses côtés. La libation fut répétée à trois reprises.

La mariée devait maintenant abandonner les salles de réception aux convives et se retirer dans ses appartements privés. C'était comme quitter le monde des vivants pour pénétrer dans la nuit du tombeau.

Plus Mlle Yin avançait dans les profondeurs de la maison, plus les pièces lui paraissaient regorger de souvenirs des précédentes épouses. L'un d'eux lui fit un effet particulièrement vif. C'était le portrait d'une très belle femme. Un poème funèbre tracé à côté de son visage suggérait qu'elle était morte dans tout l'éclat de sa beauté. La jeune épousée resta un moment immobile, les yeux rivés sur cet objet sinistre. Elle aperçut par la fenêtre ouverte la nappe rouge qui recouvrait la table du banquet. Les nouveaux époux n'avaient pas échangé un mot, hormis quelques politesses de son mari, auxquelles elle n'avait pas répondu. Elle pénétra dans la chambre nuptiale qu'éclairaient des lanternes rouges, et, d'un geste sec, claqua la porte derrière elle, laissant son époux au-dehors. La stupeur se peignit sur le visage de ce dernier. Ce sentiment passa comme un voile ; un instant plus tard, il éclatait de rire devant la porte close.

II

Le juge Ti fait une randonnée équestre ; il honore une déesse.

Le juge Ti constata avec soulagement l'absence de nuage dans le ciel, en ce jour où le calendrier lui imposait un déplacement hors les murs. Ses administrés de Han-yuan nourrissaient une dévotion exacerbée envers Bixia Yunchun, la Terre-mère, la Donneuse d'enfants, déesse taoïste de la maternité. Impossible d'échapper à la célébration en grandes pompes de son anniversaire[1], d'autant qu'on avait promis au juge une surprise exceptionnelle. Pour sa première année dans ce district, celui-ci n'avait pas eu le temps d'imaginer une excuse propre à lui éviter de courir les routes de campagne à une heure où il aurait plus volontiers traîné au lit. L'hiver n'était pas encore fini, les petits matins étaient imprégnés d'une humidité à vous glacer les os.

Il s'habilla à contrecœur, se disant qu'après tout il avait choisi ce travail de sous-préfet[2] en toute connais-

1. L'anniversaire de Bixia tombe dans la deuxième quinzaine de mars, selon les fluctuations du calendrier lunaire.

2. Les juges de district ont rang de sous-préfets.

sance de cause. Certes, mieux valait ne pas examiner de trop près les limites du libre arbitre dont il avait pu jouir durant sa vie de fils obéissant, d'élève attentif, puis de fonctionnaire zélé. N'avait-il pas préparé sa maîtrise pour faire plaisir à ses parents, et finalement choisi cette ingrate carrière en province afin d'échapper à leur emprise ? Dans les deux cas, ses véritables désirs n'avaient guère eu de part à l'affaire. Il tâcha de faire le vide dans son esprit tandis qu'il enfilait le justaucorps de laine fine et le surtout matelassé que lui tendait le sergent Hong. Son majordome le pratiquait depuis assez longtemps pour être au fait de sa détestation du froid et de l'inconfort, aussi avait-il su choisir dans ses coffres les habits qui convenaient à ce déplacement. Voilà un homme qui n'avait jamais cessé de servir sa famille, comme trois générations de Hong avant lui ; qu'était-il, lui, l'honorable Ti Jen-tsie, pour se plaindre de son sort de noble, de nanti, de lettré, dont les petites vicissitudes n'étaient que les contreparties d'une situation très avantageuse dans l'empire du Milieu, sauf à verser dans la malhonnêteté ou à déroger aux obligations de sa caste ? Les seules façons de mieux profiter de la vie auraient été de devenir poète pour se vautrer dans la débauche, l'alcool, le jeu et les fréquentations douteuses, ou de s'adonner à une fructueuse activité commerciale, quitte à encourir le mépris de la population, y compris des paysans du plus bas étage. Il s'en sortait aussi bien que possible. Cette idée était la plus positive dont il fût capable en ce matin frileux. Il s'y cramponna tout en trottinant vers la table où l'attendait son premier plat chaud de la journée, une fricassée de porc mariné aux pousses de soja accompagnée d'un bol de riz.

Ses gens étaient déjà assemblés dans la cour du

yamen lorsqu'il quitta ses appartements pour découvrir que l'air était aussi frais qu'il l'avait redouté. Ses lieutenants, Tsiao Taï et Ma Jong, deux solides gaillards, l'aidèrent à se hisser sur sa monture empanachée. Il attendit que ses sbires eussent déployé les étendards proclamant « Tribunal du juge Ti » en gros caractères jaunes sur fond rouge. Puis il donna à son cheval le signal du départ, et le petit cortège s'ébranla en direction du temple de la Princesse des nuages azurés, franchit le portail monumental et traversa les rues désertes de Han-yuan jusqu'aux fortifications, dont les gardes ouvrirent en grand la double porte.

Le sanctuaire était situé assez haut dans la montagne qui s'élevait à l'est de la cité. Le chemin escarpé longeait un précipice au fond duquel coulait un torrent. Les pèlerins n'avaient d'autre choix que de suivre un sentier pierreux qui serpentait à flanc de coteau. Heureusement, les animaux connaissaient le trajet, ils n'avaient pas peur du vide et leur pied semblait sûr. Ti ruminait de sombres pensées à peine tempérées par la somnolence que suscitait le balancement régulier de sa monture. Il voyait une contradiction entre le soin que mettait l'État à sélectionner ses magistrats par un concours épouvantablement difficile qui sanctionnait de longues années d'études, et la légèreté avec laquelle on envoyait ces mêmes hommes attraper la mort dans des contrées perdues pour des motifs futiles. N'aurait-il pas suffi qu'il adresse un message de congratulations, plutôt que de perdre son temps en vaines formalités à l'occasion de l'anniversaire d'une divinité en laquelle il ne croyait même pas ? Non : le Fils du Ciel souhaitait voir ses fonctionnaires flatter les goûts de ses peuples pour la religion et le fantastique, si pénible que cela fût. Le Dragon était le représentant des dieux en ce bas monde, l'intercesseur entre eux et ses sujets. Les habitants de l'empire lui devaient un respect sans réserve, respect sur lequel lui-même, petit chef de district, fondait son autorité par voie de conséquence. Tout cela se tenait et concourait à le jeter sur des routes à peine praticables, par un froid qui interdisait sûrement à Sa Majesté de mettre un pied dans les jardins de son palais.

Au bout d'une heure, ils atteignirent enfin le temple de la déesse. Ils y retrouvèrent nombre de notables qui n'avaient pas hésité à braver les rigueurs de cette fin de saison. Leurs montures superbement harnachées avaient été rassemblées près d'un bosquet vers lequel le cortège administratif se dirigea à son tour.

Les membres du magistrat étaient raidis par le froid qui avait traversé sa culotte serrée aux chevilles. Une fois que ses hommes l'eurent aidé à descendre de cheval sans se rompre le cou, il aperçut le grand prêtre, Puissance de la Vérité, qui l'attendait au bas des marches pour le conduire à l'intérieur du bâtiment. Les deux hommes, le représentant de l'Empereur et celui de Lao Tseu, s'inclinèrent l'un devant l'autre, conformément au protocole. Dès qu'on eut expédié les compliments d'usage, le vieux religieux agrippa de ses doigts glacés l'une des mains non moins gelées du mandarin, comme s'il avait pressenti que ce dernier nourrissait le projet de s'échapper au plus vite de ces lieux battus par les vents. Il fit mine de l'entraîner sans plus tarder dans le sanctuaire :

– Vous allez voir, noble juge : cette année, l'élite de nos chers dévots de Han-yuan s'est cotisée pour offrir à la déesse un splendide cadeau d'anniversaire. Nous ne vous en avons rien dit pour vous en réserver la surprise.

– Je m'en réjouis d'avance, grogna le magistrat.

À un angle du bâtiment, il avisa un débit de thé bouillant tenu par des moinillons et bifurqua de ce côté d'un pas rapide, le prêtre toujours accroché à son bras. La vue de ces théières rebondies, de ces marmites au contenu frémissant, valait à son avis toutes les apparitions miraculeuses de Bixia, fût-elle environnée des flammes en forme d'ogive et couronnée des fleurs ignifugées dont la gratifiaient en général ses exégètes.

Un petit groupe de pèlerins qui, comme lui, souhaitaient combattre la froidure avant de se plier aux exigences de la piété se serrait autour du poêle sur lequel les bedeaux avaient mis l'eau à bouillir. Ti reconnut parmi eux un barbouilleur à la mode, dont le nom lui échappait. Il se souvenait de l'avoir croisé en quelques occasions, ses administrés s'étant entichés de lui à peu près autant que de leur déesse montagnarde. Sa présence l'étonna, les artistes n'étant d'ordinaire ni très religieux, ni très matinaux dans leurs habitudes. Le culte de la Terre-mère lui parut décidément très fortement enraciné dans la population locale.

Vint le moment où Ti ne put plus ignorer l'impatience de Puissance de la Vérité, qui s'obstinait à tirer avec de moins en moins de discrétion sur son habit pour lui rappeler ses obligations. Il se résigna à quitter la tiédeur réconfortante des environs du poêle et gravit les degrés qui menaient à la grande salle du lieu saint, qu'il devinait froide et humide. Elle était surtout irrespirable à cause des innombrables bougies et encensoirs qu'on y avait allumés en ce jour de fête. Une statue monumentale se dressait dans un brouillard de fumerolles. Ti s'inclina devant elle, ainsi que le faisait chaque nouvel arrivant. L'esthète en lui ne pouvait qu'être repoussé par le réalisme outré de la représentation qu'il avait sous les yeux. À tout prendre, il préférait encore les bouddhas dorés des adeptes de la nouvelle religion venue des royaumes barbares de l'ouest. C'était là tout le problème des échanges avec l'étranger : la route de la soie, par exemple, grâce à laquelle on découvrait épices, objets précieux et innovations nées en de lointaines contrées, leur valait aussi d'être envahis par un fatras de cultes plus abscons les uns que les autres, qui prospéraient comme les puces sur le dos d'un mendiant. Les Chinois, d'un naturel curieux, avaient une fâcheuse tendance à faire bon accueil à toutes les croyances délirantes issues des quatre coins du monde. Durant son passage aux archives impériales, Ti avait constaté que Chang-an, la capitale, était un méli-mélo de tout ce que l'univers possédait d'incongruités tant philosophiques que théologiques. Il avait même entendu dire qu'il s'était installé dans les faubourgs une communauté de missionnaires prônant l'existence d'un Dieu unique que ses frères de sang avaient pourtant pris la précaution d'immoler en place publique ! Le taoïsme, par comparaison, prenait valeur de sagesse ; il présentait en tout cas l'avantage d'être bien de chez eux, et ce depuis plus d'un millénaire.

– Le moment est venu de dévoiler la surprise, annonça le grand prêtre, excité comme un gamin le jour de son anniversaire.

– Ah, mais oui ! répondit le juge, qui avait perdu ce détail de vue au fil de ses pensées.

Il chercha des yeux l'horrible candélabre en bronze ou l'affreuse effigie dorée dédiés à une déesse dont le bon goût n'était sûrement pas le trait dominant. Deux religieux apportèrent un trépied recouvert d'un drap. Puissance de la Vérité prononça un petit discours qui permit au juge de comprendre ce qui avait tiré le peintre du lit de si bon matin : la collecte organisée par les fidèles avait été utilisée pour commander à Zao Zao, dont le nom d'artiste était « Sûreté du Trait », un nouveau portrait de la déesse. L'air satisfait de l'auteur suggérait que la pieuse générosité des bourgeois de Han-yuan n'était pas un vain mot.

Au signal du grand prêtre, on fit glisser le drap afin de dévoiler la peinture, une œuvre d'assez grande taille, sur bois, très colorée. L'assemblée des fidèles, principalement composée des donateurs, émit des grognements enthousiastes.

Ti n'était décidément pas fou de l'esthétique taoïste : il jugea l'œuvre chargée et trop expressive. Un soin méticuleux, pour ne pas dire excessif, avait été apporté aux détails. Son opinion personnelle ne l'empêcha pas de se joindre au concert de louanges, afin de ne pas indisposer les citoyens de sa belle cité.

Dès qu'il le put, il laissa les prêtres à leur exultation et se replia vers le buffet, où des gâteaux à l'huile étaient à présent servis pour accompagner le thé bouillant. Il se trouva bientôt nez à nez avec l'artiste, venu abreuver son gosier asséché par les réponses aux innombrables questions quant à l'influence de la déesse sur son travail. Ti entreprit de le féliciter en termes polis pour la qualité de sa réalisation. « Sûreté du Trait », dont la principale source de revenu était le portrait mondain, crut nécessaire de préciser que l'œuvre n'était pas représentative de sa manière habituelle :

– Si je vous montrais le cahier des charges qu'on

m'a imposé ! Ma participation à ce tableau n'a été qu'une formalité. S'ils avaient pu le peindre eux-mêmes, ils se seraient volontiers passés de ma compétence.

– Je suppose que les lingots d'argent qu'ils vous ont versés n'étaient pas une formalité, en revanche, dit le juge.

Comme tous les artistes à succès, Zao Zao affectait une grande décontraction sur le sujet de ses honoraires.

– De l'or, noble juge, des lingots d'or ! Il y a longtemps que je ne travaille plus à moindres frais, grâces en soient rendues aux dieux !

– À la déesse, en l'occurrence, rectifia Ti.

Les donateurs ayant retrouvé la trace de leur peintre chéri, celui-ci fut happé par un aréopage en pleine jubilation artistique. Ce qui laissa au magistrat le loisir de vérifier si le goût taoïste était meilleur en cuisine qu'en peinture. Il avisa au bout d'un moment un personnage de haute taille, au port altier, que divers notables venaient saluer à tour de rôle avec obséquiosité. Tsiao Taï, l'un de ses lieutenants, était justement en train de s'empiffrer à portée de voix.

– Quel est cet individu ? demanda le juge. Un noble du voisinage qui ne m'aurait pas encore été présenté ? Pourquoi ces gens accourent-ils pour lui faire allégeance ?

En lui-même il pensait : « ... plutôt que de venir me faire des courbettes à moi, qui suis leur sous-préfet bien aimé ? » Tsiao Taï expliqua qu'il s'agissait d'un certain Pei Hang, riche propriétaire terrien, venu offrir un sacrifice à la déesse protectrice des foyers à l'occasion de son remariage. La cérémonie s'était tenue peu de jours auparavant, aussi ses invités profitaient-ils de l'occasion pour le remercier une nouvelle fois des fastes déployés pour les recevoir. C'était un homme qui aimait à faire partager son opulence.

– Certes, dit le juge, à quoi bon être riche si personne n'est là pour vous admirer ? L'or sert d'abord à acheter des flatteries.

« Et les honneurs, à vous procurer des ennuis », conclut-il. Conscient de ce que son commentaire n'était pas exempt de jalousie, il engouffra un bon morceau de tourte aux anguilles pour étouffer ce vilain sentiment. Il s'en souvenait, à présent : la fête chez ce Pei avait fait tant de bruit que plusieurs habitants du voisinage s'en étaient plaints aux sbires du yamen. En vain : M. Pei n'était pas regardant sur les sapèques qu'il convenait de distribuer aux employés du tribunal pour avoir gain de cause quel que fût le litige.

L'un après l'autre, les invités rejoignaient leurs montures, qui paissaient tranquillement près du bosquet. Ti estima que sa présence n'était plus nécessaire : la corvée prenait fin. Sa dignité l'engageait même à quitter les lieux parmi les premiers. Il lui incombait de donner le signal du départ, et non de rester en se donnant l'air de vouloir aider à ranger les plats et à fermer la boutique.

Le grand bonhomme prétentieux était justement en train de considérer le cheval empanaché du magistrat, qu'il couvait d'un regard d'évidente admiration. Ti se dit avec satisfaction que les biens d'un mandarin pouvaient encore susciter l'envie d'un gros bourgeois cousu d'or.

– Belle bête ! dit M. Pei, tapotant en connaisseur l'encolure de l'animal.

Ti admit que les écuries du yamen fonctionnaient

au mieux. Inutile de préciser qu'il devait ce privilège à un règlement impérial autorisant les sous-préfets à préempter à vil prix les meilleures montures du district, afin que les émissaires du Dragon n'allassent pas à pied. Grâce à cet abus d'autorité, les fonctionnaires provinciaux, bien que mal payés, se transportaient à travers leur district de manière à représenter dignement le pouvoir qu'ils incarnaient.

– Les beaux chevaux sont comme les belles femmes, reprit M. Pei. Ils font naître la convoitise. Mais, une fois qu'on les a acquis, on s'aperçoit qu'ils coûtent beaucoup trop cher et ne servent à rien !

La bouche du riche propriétaire, ravi de sa comparaison, s'élargit en un sourire satisfait. Ti ne crut pas devoir ajouter quoi que ce soit à ce discours qui n'était aimable ni pour les dames ni pour les quadrupèdes. Tandis que ses lieutenants le hissaient sur sa selle, il songea qu'il n'avait pour sa part « acquis » en tout et pour tout que trois épouses, dont il ne se permettrait jamais de se demander si elles lui coûtaient davantage qu'elles ne lui « servaient ». L'idée lui paraissait insultante aussi bien pour elles que pour lui et pour la longue lignée de femmes dont il était issu, à commencer par sa sainte mère et sa chère grand-mère. Il ne pouvait envisager sa vie sans ses moitiés. Le regard qu'il portait sur elles était loin d'être celui du collectionneur de papillons. Était-il possible que la richesse et l'inaction poussent un homme à galvauder pareillement l'institution fondamentale du mariage ? En cette visite matinale, il avait eu affaire à deux extrêmes : l'adulation envers une figure féminine parfaite et irréelle d'un côté, et de l'autre un désir de possession qui ne masquait que du mépris.

Comme il fallait bien répondre, Ti se rappela que ce déplaisant personnage venait justement de convoler :

– On m'a fait part de votre remariage. Vos voisins en avaient déjà touché un mot à mes employés, à qui vos généreux cadeaux ont su fermer la bouche. Je vous prie d'agréer tous mes vœux de bonheur. Je suppose que votre jeune épouse serait charmée d'apprendre de quelle façon vous envisagez la vie conjugale, à l'intérieur même du sanctuaire de Bixia.

M. Pei s'inclina en guise de remerciement pour ces bons vœux qui l'étaient si peu.

– Je transmettrai vos amabilités à ma chère et tendre dès que je la verrai, répondit-il. En vérité, j'ai été si occupé, ces derniers jours, que je n'ai pas même eu l'occasion de mémoriser ses traits ! Pourvu qu'aucune mauvaise surprise ne m'attende à la maison !

– J'espère que vous avez suffisamment mémorisé ceux de votre monture pour la retrouver parmi celles-ci, répondit Ti, ce qui fit renaître sur le visage du propriétaire terrien le large sourire qui avait tant déplu au magistrat l'instant d'avant.

Le juge salua son incorrigible interlocuteur d'un mouvement de tête très sec et dirigea son cheval vers le chemin qui le ramenait à la civilisation.

III

Le juge Ti descend de la montagne plus vite qu'il ne l'aurait souhaité ; il assiste à sa propre autopsie.

Ti et sa suite entamèrent la longue descente vers la vallée où se dressaient les murs de Han-yuan. Il faisait moins froid. Le soleil s'était levé au-dessus de l'horizon, il dardait à présent les voyageurs de rayons printaniers encore timides. Ajouté aux tasses de thé bouillant dont on les avait abreuvés généreusement, ce petit changement de température fut suffisant pour permettre au juge d'apprécier le trajet du retour jusqu'à lui trouver une sorte d'agrément. Le paysage montagneux était superbe. On se serait cru dans l'une de ces peintures à l'encre noire sur papier bis devenues très à la mode depuis l'instauration de la nouvelle dynastie. Ces rochers tourmentés, ces arbres tordus au-dessus du vide... Il ne manquait qu'un délicat poème sur l'harmonie de la nature calligraphié dans les nuages pour parachever le tableau.

Alors qu'il contemplait ce décor à peine gâché par les cahots de la route, Ti se sentit pencher soudain vers l'abîme. Sa selle glissait, et elle glissait du mauvais côté. Un instant plus tard, il n'était pas nécessaire d'être un fervent émule de Confucius pour admettre qu'il tombait. Il chercha à se retenir aux rênes, en vain. N'ayant plus sous lui qu'une selle à laquelle nul cheval n'était plus attaché, il chut dans le vide. Tandis qu'il dévalait la pente aiguë en tournant sur lui-même comme un gros sac de riz, son esprit se montra incapable d'examiner la situation ou de chercher la conduite appropriée, mais s'égara, au point que sa vie se mit à défiler sous ses yeux. Dans un éclair de lucidité prémonitoire, il songea qu'on allait faire la fête toute la nuit chez les malfrats du district. L'alcool coulerait à flots pour célébrer leur bonne fortune : une selle pourrie avait eu raison du pire tourmenteur qu'ils eussent connu de mémoire de bandit. Le bras armé de la justice avait été vaincu par un vieux morceau de cuir élimé.

Un choc le ramena à la réalité. Sa chute venait d'être arrêtée par l'un de ces rochers en surplomb qu'il admirait un moment auparavant. Il ressentit une vive douleur à la jambe gauche, pliée sous lui. Levant les yeux, il aperçut les têtes de ses lieutenants qui le contemplaient d'un air ahuri, bien loin au-dessus de son perchoir. Comme il luttait pour ne pas s'évanouir, il vit une corde se déployer dans sa direction. Ma Jong, le plus costaud de la troupe, le rejoignit bientôt, soucieux de constater l'étendue des dégâts. Ti était incapable de se lever, son genou ne lui obéissait plus. En revanche, une douleur atroce lui rappelait à tout instant qu'il était vivant.

– Tout ira bien, dit son lieutenant en lui passant l'extrémité de la corde autour du buste. Que Votre Excellence ne s'inquiète de rien.

– Oh, je ne m'inquiète pas, répondit le magistrat. À notre retour, je ferai empaler le palefrenier qui a sellé mon cheval. Cela me fera toujours un spectacle à regarder depuis mon lit de douleur.

Il était bien placé pour savoir que le pal ne figurait plus au code pénal depuis trois générations. La vision du responsable de ses écuries se tortillant au faîte d'un pieu atténua néanmoins son mal durant quelques minutes.

La remontée au bout du câble lui donna un aperçu des tourments infernaux attendant les mécréants qui omettaient d'honorer Bixia avec tout le respect requis. Heureusement, Ti perdit connaissance à mi-parcours, et ce fut une fois allongé sur le chemin qu'il rouvrit les yeux.

– Ne regardez pas ! lui enjoignit Tsiao Taï, qui contemplait ses jambes d'un air navré.

Ti n'avait pas besoin de regarder pour savoir que l'un de ses os devait faire un angle bizarre. Il avait sans doute quelque chose de déboîté et le reste de rompu pour éprouver une sensation aussi horrible. Dans cet état, impossible de tenir en selle. Ses hommes lui confectionnèrent une civière de fortune qu'ils suspendirent entre deux chevaux. On y déposa le juge, qui manqua tourner de l'œil une nouvelle fois. Un choc violent contre sa joue le ranima *in extremis*.

– On m'a frappé ! glapit-il, reprenant soudain du poil de la bête. Qui s'est permis de me gifler ?

Tsiao Taï assura qu'aucun d'eux n'aurait osé attenter à sa dignité. Ti, en dépit de son état, surprit dans la prunelle de son lieutenant une lueur qui ne laissait guère de doute quant au geste que ce dernier venait de s'autoriser sur la personne sacrée de son patron.

– On me moleste, grogna-t-il, sûr de son fait.

Il fallut encore l'arrimer solidement pour éviter que son corps meurtri ne versât une seconde fois dans l'abîme. Enfin le convoi s'ébranla en direction de la cité, où Ti pourrait enfin recevoir les soins et le réconfort auxquels il aspirait de toute son âme.

Comme on ne savait que faire de sa selle rompue, on la lui déposa sur le ventre plutôt que de l'abandonner au milieu du sentier. Tel qu'il se trouvait, il avait sous le nez la courroie fatale. Elle s'agitait devant ses yeux au rythme des cahots. L'enquêteur en lui se réveilla subitement et reprit les commandes de son esprit. L'espace d'un instant, il n'y eut plus ni douleur, ni accident, ni effroi d'avoir frôlé la mort. Il n'y eut plus que cet objet étrange posé à quelques pouces de son visage. Ses yeux scrutèrent le bout de cuir déchiré. Il lui aurait fallu être plus qu'aux trois quarts mort pour ne pas tirer les conclusions qui s'imposaient. Son cerveau enregistra immédiatement et pour longtemps ce qu'il venait de contempler. Alors seulement sa tête retomba en arrière et il sombra dans une semi-conscience réparatrice.

On le ramena en ville à grand-peine. Le plus pénible pour les cavaliers n'était pas tant la difficulté d'un voyage dans ces conditions précaires que les injonctions amères du blessé quand il se réveillait. La constatation de son triste sort était chaque fois pour lui une désagréable surprise dont son humeur se ressentait.

Dès qu'on eut franchi les murailles de Han-yuan, les passant emboîtèrent le pas du cortège avec effarement, convaincus que c'était un défunt que l'on ramenait. Déjà Ti entendait les pleureuses professionnelles s'entraîner sur son passage. Dans moins d'une heure, le temps d'enfiler une robe blanche de circonstance, elles accourraient au yamen pour toucher leur petite prime, en récompense des prières démonstratives dans lesquelles elles ne manqueraient pas de se lancer, pour le repos de son âme, au temple de Confucius, le patron des lettrés.

« Mes bons administrés... » pensa le juge. Dans un deuxième temps, il se demanda si cette promptitude à le pleurer ne révélait pas leurs sentiments profonds à son égard. On l'enterrait un peu vite, tout de même. N'aurait-il pas été plus flatteur que la population se jetât dans les sanctuaires afin de prier pour son rétablissement ? Ses concitoyens se mobiliseraient-ils autant pour sa guérison qu'ils le faisaient pour célébrer sa mémoire ? La pluie de questions du genre « De quoi est-il mort ? » qui s'abattait sur ses lieutenants finit par l'irriter. Il s'efforça de lever une main afin de montrer aux badauds que le cadavre bougeait encore, et fit signe à Ma Jong de s'approcher :

– Fais cesser ce faux bruit, lui enjoignit-il. Ou bien je trouverai mes épouses en robe de deuil à mon arrivée !

Sans se l'avouer, il craignait plutôt de ne pas les voir aussi atteintes par ce malheur qu'elles l'auraient dû, une déception capable de l'abattre définitivement.

Par bonheur, le visage de ces dernières, lorsqu'elles se ruèrent hors du bâtiment pour courir à sa rencontre, montrait tous les signes du désespoir le plus vif. Elles se précipitèrent sur sa civière et cachèrent avec pudeur leurs larmes dans leurs manches après avoir contemplé sa face blafarde, contusionnée, ses cheveux ébouriffés et sales. Il résolut aussitôt de donner libre cours à ses états d'âme de grand malade : c'était le moment de se faire bichonner, rien ne pouvait mieux le consoler de ses déboires.

On ne lui laissa d'ailleurs pas l'occasion de montrer s'il était en condition de prendre la moindre décision.

Madame Première, qui gérait sa maisonnée d'une poigne de fer, prit en main la situation sans hésiter. Elle ordonna aux sbires de dégager son mari de ses entraves avec autant de douceur qu'ils en étaient capables. Dans le même temps, elle chargea les deux épouses secondaires de préparer l'appartement du cher blessé. À tout instant, des domestiques surgissaient pour recevoir ses ordres ; elle les envoyait chercher des habits propres, faire chauffer de l'eau ou quérir le médecin. Ti se sentit glisser dans une passivité ouatée qui n'allait sûrement plus le quitter de toute sa convalescence.

– Le moins qu'on puisse dire, c'est que la protection de la déesse ne s'est pas étendue à moi, constata-t-il d'une voix mourante tandis qu'on tâchait de l'installer sur son lit avec d'infinies précautions.

– Elle n'a pas dû aimer ce petit air critique que vous promenez partout, le gronda sa Deuxième, la plus pieuse des trois. Il est des lieux où il ne sied pas de tout considérer d'un œil sarcastique. Les divinités du panthéon taoïste ne font pas partie de vos administrés ordinaires ! Ai-je tort si je suppose que vous avez eu, dans son sanctuaire, des pensées irrespectueuses envers sa dignité ?

– Notre cher époux, reprit la Troisième, n'a de véritable respect que pour l'Empereur et pour Confucius. Comme il n'aura jamais l'occasion d'apercevoir le premier à moins d'une demi-lieue, et que le second est mort et enterré depuis des siècles, cela ne lui laisse pas grand monde devant qui s'incliner en toute franchise.

Ti poussa un petit cri de douleur destiné à ramener ses épouses au sujet censé les occuper : l'état pitoyable de sa santé.

– En matière de cynisme, vous ne semblez avoir de leçons à recevoir de personne, articula-t-il avec une grimace propre à émouvoir les pierres.

Tandis qu'elles le calaient entre ses coussins, elles se firent raconter l'accident par Tsiao Taï, qui restait dans un coin de la pièce sans savoir à quoi s'employer, les bras ballants.

– Eh bien, vous voyez ! dit la Deuxième, triomphante. Vous devriez louer mille fois Bixia : elle vous a protégé ! Sans elle, vous auriez roulé au fond de ce précipice ! C'est parce que vous veniez de sacrifier dans son sanctuaire qu'elle vous a sauvé ! Nous ferons brûler dès demain deux taels d'encens en remerciement de ses bonnes grâces.

Ti se demanda combien il aurait fallu offrir d'encens pour que la selle tournât du bon côté et non vers le gouffre. Les « bonnes grâces » de la déesse lui laissaient de cuisants souvenirs.

Le sergent Hong vint annoncer que le contrôleur des décès était arrivé. La nouvelle aurait fait bondir le juge s'il avait été maître de ses mouvements :

– C'est un peu tôt pour le médecin des morts, ne croyez-vous pas ? parvint-il à articuler d'une voix blanche.

– Fou que vous êtes ! dit sa Première. M. Wen vient examiner votre fracture. Vos os sont tout ce qui l'intéresse.

– Tant que ma chair est encore dessus, cela me va, dit le juge en se laissant retomber sur ses couvertures.

Le médecin attitré du yamen était aussi celui que l'on chargeait d'examiner les décès suspects. L'administration lui déléguait aussi bien les autopsies des vagabonds ramassés au bord des routes que les rhumes des jeunes Ti. Il se pencha sur le corps du blessé et demanda qu'on le dévêtît davantage afin de pouvoir procéder à un examen détaillé. Ti remarqua sa mine soucieuse. Il voulut croire que c'était le poids de la responsabilité et non l'aspect désastreux de son patient qui l'inquiétait. Après tout, existait-il dans le district un malade plus important que celui qu'il avait sous les yeux à ce moment ? Sûrement pas. Wen jouait sa carrière sur la qualité des soins qu'il allait prodiguer au magistrat. Tous les yeux de la bourgade étaient braqués sur lui. Que leur sous-préfet restât invalide, et sa réputation de guérisseur aurait à souffrir. Ti était presque parvenu à se rassurer lorsqu'il entendit M. Wen murmurer entre ses dents : « C'est pas beau. »

L'examen se prolongeant, il eut la désagréable impression que le contrôleur des décès prenait le pas sur le soigneur. Wen s'intéressait à lui avec une curiosité de croque-mort, il s'était mis à le palper ici et là sans ménagement, comme s'il s'était agi d'une dépouille mortuaire incapable de rien sentir.

– Hé ! protesta le patient, dont on venait de pincer les orteils. C'est à un vivant que vous avez affaire ! Dois-je vous le rappeler ?

– C'est inutile, noble juge, répondit le médecin sans se départir de son expression pénétrée. Et d'après ce que je vois, c'est à un concours de circonstances étonnamment favorable que vous devez cette chance. Le choc qui a brisé votre jambe aurait aussi bien pu rompre votre cou ou votre dos. Ce serait alors un cadavre que je serais en train d'ausculter.

– Oui, eh bien ce n'est pas le cas, grâce au Ciel, répondit le juge, passablement choqué par le détachement professionnel de son visiteur.

M. Wen donna des ordres pour que fût confectionnée une attelle solide qu'il fixa lui-même à la jambe cassée. Le patient en avait au moins pour une lunaison et demie à ne pouvoir poser le pied par terre. Encore lui faudrait-il ingurgiter maints aliments réparateurs, afin que ses os se reforment correctement. Il rédigea sa prescription, où figurait une offrande au temple du dieu de la médecine, signalée comme la partie la plus importante du traitement.

– Vous ne serez plus en mesure de courir les sanctuaires de la région avant un bon moment, prévint-il. Je suggère que votre première visite de convalescent soit pour celui de mon dieu tutélaire : si vous vous en sortez sans handicap, vous lui devrez bien ça.

Ti se força à émettre un petit rire somme toute grinçant :

– Notre cher contrôleur entend la plaisanterie. Vous plaisantez, n'est-ce pas ?

Occupé à ranger son matériel, le médecin émit un son informe dans lequel Ti voulut entendre un « oui ». Il le remercia de sa franchise, tout en songeant par-devers lui qu'il aurait apprécié qu'on fît preuve à son égard d'un peu plus de diplomatie. Il se promit, quoi qu'il en fût, d'envoyer au plus tôt l'un de ses clercs porter en son nom un don généreux à la divinité des jambes cassées. Il avait beau être fervent adepte de Confucius, les aléas de cette journée l'avaient rendu prudent.

Une fois le praticien parti, Ti resta seul avec ses épouses, qui continuaient à s'affairer, approchant un plateau ou concoctant une infusion bien forte. Il se félicita, vu son empêchement, de n'avoir à traiter à ce moment que des litiges sans importance. Il allait pouvoir profiter aussi agréablement que possible du repos forcé auquel il se voyait contraint pour les prochaines semaines.

Ce fut alors qu'il remarqua la mine embarrassée du sergent Hong, qui venait d'entrer. Le majordome s'entretint à l'oreille de madame Première, comme pour s'assurer que son maître était en état d'apprendre une mauvaise nouvelle. La maîtresse de maison ayant acquiescé du menton malgré sa contrariété, Hong s'approcha du lit sous le regard soupçonneux de son patron. Se décidant enfin à parler, il lui annonça que les gardes du poste sud étaient en émoi : un cadavre venait d'être découvert dans la forêt.

IV

Un vieux cadavre dérange le juge Ti ; un sous-fifre prend du galon.

– Une enquête me tombe dessus ! se lamenta le juge Ti. Et je ne suis pas en mesure de la mener à bien ! Décidément, il faut qu'on m'ait jeté un mauvais sort !

Il voyait là un dur coup du destin. Il s'avachit sur ses coussins avec une expression de désespoir intense, sous l'œil navré de ses épouses. Le sergent Hong et ses deux lieutenants se tenaient devant lui sans savoir que dire pour le consoler. Le premier moment de découragement passé, le maître du yamen chercha un moyen de sortir de cette situation. Le mieux à faire était de déléguer quelqu'un sur place. Il se mit à réfléchir tout haut : « Voyons. Il me faut un second moi-même, un homme possédant de l'intelligence, de l'astuce, de l'initiative, capable de me rapporter ce qu'il aura vu avec précision. Vraiment, je ne vois pas ! » À l'énoncé du portrait, ses lieutenants se redressèrent, soucieux d'adopter la digne pose convenant à l'honneur qui allait leur être fait. Le sergent Hong ne doutait pas, pour sa part, que son ancienneté et sa sagesse lui vaudraient la préférence sur les brutes qui s'illusionnaient à ses côtés. Les traits du magistrat se figèrent soudain, sourcils froncés :

– Je n'en vois qu'un, dit-il. Ma décision est prise.

Les hommes de main bombèrent le torse. Le vieux sergent ouvrait déjà la bouche pour remercier son maître clairvoyant.

– Faites venir Tao Gan ! ordonna leur patron. J'ai besoin de lui tout de suite !

Tao Gan était un ancien escroc de petite volée, mais retors et plein d'astuce, que Ti avait sorti d'un mauvais pas : il lui avait évité d'être écharpé par une troupe de villageois que le malandrin avait délestés de leurs économies à l'aide de dés truqués. Plutôt que de retourner à une liberté précaire, le petit escroc avait eu la brillante idée d'offrir ses services à son sauveur. Le juge avait eu assez de finesse ou de cynisme pour pressentir quel parti il pouvait tirer de ses dons : l'homme savait crocheter une serrure, falsifier des documents, imiter les signatures, mentir sans honte, tromper son monde en toute occasion. Le parfait auxiliaire de police. Aujourd'hui encore, Ti n'apercevait nulle part dans son entourage d'esprit plus aigu susceptible de le remplacer.

Le sergent Hong revint dans la pièce en traînant les pieds d'un air sombre. Tao Gan entra sur ses talons. Les deux autres lui jetèrent un regard mauvais. Ti se fit apporter le sceau du tribunal, que l'ancien escroc reçut à deux mains, avec le même respect qu'il l'aurait fait d'une relique sacrée.

– Tu vas aller à la porte sud commencer l'enquête à ma place, lui ordonna le juge après avoir réuni ses dernières forces pour cette passation de pouvoir. Par la suite, au besoin, tu te feras aider de ces deux-là, ajouta-t-il en désignant du doigt ses lieutenants mortifiés qui dardaient sur l'heureux élu des yeux où pointaient des arbalètes tendues à bloc.

Tao Gan, qui avait pourtant la langue bien pendue, fut incapable de trouver les mots pour remercier son maître de cet honneur insigne. Il n'eut d'ailleurs guère le temps de chercher quoi dire : les épouses mirent tout le monde dehors pour permettre à leur mari de prendre enfin quelque repos. Dans le vestibule, elles chargèrent Tsiao Taï d'aller se procurer potions et onguents chez l'apothicaire, et Ma Jong d'allumer de l'encens au temple de la médecine. L'un était devenu commissionnaire, l'autre homme à tout faire ; la répartition des tâches avait quelque peu évolué depuis la maladie de leur chef.

Tao Gan quitta le yamen d'un pas vif, tout imbu de ses nouvelles attributions. Il avait l'impression d'avoir été nommé magistrat de la cité. Tous les habitants seraient bientôt à sa botte : présidents des guildes de marchands et d'artisans, gros bourgeois, petits nobles, officiers de la garde... Mieux encore, toutes les femmes le considéreraient d'un œil nouveau : les jouvencelles, les belles servantes, les riches matrones...

Les gardes de la porte sud le conduisirent sur les lieux de la macabre découverte, une petite clairière entourée d'arbres hauts, dont leurs collègues interdisaient l'abord aux passants et aux curieux. Tao Gan, que chacun connaissait de vue, tira de sa manche le précieux sceau de cornaline et se présenta comme le « remplaçant de Son Excellence et magistrat intérimaire de Han-yuan », titre ronflant qu'il venait d'inventer dans l'euphorie de sa promotion inespérée. Les gardes, un peu surpris, prièrent « Son Excellence » de bien vouloir les suivre. Ils lui montrèrent l'endroit où gisait la trouvaille. Bien qu'il craignît de déroger à sa nouvelle grandeur, Tao Gan consentit à baisser le nez sur la charogne, conscient de ce que le juge n'hésiterait pas à lui savonner ses oreilles d'éminent « magistrat intérimaire » si son récit le décevait.

Il avait devant lui une espèce de momie brunâtre dans laquelle on pouvait à peine imaginer les formes d'une femme. Elle portait çà et là des vêtements tout aussi sales et abîmés qu'elle. Tao Gan se dit que ce n'était pas le genre de spectacle qu'on avait envie de contempler à l'heure du déjeuner.

– Qui a trouvé cette... cette chose ? demanda-t-il aux gardes en désignant avec dégoût l'abjecte apparition.

On lui indiqua deux paysans qui se tenaient à l'écart et jetaient des regards craintifs dans sa direction. Ils étaient restés là pour que Son Excellence, ou qui le représenterait, pût les interroger. Tao Gan avisa un bâton tombé au sol et s'en munit pour triturer la dépouille dont il devinait qu'on attendait de lui un examen attentif.

– Elle est morte depuis longtemps, confia-t-il aux gardes qui l'entouraient et suivaient ses moindres gestes, impatients de recueillir ses commentaires éclairés.

Les hommes d'armes échangèrent des regards perplexes : le juge les avait habitués à davantage d'originalité dans ses constatations, mais sans doute chaque enquêteur avait-il sa manière. Tao Gan en choisit deux, à qui il ordonna de retourner l'objet macabre sur ce qui avait été son ventre.

Il tâcha de mémoriser les indices présents sur le cadavre : tissus, coiffure, état des ongles, qualité des souliers... Le juge lui poserait les questions les plus incongrues, aussi ne ménagea-t-il pas sa peine. Au cou de la victime pendait un petit bijou en or représentant une feuille. Au poignet, elle portait un bracelet de métal d'un modèle que Tao Gan connaissait bien : il l'ouvrit et y trouva un minuscule morceau de papier où figurait un poème licencieux. Il ôta du tas de cheveux encore accroché au crâne de l'infortunée un charmant petit peigne ornemental. Elle avait aux pieds de jolies bottines en cuir ouvragé. Décidément, ce corps était une mine. Il fallait se féliciter qu'il eût été découvert par d'honnêtes gens que la tentation d'une rapine facile n'avait pas entraînés à de regrettables soustractions. Il fourra tout cela dans sa manche en se disant qu'un tel butin aurait valu un bon prix chez un marchand peu scrupuleux.

Estimant que la morte n'avait plus rien à lui apprendre, il alla échanger quelques mots avec les vivants. Les deux témoins, d'humbles paysans du voisinage, s'adonnaient à la cueillette des champignons lorsqu'ils étaient tombés sur ce qui leur avait semblé un vieux cadavre de femme tout desséché, dissimulé dans la nature depuis plusieurs années.

– N'avez-vous rien mis dans vos manches avant d'appeler la garde ? leur demanda-t-il en imitant la mine soupçonneuse qu'adoptait en général son patron pour interroger les délinquants.

Sans s'en rendre compte, en sa qualité qu'enquêteur par substitution, Tao Gan souffrait déjà d'une déformation professionnelle : il avait tendance à prêter aux autres ses propres faiblesses. Les paysans se récrièrent avec véhémence. Ce n'était pas tant l'honnêteté qui les avait retenus que la peur d'offenser un mort en lui volant ses biens. Son fantôme pouvait très bien venir les tourmenter, à la faveur de la nuit. Ils appartenaient à une catégorie sociale chez qui la croyance dans les femmes renardes et autres esprits frappeurs était vivace.

Tao Gan leur demanda si le panier qu'il voyait entre leurs mains contenait la récolte de la matinée. Comme ils acquiesçaient, il le leur confisqua au titre de pièce à conviction.

– Prenez-le, dirent-ils en le lui tendant sans hésiter. De toute façon, nous n'aurions pas pu les manger. Ils ont poussé sur ce terrain, voyez-vous, tout autour de cette pauvre femme...

Tao Gan jeta à sa prise un regard dépité. Il se demanda à qui il allait bien pouvoir offrir sa fricassée, subitement devenue indigeste. Sa visite aux hôtes des bois lui parut terminée. Tandis qu'il prenait congé des soldats, ceux-ci hésitèrent.

– Euh... fit l'un d'eux. Notre magistrat désire sans doute que nous fassions porter ce corps à la morgue du tribunal, afin que le contrôleur des décès puisse statuer sur les raisons du trépas ?

– Bien sûr ! s'exclama Tao Gan. Cela va sans dire ! Faut-il que je vous apprenne votre métier ?

Un spectateur impartial aurait plutôt déduit que c'était à lui d'apprendre le sien. Les gardes, que l'habitude de recevoir des ordres avait rendus dociles, attendirent qu'il fût hors de portée d'oreille pour échanger leurs impressions à son sujet.

Les deux lieutenants du juge Ti furent suffoqués par la transformation physique qu'ils constatèrent chez leur collègue à son retour au yamen. Il se tenait droit comme un pin parasol, le menton hautain, l'œil fixé sur une ligne imaginaire située très au-dessus du vulgaire, comme s'il venait de recevoir le Premier Prix des examens impériaux à la capitale. Impressionnés, ils le gratifièrent d'une profonde révérence et d'un « Seigneur juge » obséquieux. Désormais inaccessible à l'ironie des inférieurs, Tao Gan prenait peu à peu conscience de tout ce dont il s'était privé en s'abstenant de passer les concours administratifs : voilà le rang qui aurait dû être le sien, vu ses capacités intellectuelles, dont même Son Excellence avait été éblouie jusqu'à faire de lui son second. Il oubliait qu'il avait exercé, avant de sombrer dans la délinquance de bas étage, le modeste métier de commis chez un marchand de draps, et que rien ne l'avait jamais prédisposé à suivre les longues, coûteuses et exigeantes études classiques qui menaient au statut de lettré.

Les épouses du magistrat firent entrer les enfants dans la chambre du malade pour qu'ils pussent embrasser leur père, qui venait de réchapper d'un terrible péril. La petite dernière, Lune-de-Printemps, pleurait entre ses mains.

– Qu'as-tu, ma chérie ? demanda le blessé, que la sensibilité de la fillette à ses déboires attendrissait.

– Je suis triste de devoir quitter mes amies, glapit la gamine en reniflant bruyamment.

– Et pourquoi devrais-tu les quitter, je te prie ? s'enquit le juge, un peu déçu de ne pas être au centre des préoccupations de sa progéniture malgré l'épreuve qu'il traversait.

– Parce que, quand tu seras mort, il nous faudra déménager ! dit Lune-de-Printemps sur un ton de reproche.

Ti sursauta sous ses couvertures.

– Mais je ne vais pas mourir ! Qui t'a mis cette affreuse idée dans la tête ?

– Lui, répondit sans hésiter la gamine en pointant un doigt accusateur sur le sergent Hong. Il a dit qu'il y aurait bientôt un grand banquet de funérailles, et que tout le monde recevrait une prime pour l'organisation des obsèques officielles, et que nous allions enfin pouvoir rentrer à Chang-an, au lieu de courir sur des routes poussiéreuses pour perdre notre temps dans les villes les plus pouilleuses de l'empire.

Tout le monde se tourna vers le vieux domestique. « Les enfants ont tellement d'imagination ! » dit ce dernier avec un ricanement contraint. Il saisit une pile de draps et l'emporta hors de la pièce dans un mouvement qui avait tout d'une retraite précipitée. Ti assura à sa fille que rien de tout cela n'allait se produire. En lui-même, il songeait que, de toutes ses innombrables qualités, celle de choisir son entourage n'était pas la plus frappante.

Le médecin avait recommandé de lui faire prendre à intervalles réguliers une boisson apaisante qui lui éviterait de trop souffrir. Sa Troisième la lui présenta ; elle venait de la concocter grâce aux herbes rapportées de chez l'apothicaire par Tsiao Taï.

– Buvez ceci. Vous vous excitez trop, ce n'est pas bien. Pensez à votre guérison. Vous allez encore vous faire du mal.

Ti repoussa le bol fumant :

– Non, non, pas d'infusion ! Ce n'est pas le moment de m'abrutir avec ces préparations ! J'ai besoin de toute ma lucidité pour entendre le récit de Tao Gan.

Ce dernier, pour sa part, aurait assez aimé qu'on ramollît un peu son patron avant leur entretien. Ti lui fit signe d'approcher.

– Mon petit Tao, tu es le plus malin du lot, j'attends de toi que tu me dresses une description précise de ce que tu as vu, montre-toi à la hauteur de ta réputation, dit le juge en matière de prologue, pour le mettre à l'aise.

Son second déglutit péniblement, se demandant soudain s'il n'aurait pas préféré être à la place des deux imbéciles musclés qui attendaient dehors. Il exposa au juge sa théorie : une inconnue avait eu un malaise alors qu'elle ramassait du bois dans la forêt. Par un hasard malencontreux, personne ne l'avait découverte avant de nombreuses années, ce qui expliquait son état de momification naturelle. Ces conclusions laissèrent le juge rêveur.

– Où se trouvait exactement ce cadavre ? demanda-t-il d'une voix doucereuse, comme un maître d'école qui cherche à faire deviner la solution d'un problème à un gamin peu doué.

En produisant un effort de mémoire, Tao Gan se rappela qu'il gisait dans la souche creuse d'un arbre mort, couché dans la clairière. Il en était sûr parce que l'écorce humide avait sali le bas de sa robe toute propre.

– Dans ce cas, dit le juge, il n'était pas à même la terre. Était-il allongé de tout son long ou, au contraire, recroquevillé, tordu ? Donnait-il l'impression d'avoir été malmené de quelque façon ?

Tao Gan répondit qu'il était allongé, comme si la femme s'était étendue là pour dormir. Rien n'était venu perturber ce sommeil de mort dans lequel elle était plongée depuis fort longtemps.

– Dans ce cas, conclut le juge, il est impossible que cette malheureuse ait péri à cet endroit. Si elle avait été dans la terre, nous aurions pu prendre en compte l'érosion naturelle du sol. Si le corps avait été contorsionné, nous aurions pu supposer qu'une bête l'avait traîné jusque-là après l'avoir déterré. Mais, puisqu'il est intact et posé sur du dur, il faut qu'une personne l'y ait apporté, et ce fort récemment. Nous interrogerons à l'audience ceux qui l'ont découvert. Portait-elle quelque marque qui permette de l'identifier ?

Tao Gan sortit de sa manche, non sans regret, la babiole en forme de feuille et le bracelet. Ti les examina attentivement, déplia et lut le poème osé, déposa les deux objets sur sa table de nuit, malgré le regard plein de dépit du secrétaire.

Au sujet des vêtements, Tao Gan avait remarqué ses bottines, abîmées par le seul passage du temps. Elles ne portaient pas de traces d'usure aux talons ou aux pointes. Le cuir avait été travaillé, on y avait dessiné au stylet des motifs floraux. Il s'agissait d'un article de prix. Ce n'était pas là les chaussures d'une paysanne. Tous ces détails lui revenaient au fur et à mesure. Il s'étonna lui-même de sa mémoire, acquise dans l'exercice des jeux de cartes et des différents moyens d'y ruiner les gogos.

– Comment étaient ses cheveux ?

– Tout défaits, noble juge, répondit Tao Gan, un vrai embrouillamini à faire pleurer un perruquier. J'y ai cependant trouvé ceci, dit-il en tirant de sa manche le petit peigne ornemental.

Ti essuya avec le bras la poussière d'écorce qui le recouvrait.

– Ah, mais voici qui est intéressant, dit-il. Ce motif rond m'a tout l'air d'être l'emblème d'une famille de haut rang. Voilà qui confirme la position sociale de notre inconnue. Cela pourrait même nous livrer le nom de son clan, si nous avons la chance qu'il s'agisse d'un colifichet hérité, et non d'une de ces antiquités que l'on peut se procurer chez les vendeurs de fanfreluches.

Ti frappa au mur pour appeler un serviteur, auquel il demanda qu'on fît entrer ses lieutenants, sûrement en train de rôder dans le corridor. Les deux hommes n'étaient effectivement pas loin. Il enjoignit à Tao Gan d'aller aux archives se renseigner sur les disparitions inexpliquées de ces dernières années. Il lui recommanda de s'intéresser particulièrement à toute femme portant le prénom d'Érable. Devant la mine étonnée de son secrétaire, il exposa le raisonnement qui l'avait conduit à cette déduction :

– Le pendentif que tu m'as montré ne représente pas n'importe quelle feuille : il s'agit d'une feuille d'érable. Or, comme tu le sais, Érable est un prénom courant dans la région. Il est fort possible que quelqu'un lui ait offert ce bijou à l'occasion de son anniversaire.

Il ordonna ensuite à Tsiao Taï de transmettre au contrôleur des décès l'ordre d'examiner le cadavre au plus vite. Ti espérait qu'il saurait leur dire de quoi cette femme était morte et depuis combien de temps. Quant à Ma Jong, il l'envoya convoquer les crieurs publics afin de leur faire annoncer la découverte d'une défunte non identifiée :

– Ce n'est tout de même pas la momie de l'Empereur Jaune[1] : elle doit avoir encore de la famille vivante dans le district. Il se présentera bien quelqu'un pour la réclamer.

Ses femmes se tenaient près de la porte, espérant qu'il renverrait bientôt ses hommes de main pour se reposer. Il en profita pour demander ce qui était prévu

1. Empereur légendaire des temps anciens.

pour le dîner. Sa Deuxième répondit que c'était une fricassée de champignons.

– Quelle bonne idée ! J'en salive d'avance.

– C'est votre bon Tao Gan qui a eu cette attention, précisa Mme Deuxième. Il nous en a rapporté un plein panier.

Tao Gan s'inclina avec modestie avant de se retirer. Enfin seul, Ti put chercher le repos, en essayant de ne pas trop ressasser les détails de cette étrange affaire.

Un peu plus tard, alors qu'il dînait, il interrompit brusquement sa mastication. Quelque chose le gênait depuis le début dans cette histoire de champignons : Tao Gan était avare comme un rat, il n'aurait sûrement pas dépensé une sapèque pour autrui, fût-ce pour se faire bien voir de son patron. Il rentrait de la forêt, mais n'avait guère eu le loisir d'aller lui-même à la cueillette... Ti eut soudain la vision d'un corps à la bouche ouverte dans un rictus permanent, aux membres rigides, à la peau noircie, autour duquel des promeneurs ramassaient des champignons jusqu'au moment où ils s'apercevaient de sa présence. Il faillit recracher sa bouchée dans la coupelle.

V

Le juge Ti reçoit des condoléances ; il trouve un collaborateur inattendu.

Lorsqu'il vint prendre le plateau du dîner, le sergent Hong annonça à son maître, non sans un certain embarras, qu'une délégation de notables attendait dans l'antichambre. Ti jugea que ses chers administrés ne perdaient pas de temps pour venir lui présenter leurs souhaits de prompt rétablissement. Hong paraissait de plus en plus gêné.

– Je dois dire la vérité à Votre Excellence. Je crois qu'ils étaient venus présenter leurs condoléances à vos épouses. Après votre traversée de la ville en civière, les gens ont cru que vous étiez à l'agonie. La rumeur est allée bon train, et je crois même que certains temples ont commencé à sortir leurs décorations funéraires pour le deuil officiel.

Ti décida de recevoir ses « chers administrés » afin de régler la question une fois pour toutes. Si les choses continuaient de cette manière, la capitale, qui n'était pas très éloignée, finirait par leur envoyer son successeur. Il n'avait aucune envie d'expliquer à un jeune collègue aux dents longues qu'on s'était trop pressé de lui attribuer ce poste.

Le grand prêtre, accouru depuis sa montagne à la vitesse d'un vautour fonçant sur une bête moribonde, entra le premier, suivi de M. Pei, le riche propriétaire, ainsi que de quelques présidents des principales guildes commerciales, tous dans leurs petits souliers. Ils lui exprimèrent à tour de rôle leur joie de pouvoir formuler des vœux pour sa guérison, ce qui sonnait bizarrement au vu de leurs costumes funèbres. Puissance de la vérité l'assura que la déesse Bixia Yunchun veillerait personnellement sur sa convalescence, puisque c'était au retour d'un pèlerinage à son sanctuaire que l'accident s'était produit :

– Votre Excellence n'ignore pas que les mésaventures subies au cours d'un déplacement motivé par la piété amènent la bénédiction de la divinité concernée. Nul doute que votre jambe se remettra sans que Votre Excellence en garde aucune séquelle. Cet épisode restera dans votre mémoire comme une épreuve venue conforter votre foi.

Ti aurait préféré que les bontés de la déesse s'exprimassent autrement. Il nota en lui-même qu'il ne lui arrivait jamais rien de fâcheux lorsqu'il se rendait au temple de Confucius. Le philosophe divinisé n'exigeait pas de ses fidèles qu'ils se brisent un membre pour lui prouver leur fidélité.

Comme la conversation languissait quelque peu, chacun se sentant mal à l'aise à cause des véritables motifs de cette visite, le juge prit sur sa table de nuit le pendentif en forme de feuille d'érable et le montra au président de la guilde des orfèvres, dans l'espoir qu'il pourrait lui en indiquer la provenance. Ce dernier fit la moue d'un artisan à qui l'on fait contempler un objet qu'il estime inférieur à ses propres réalisations. Tandis que la breloque passait de main en main, Ti se saisit du peigne orné de l'emblème familial.

– L'un d'entre vous sait-il à quel clan cet insigne correspond ? demanda-t-il.

La plupart des hommes présents hochèrent la tête d'un air entendu. Le chef de cette famille était un général en retraite qui tentait de soutenir noblesse en dépit de finances fort décaties.

Pour une raison que Ti ignorait, la présence du riche propriétaire Pei le mettait mal à l'aise. Il y avait chez ce personnage quelque chose de froid, de glacé même. À force de fréquenter les assassins, Ti avait acquis une sorte de sixième sens, un signal d'alarme qui lui criait que cet individu était capable du pire. Ou bien était-ce la douleur qui le faisait délirer ? Il remarqua que M. Pei avait regardé la feuille d'érable un peu trop longuement pour une personne à qui cet objet était inconnu.

– Ce bijou vous évoque-t-il quelque chose ? demanda le magistrat sans avoir l'air d'attacher d'importance à sa question.

– Rien de précis, noble juge, répondit le notable, sans pouvoir dissimuler un certain trouble. Le prénom d'Érable est très courant dans notre province.

Ti n'avait pas fait mention de sa théorie selon laquelle la feuille dorée pouvait se rapporter au petit nom de sa propriétaire. Ce Pei lui parut bien perspicace.

Puisque le magistrat n'avait plus d'objets à leur soumettre, ses visiteurs égrenèrent la liste des vœux qu'ils formulaient pour sa santé et se retirèrent dans un froufrou de soie empesée.

Ti restait songeur. Au lieu de se préparer à dormir, il

ordonna à une servante d'aller chercher ses lieutenants, qui devaient avoir fini de dîner. Il se fit aussi apporter la selle dont la rupture lui valait cette immobilisation. Tsiao Taï, le sergent Hong, Tao Gan et Ma Jong, lequel avait encore des grains de riz dans sa moustache, firent bientôt leur entrée dans la pièce. Ils se trouvaient réunis tous les cinq comme pour une conférence au sommet.

– Est-ce bien raisonnable ? s'inquiéta madame Deuxième, venue veiller au confort de son époux.

Ti répondit qu'il avait besoin de vider son sac si l'on voulait qu'il puisse dormir en paix. Sa Deuxième le quitta à regret. On pouvait supposer qu'elle n'allait pas s'éloigner beaucoup et n'hésiterait pas à interrompre l'entrevue si celle-ci se prolongeait. Il convenait de parler vite et bien.

Ti contempla les quatre hommes répartis de part et d'autre de son lit, un peu comme des héritiers venus recevoir le dernier message d'un vieux parent sur le point de plonger dans son dernier sommeil.

– Je vais avoir besoin de vous tous, annonça-t-il. Une enquête autrement plus difficile que la simple identification d'une morte s'ouvre à nous. On a tenté de m'assassiner.

Ses lieutenants le regardèrent avec stupéfaction. Ils se demandaient visiblement si le contrecoup de son accident ne lui était pas monté au cerveau.

– Dès que j'ai pu reprendre mes esprits, cette chute m'a paru bizarre, expliqua le juge. Je suis trop bon cavalier pour tomber alors que ma monture avance au pas. J'ai d'abord supposé que la courroie de la selle avait cédé sous mon poids. Ce n'est que lorsque je l'ai eue sous les yeux que j'ai compris.

Il leur indiqua la selle posée sur le sol, à côté du lit.

– Que voyez-vous ?

Les lieutenants se repassèrent la lanière rompue. Ils n'avaient pas pris le temps de l'examiner auparavant, tout occupés qu'ils avaient été de son sauvetage puis de son installation. Tsiao Taï se fit le porte-parole du groupe :

– La coupure est nette sur presque toute sa longueur, noble juge. Cela suggère que le cuir a été entamé à l'aide d'une lame que quelqu'un aura glissée sous le ventre du cheval. Autrement dit... cela pourrait bien être un attentat.

– C'en est un, n'en doutez pas, renchérit le juge. On a voulu m'éliminer pour une raison que j'ignore encore, mais qui pourrait fort bien avoir un rapport avec la macabre découverte de ce matin. On aurait voulu m'empêcher d'enquêter qu'on ne s'y serait pas pris autrement.

Seul un petit bout de la bande de cuir était effiloché : on en avait laissé juste assez pour que le cavalier tienne en selle jusqu'à la rupture des dernières fibres. Selon toute vraisemblance, ce crime avait été accompli lors de la visite au temple de la Princesse des nuages azurés, soit pendant que le magistrat et les autres pèlerins admiraient la peinture, soit durant la collation qui avait suivi. Si la courroie avait été sabotée dans les écuries du tribunal, Ti serait sûrement tombé à l'aller plutôt qu'au retour ; par ailleurs, au yamen, seuls les palefreniers avaient accès à ce matériel : ils auraient été immédiatement suspectés. Alors qu'au temple le meurtrier avait pu se livrer à cet attentat dans le bosquet où paissaient les animaux, sans grand risque d'être repéré. N'importe lequel des hommes présents avait pu approcher ce cheval avant que le magistrat ne l'enfourche à nouveau. Restait à savoir lequel d'entre eux avait intérêt à ce qu'il ne rentrât jamais en ville.

Un léger craquement du côté de la porte attira l'attention du juge. Il eut la certitude que ses épouses attendaient avec anxiété de l'autre côté. Lui-même se sentait d'ailleurs fort las. Sa jambe recommençait à lui faire subir le martyre. L'heure était venue de conclure. Il recommanda à ses lieutenants de veiller spécialement à sa sécurité dans les jours suivants. Nul ne devait entrer au yamen sans un motif sérieux. Les principales portes devaient être gardées jour et nuit. Son alimentation ne serait préparée que dans les cuisines du bâtiment. Pour le reste, il les renvoya au lendemain.

Les quatre hommes jurèrent de tout mettre en œuvre pour que rien de fâcheux ne soit plus tenté contre sa personne. Ils s'inclinèrent et quittèrent la chambre, bientôt remplacés par les épouses, qui s'affairèrent à préparer leur mari en vue d'une nuit difficile. Madame Deuxième, inquiète de cette effervescence nocturne, était allée chercher ses deux compagnes. Il devait bien s'en être trouvé une pour coller son oreille à la porte, curieuse d'apprendre le motif d'une réunion si urgente. Ti se demanda si elles avaient compris qu'il croyait sa vie menacée. Il préféra n'y faire aucune allusion, de peur de les alarmer. Elles s'activaient sans un mot, dans un silence où il crut percevoir de la réprobation.

– Oui, je sais, dit-il, je ne devrais pas travailler si tard. En fait, je ne devrais pas travailler du tout. Je comprends votre irritation, je reconnais que je ne suis pas un malade facile.

– Oui, voilà, c'est cela, répondit madame Première d'un air évasif. Notre petite servante couchera dans la pièce à côté. Appelez-la si vous vous sentez mal, elle a l'ordre de nous réveiller à la moindre alerte. Dormez bien.

Elle éteignit les lampes à huile et prit congé après lui avoir recommandé de ne plus songer à tout cela jusqu'au lendemain. Mais, tandis qu'elle suivait ses compagnes dans le corridor menant à leurs appartements, son esprit balançait entre diverses pensées contradictoires.

Ti ouvrit les yeux très tôt, le lendemain matin. La nuit avait été aussi effroyable qu'il l'avait craint. Il s'était réveillé toutes les heures et demie et se sentait au fond du trou. Son front était trempé de sueur. Où était-il ? Pourquoi sa jambe était-elle entravée, pourquoi lui faisait-elle aussi mal ? Il lui fallut quelques instants pour sortir de sa torpeur. L'accident lui revint en mémoire : sa chute, le gouffre, et la torture qu'il avait dû subir pour retourner en ville. Il était tout désorienté. Ses rares moments de sommeil avaient été peuplés d'horribles cauchemars. Le souvenir qu'il en gardait était en revanche très net. Alors qu'il se promenait au milieu de la forêt, une inconnue vêtue d'une robe couleur d'érable venait à sa rencontre. Elle ôtait un peigne sanglant de son crâne et le lui tendait sans dire un mot, apparemment incapable de prononcer la moindre parole. À peine avait-il pris l'objet qu'un flot de vers jaillissait de la bouche de l'inconnue, son corps se mettait à noircir, ses vêtements tombaient en lambeaux, et il ne restait finalement d'elle qu'un petit tas de cendres bientôt balayées par le vent. Ti, resté seul dans la clairière aux arbres à présent dénudés, était partagé entre un sentiment d'horreur et la culpabilité de n'avoir pas été en mesure d'éviter ce sort terrible à la jeune femme.

Il se souvint tout à coup de l'affaire qui l'occupait et frappa à la cloison. La petite servante qui avait dormi à côté apparut avec un plateau où étaient disposés les bols et tasses de son petit déjeuner. Il lui enjoignit de laisser ses épouses terminer leur nuit et l'envoya chercher Tao Gan.

L'ancien escroc entra, la mine encore barbouillée de sommeil, tandis que son patron achevait son riz.

– Tu vas te rendre chez ce général Hue, dit le juge. Tu demanderas si une fille de la maison a disparu ces dernières années. Observe bien autour de toi et rapporte-moi les réactions de chaque personne que tu rencontreras. Je veux tout savoir d'eux. Je compte sur toi.

Sur ce, il lui remit le peigne aux armes des Hue et lui fit signe de se retirer. Tao Gan s'inclina et quitta la pièce en se demandant si les injonctions de son maître l'autorisaient tout de même à prendre une rapide collation avant de se mettre en route. Au détour du corridor, il faillit se heurter à madame Première qui semblait attendre. Elle l'entraîna un peu plus loin de la chambre et prit des airs de conspiratrice pour lui tenir un curieux discours.

– Je sais que l'on en veut à la vie de mon mari, dit-elle à mi-voix. Aussi suis-je concernée au premier chef par toute cette affaire de cadavre non identifié qui lui tombe dessus si mal à propos. Je suis convaincue, cependant, que d'un mal peut sortir un bien. Un désagrément peut se changer en opportunité. En un mot, c'est peut-être une chance que les dieux envoient à notre maître pour favoriser sa guérison.

Tao Gan approuva du menton sans du tout comprendre où elle voulait en venir.

– Il est primordial que mon mari puisse mener à bien cette enquête. Sa santé en dépend. Il lui sera impossible de réunir en lui les forces positives qui doivent présider à son rétablissement si cette affaire n'avance pas, si nous ne lui apportons pas chaque jour de nouveaux éléments qui alimentent sa réflexion et le conduisent vers la réussite à laquelle il aspire.

– Nous ? répéta Tao Gan. Vous parlez de moi, je suppose ?

Madame Première balaya d'un geste la remarque.

– Mon mari a grand besoin de toute l'aide possible. Il est de notre devoir à tous de l'épauler. C'est mon obligation d'épouse, tout comme la vôtre est de nous servir avec abnégation. Mes compagnes et moi ne pouvons nous contenter de veiller à son confort matériel. Je tiens à m'assurer personnellement que nulle contrariété ne l'atteindra pendant sa maladie. Je suis bien consciente que l'aider ne sera pas chose facile : mon mari est un homme exceptionnel, qui déploie autant d'activité que d'intelligence dans tout ce qui lui importe. Il accomplit généralement le travail de plusieurs êtres normaux. C'est pourquoi nous allons nous partager la tâche.

Elle lui prit le peigne des mains aussi naturellement que s'il lui avait tendu une tasse de thé.

– Je sais qu'il vous a ordonné de vous rendre chez le général Hue pour lui montrer cet objet. Je crois être tout à fait apte à remplir cette mission, il ne s'agit somme toute que de mondanités. Pendant ce temps, vous vous concentrerez sur les tâches administratives du tribunal, qui ne sauraient souffrir aucun retard. Notre capitaine est certes empêché, mais le bateau doit néanmoins continuer à voguer sur la mer agitée. Nous tiendrons le bon cap, Tao ! Allez ! Je suis fière de votre fidélité à mon époux.

Et elle lui tourna le dos, le peigne à la main.

Lorsqu'il fut revenu de sa stupeur, Tao Gan se dit que l'épouse était à l'image du mari : il n'était pas plus facile de lui résister. Il hésita un moment sur ce qu'il devait faire : avertir le juge de la part que sa femme comptait prendre dans la résolution de cette énigme, ou garder pour lui ce qui venait de se passer. Ti lui serait-il reconnaissant de l'information ? Ce n'était pas certain. En revanche, madame Première lui vouerait une haine éternelle après cette trahison. Elle se raccommoderait sans peine avec le maître, et c'est lui qui paierait les pots cassés. En outre, elle avait dans sa main les deux autres compagnes, ainsi que tout le personnel du yamen, auquel elle commandait... Après tout, il ne s'agissait que d'une visite de courtoisie chez un général en retraite qui n'avait sans doute qu'un rapport lointain avec le cas en question. Tao Gan résolut de laisser les Ti régler entre eux leurs problèmes conjugaux. Il serait toujours temps d'aviser par la suite, si l'affaire prenait un mauvais tour. Il se rendit au cabinet du juge, où l'attendaient d'intéressantes questions de cadastre et de différends professionnels entre artisans mal embouchés.

VI

Madame Première chausse les souliers du magistrat ; elle joue les oiseaux de mauvais augure.

Madame Première choisit dans ses coffres en cuir des vêtements adaptés à l'emploi du temps de sa matinée. Ses deux compagnes, à qui elle avait dû confier le motif de son déplacement, étaient ébahies de son audace.

– Ne voyez-vous pas que cette jambe cassée est notre chance ? expliqua-t-elle, toute à son enthousiasme. Voilà une splendide opportunité de faire autre chose que torcher vos gamins ou surveiller des domestiques abrutis. J'ai toujours rêvé de voir en quoi consistait le travail de notre époux. Je vais cuisiner habilement la femme de ce général pour voir si cette famille a un lien avec le corps trouvé dans la forêt. Je n'ai jamais rien vécu d'aussi exaltant !

La Deuxième, qui tenait un bébé dans ses bras, était effarée :

– Écouter à la porte de notre époux n'était déjà pas très honnête. Mais agir sans son aval, prendre des initiatives, empiéter sur son domaine privé...

Madame Première sentit le piment lui monter au

nez. C'était précisément ce qui la dérangeait : qu'on ne puisse pas lever le petit doigt, dans cette maison, sans l'assentiment du maître. Ils habitaient en quelque sorte le tribunal, et l'honorable Ti Jen-tsie qui le présidait se permettait de régenter leurs vies à tous ; pourquoi n'irait-elle pas voir comment se passaient les choses à l'extérieur de ces murs, puisque l'occasion s'en présentait ? Ce projet l'excitait terriblement. Ce n'était pas ces deux poids morts qu'il lui avait fait l'affront d'épouser qui la freineraient. Dans son état, il ne risquait pas de s'opposer à quoi que ce fût. Et d'ici qu'il soit sur pied, c'est-à-dire dans un bon mois et demi, elle aurait tout le temps d'arrondir les angles. Pour l'instant, il avait trop besoin d'elle pour lui reprocher de s'intéresser à la marche des choses.

Tandis qu'elle revêtait une robe de ville d'une digne sobriété, ainsi qu'il convenait pour rendre visite à une générale qui ne devait pas être d'une modernité échevelée, c'était une paire d'ailes qu'elle avait l'impression d'accrocher dans son dos, pour s'envoler hors de cette cage dorée où elle avait l'impression de croupir. Elle posa sur son chignon un large chapeau recouvert d'une voilette qui empêchait de l'identifier. Puis elle se dirigea vers le grand portail du yamen, suivie d'une modeste servante, ainsi qu'il était d'usage lorsqu'une dame de la noblesse quittait sa demeure pour courir les rues de la cité.

Ti ne s'étant pas prononcé sur l'adresse du général, elle dut envoyer sa servante dans diverses boutiques pour demander leur chemin. Heureusement, Han-yuan n'était pas la capitale de l'empire. Toutes les matrones un peu aisées avaient leurs habitudes chez les commerçants, qui faisaient porter à leur domicile les articles choisis. La générale Hue résidait derrière ces murailles depuis assez longtemps pour avoir eu recours à maints négoces où l'on se gardait bien d'oublier l'adresse des bonnes clientes.

Située dans un quartier résidentiel de bonne renommée, la maison du général Hue, au porche flanqué de deux lions en terre cuite, était d'allure cossue en dépit de dimensions plutôt modestes. Le crépi effrité de son mur d'enceinte témoignait de ce que la famille avait dû connaître des jours plus prospères. Les officiers de l'armée impériale n'amassaient pas tous un gros butin en vue de leur retraite. L'humilité de cette demeure témoignait au moins de l'honnêteté de son propriétaire. Il ne seyait pas aux militaires et autres fonctionnaires d'habiter des palais ou de vastes domaines, cela eût jeté une ombre sur la façon dont ils avaient occupé leur poste. Madame Première était bien placée pour le savoir, la probité de son mari les mettant régulièrement dans une situation proche du dénuement.

La servante frappa à l'huis. Quand la lucarne se fut entrebâillée, elle déclina l'identité de sa patronne, qui désirait s'entretenir avec la maîtresse des lieux. Le nom de Ti Jen-tsie leur ouvrit toute grande la porte de la résidence. Les deux femmes pénétrèrent dans la cour, autour de laquelle s'élevaient les différents corps de logis. Une petite dame au chignon poivre et sel, dotée d'une mine avenante, les y rejoignit bientôt pour s'incliner très bas devant l'épouse du principal magistrat du district. Mme Hue se déclara enchantée de recevoir la première épouse de leur sous-préfet. En réalité, la surprise l'emportait sur tout autre sentiment, mais elle était trop bien éduquée pour rien laisser paraître de ses interrogations. Elle commanda immédiatement du thé à sa domestique et conduisit sa visiteuse dans son petit salon privé, où elle la fit asseoir à la place d'honneur. Il y avait, dans un coin de la pièce, un bel autel dédié au Bouddha. Une statue en bois doré trônait au milieu des encensoirs et des coupelles d'offrande. Madame Première le contempla un moment avec intérêt. Un tel agencement n'était pas très courant dans les demeures patriciennes, en dépit des progrès indubitables réalisés ces dernières années par cette religion, dont l'implantation ne remontait pas à plus de deux siècles, un très court laps au regard de l'ancienneté de la civilisation chinoise.

Les deux dames échangèrent les politesses d'usage sur l'amabilité d'une telle visite et le plaisir qu'elle leur procurait. Puis vinrent les questions sur la famille, les enfants, la santé des uns et des autres – madame Première fut dans l'obligation de s'appesantir sur celle de son mari, Mme Hue ayant eu vent des rumeurs, comme tout le monde. La phase suivante d'une telle conversation concernait la manière de tenir sa maison. Elles égrenèrent quelques conseils, comparèrent des remèdes hérités de leurs ancêtres, et la générale insista pour communiquer à son invitée la recette de l'infusion de pattes de singes qui avait soulagé son mari lors d'un accès de gaz contraignant, l'hiver précédent. Ce ne fut qu'après avoir épuisé tous les sujets obligatoires, une heure plus tard, que madame Première put enfin aborder le véritable motif de sa venue.

– J'ai là un objet qu'on m'a dit avoir appartenu à votre clan. Peut-être pourrez-vous m'éclairer sur son origine ?

Elle sortit de sa manche le peigne laqué, terni par son séjour dans on ne savait quel caveau, et le tendit à son hôtesse, qui l'approcha de son visage pour mieux l'examiner.

– Il porte en effet le symbole de notre lignée, enfin,

de celle de mon mari, répondit-elle peu après. Le lotus dans un hexagone. Il le fait reproduire partout. Tenez.

Elle se leva et prit sur un meuble un sabre d'apparat. L'étui en cuir ouvragé portait sur chaque tranche un emblème similaire. Les familles de vieille noblesse avaient l'habitude de marquer ainsi les objets destinés à être utilisés pendant plusieurs générations.

– Où l'avez-vous trouvé ? demanda-t-elle tandis que sa visiteuse faisait poliment mine d'admirer le travail de maroquinerie. Je suis surprise qu'un tel peigne ait quitté notre demeure. L'aurais-je perdu lors d'une de mes sorties ? Dans ce cas, je suis confuse que vous ayez pris la peine de me le rapporter.

Madame Première était embarrassée. Elle se rendait compte tout à coup de ce que sa démarche avait d'incongru.

– Je ne peux hélas pas vous le laisser, dit-elle. Il s'agit d'une pièce à conviction qui appartient au tribunal de mon mari.

Elle avait affecté, pour dire cela, le ton de la plus grande banalité, que la mention du tribunal démentait du tout au tout. Madame Hue se figea, le peigne entre les doigts. Ses traits prirent une expression d'inquiétude. Quel rapport pouvait-il exister entre ce banal ornement et l'administration judiciaire ? Elle le regarda de nouveau. Ce fut alors qu'un souvenir jaillit de sa mémoire. Elle vit le morceau de bois laqué dans les cheveux de celle qui l'avait porté le plus souvent. Le visage de cette dernière, ses beaux yeux, son sourire, provoquèrent une sorte d'explosion dans son esprit.

– Par le Bouddha ! s'écria-t-elle.

Madame Première commençait à regretter son initiative. Elle vit la figure de Mme Hue se décomposer en l'espace de quelques instants. Ses yeux rougirent, des larmes se mirent à couler sur ses joues, que la malheureuse cacha bientôt entre ses manches.

– On l'a retrouvée ! parvint-elle à articuler entre deux gémissements. Où est-elle ? Comment va-t-elle ?

Madame Première devina que son interlocutrice en savait désormais beaucoup plus qu'elle sur le mystère qui l'avait amenée. Elle décida d'attendre que cette dernière se fût un peu calmée pour tâcher d'en apprendre davantage. Mais, au lieu de lui faire ses confidences, Mme Hue se leva en tremblant et se dirigea d'un pas peu assuré vers une porte par laquelle elle disparut. Madame Première resta seule face à sa tasse de thé qui ne fumait plus depuis longtemps. Elle nota que la théière en bronze portait le même signe que le peigne et le sabre. Qu'était-elle venue faire dans cette maison ? De quoi s'était-elle mêlée ? La voilà qui se chargeait de délivrer les mauvaises nouvelles ! Était-ce là son rôle ? Elle ne savait plus où se mettre. Sa carrière d'enquêteur débutait fort mal. Il ne lui restait plus qu'à s'esquiver.

Elle était sur le point de se lever lorsqu'un homme d'un certain âge, trapu, aux cheveux gris et à la barbe blanche, sans bonnet, vêtu d'une robe d'intérieur toute simple, pénétra dans la pièce avec la même appréhension que s'il s'était attendu à y trouver un démon dentu et griffu. Il se figea à peine passé la porte. Madame Première esquissa de la tête un salut qui laissa le nouveau venu de marbre. Il la contemplait avec des yeux ronds. Elle discerna soudain dans son ombre la silhouette de la maîtresse de maison, qui la désigna du doigt pour prononcer d'une voix que l'émotion rendait chevrotante :

– C'est elle !

Le vieil homme fit trois pas dans sa direction, brandit l'ornement laqué et demanda :

– C'est vous qui avez rapporté le peigne de ma fille ? Ma femme dit que vous l'avez eu au tribunal. Est-ce vrai ?

Madame Première acquiesça du menton sans oser ouvrir la bouche, de peur que le toit ne leur tombât sur la tête.

– Dites-moi... reprit le général. Est-elle en vie ?

Les supputations à ce sujet n'incitaient guère à l'optimisme. Mme Hue, dans le dos de son mari, retenait son souffle. L'un et l'autre étaient suspendus aux lèvres de leur visiteuse, qui avait la fâcheuse impression d'avoir revêtu les oripeaux d'une funeste messagère, voire de la mort incarnée. Madame Première prit une profonde inspiration et résolut de s'en tenir à son enquête, sans se laisser gagner par la sensiblerie. C'était, lui semblait-il, la seule manière d'empêcher cette entrevue de dégénérer en séance de lamentations générales.

– Hum, fit-elle, à la recherche d'une contenance. Mon mari souhaite savoir si une femme a disparu de votre maison, ces dernières années...

Ce ne fut qu'une fois ces mots prononcés qu'elle mesura à quel point ils étaient hors de propos. On avait déjà répondu à cette question. Le général, devinant que, si l'on ne répondait pas à la sienne, c'était qu'aucune réponse favorable ne pouvait lui être apportée, se tourna vers son épouse, qu'il engagea à les laisser seuls. Mme Hue, à présent muette d'appréhension, disparut de nouveau dans le corridor.

La certitude que la découverte du peigne scellait définitivement le sort de sa fille fit sur le général l'effet d'une douche froide. Il s'excusa auprès de la sous-préfète pour le pénible incident qui venait de se produire. Puis il saisit la théière et avala à même le goulot une grande rasade de thé tiède, qui avait sans doute le mérite d'être devenu très fort depuis le temps qu'il infusait. Madame Première se dit que c'étaient là, probablement, des mœurs de militaire. Il se laissa enfin tomber sur le fauteuil qu'avait occupé son épouse, les mains serrées, les épaules voûtées comme si elles supportaient à elles seules le poids physique de l'épreuve qu'il était en train de traverser.

Comme il ne disait plus rien, madame Première prit sur elle de relancer la conversation.

– Ainsi, votre fille a disparu de la maison ? articula-t-elle avec la furieuse impression d'adopter le même ton que si elle demandait des nouvelles de la petite dernière.

– Elle n'a pas disparu, répondit le général, les yeux perdus dans la contemplation du dallage autour de ses pieds. Nous l'avons mariée. À un homme qui ne suivait pas les préceptes de l'Éveillé. C'est la chose la plus stupide que nous ayons jamais faite.

Un nouveau silence pénible s'installa. Madame Première déglutit. L'interrogatoire de témoins nécessitait qu'on déployât des ressources de diplomatie dont elle n'était pas sûre de disposer.

– Le mariage est une erreur qui se pratique couramment, vous savez, répondit-elle machinalement pour se donner le temps de réfléchir au moyen de faire progresser ses investigations. J'ai moi-même conclu une union dont les défauts ne sont apparus qu'avec le temps.

– Vous aussi, vous avez marié votre fille ? demanda le général.

Madame Première rajusta sa position. Elle était mal à l'aise.

– Non, je parlais de moi, répondit-elle.

M. Hue soupira.

– Si l'on savait à quel point l'on perd ses filles lorsqu'on les marie, on en profiterait davantage avant que cette catastrophe n'arrive, dit-il.

Madame Première, pour sa part, n'avait jamais eu d'enfant, bien qu'elle fût à la tête d'une famille que les aptitudes à la procréation de ses compagnes rendaient déjà nombreuse. Elle jugea que cet échange de vues sur les déboires de la paternité avait assez duré. Elle se mit à tapoter nerveusement le bord de la table du bout des doigts, ce qui eut pour effet de rappeler son interlocuteur à la réalité. Plus précisément, il remonta de plusieurs années dans le passé, lorsque leur fille avait été demandée en mariage.

– Les dieux n'étaient pas favorables à cette union. Les horoscopes des fiancés, que nous avions fait dresser par l'astrologue le plus réputé de la province, ne concordaient en rien. Nous avons passé outre parce que le prétendu était un homme fortuné, puissant, considéré, et que nous ne pouvions espérer un plus brillant parti. Les cadeaux de fiançailles étaient magnifiques. Comment pouvions-nous choisir entre la volonté du Ciel, qui avait fini par apparaître un peu floue à force de multiplier les oracles, et la tentation de conclure une alliance avantageuse avec l'un des célibataires les plus riches de cette ville ?

– J'aurais agi de même à votre place, lui assura madame Première sans songer à ce qu'elle disait. Que s'est-il passé ensuite ?

Le général haussa les épaules.

– Ce qui se passe dans les mauvais mariages.

– Ah, je vois, dit madame Première. Le mari crie, la femme pleure, et chacun en vient à vivre séparément dans la même maison.

– À peu près. Sauf que lui ne criait pas. C'était plutôt son silence qui était insupportable. Au bout de quelques mois, il s'est lassé de notre fille comme on se lasse d'un jouet dont on s'était toqué pour de mauvaises raisons.

– N'a-t-elle pas donné naissance à un enfant qui la distrayait de ses désillusions ?

Le général hocha la tête d'une manière qui exprimait aussi bien la dénégation que le soulagement :

– Jamais au cours des cinq années qu'a duré leur vie commune elle n'a eu la chance de pouvoir nous annoncer un heureux événement. Cela a sans doute contribué à leur mauvaise entente. Ou bien en était-ce le ferment ; je l'ignore. Nous ne savions de sa vie que ce qu'elle voulait bien nous en dire. Lui, nous ne l'avons plus vu après les noces. Nous avons pour ainsi dire cessé d'exister à ses yeux une fois les réjouissances terminées. Je crois qu'il nous méprisait.

Madame Première opina du menton avec gravité, en attendant la suite. Le passé exhumé par le général semblait encore pour lui d'une cruelle actualité.

– Notre fille était très bonne, très pieuse, elle prenait soin de nous rendre visite à intervalles réguliers. Si déplaisant son mari ait-il été, il ne lui interdisait pas de sortir, grâce aux dieux. Subitement, elle a cessé ses visites. Au bout d'un certain temps, nous nous sommes inquiétés. Nous avons envoyé un serviteur prendre de ses nouvelles. Il est revenu en disant qu'elle n'était plus chez elle : elle avait disparu ! Et son mari n'avait pas jugé bon de nous en avertir !

– Avez-vous mené des recherches pour la retrouver ?

– Je me suis personnellement rendu chez cet individu pour lui réclamer des explications. En fait d'excuses, il a tenu sur le compte de ma pauvre petite les propos les plus insultants. Il m'a dit qu'elle avait eu une aventure avec un étranger, et qu'elle s'était enfuie en sa compagnie ! Je ne peux le croire : nous l'avons élevée avec trop de soin dans la piété bouddhique pour qu'elle ait pu se comporter ainsi. Certes, elle aurait eu des excuses, étant donné la conduite lamentable de son époux. Mais s'en aller sans nous prévenir, sans même un mot d'adieu, non !

Le général essuya ses yeux du revers de sa manche brodée. Il avait lancé des recherches dans toute la région, il était allé jusqu'à rapporter la disparition au tribunal, afin que les différentes administrations de la province fussent averties, comme si sa fille avait été une criminelle. En fait, si on en croyait son mari, elle l'était devenue : il n'y avait pas d'acte plus grave pour une épouse que d'oublier son devoir dans les bras d'un intrigant. Madame Première devina que le pauvre homme ne s'était jamais remis de la disparition de son enfant, dont, au fond de lui-même, il s'estimait coupable. Un mariage désastreux avait débouché sur un drame.

– Qui nous dira ce qu'il est advenu de notre petite Érable ? se lamenta-t-il en passant la main sur sa figure moite.

Elle estima que ce n'était pas à elle de donner la réponse. Ils l'apprendraient toujours assez tôt par la voie du tribunal, dès que Ti serait en mesure de présider une audience publique. Elle débutait dans la carrière d'enquêteur et ne se sentait pas armée pour asséner ce genre de nouvelle. Encore une question, et il serait temps de se replier en douceur vers la sortie. Il lui fallait le nom de l'homme à qui ils avaient eu le tort de confier leur descendance. Quand le général lui eut répondu, elle sut que Ti allait être content.

M. Hue voulut savoir d'où le tribunal tenait le peigne. Madame Première fit une réponse évasive. Elle était peu désireuse d'annoncer aux parents que le corps de leur demoiselle avait été découvert à l'état de momie, au plus profond de la forêt. Elle se contenta de révéler qu'il avait été trouvé par des ramasseurs de champignons, une demi-vérité. Bien qu'il pressentît qu'elle ne lui disait pas tout – pour quelle raison le tribunal s'inquiétait-il d'ornements de toilette ramassés au fond des bois ? –, il renonça à exiger de plus amples précisions. Il la pria simplement de bien vouloir le faire avertir si l'on venait à mettre au jour d'autres détails sur la disparition de sa fille.

Il rendit le peigne à madame Première, qui le serra dans la doublure de sa manche. Elle chargea le vieux militaire de transmettre ses salutations à son épouse. Le général hocha la tête avec tristesse à l'idée qu'il allait à présent devoir affronter le désespoir d'une mère éplorée sans avoir aucune bonne nouvelle à lui annoncer.

Ce fut avec soulagement que madame Première retrouva la rue, toujours suivie de sa servante. Un poids quitta enfin sa poitrine. Jamais elle n'aurait cru qu'une mission aussi simple l'entraînerait dans un dédale de regrets, de sentiments exacerbés et de nostalgie rancie.

VII

Tao Gan se livre à un exercice de récitation ; le juge Ti découvre un nouveau moyen de locomotion.

De retour au yamen, madame Première tomba sur Tao Gan, tout guilleret. Il la prenait sans doute pour sa nouvelle patronne, car il lui déclara sur un ton triomphal qu'il tenait l'information réclamée par le maître : la morte était identifiée. Les archives mentionnaient une jeune femme disparue depuis trois ans. Il s'agissait d'une certaine dame Hue, prénommée Érable, épouse Pei. Madame Première poussa un profond soupir :

– Eh bien, si j'avais su que la réponse se trouvait dans ces boîtes à documents, je me serais épargné la séance que je viens de vivre.

Tout en résumant les mésaventures de Mlle Hue, elle se rendit compte qu'elles prenaient, dans sa bouche, des allures de conte dramatique ou de complainte, telles qu'en chantaient les saltimbanques sur les marchés en s'accompagnant au pipa[1].

Tao Gan se rendit sans tarder chez son patron : Ti

1. Sorte de luth en vogue sous les Tang.

devait être impatient d'entendre son rapport. Madame Première l'accompagna. Elle se munit au passage d'un plateau qu'une servante apportait au malade et pénétra dans la chambre d'un pas volontaire, comme un chasseur de tigres qui s'apprête à affronter son centième fauve.

– Comment se porte mon cher époux, ce matin ? demanda-t-elle en jaugeant l'éclopé pour voir s'il avait l'air frais et dispos ou au contraire avachi et malléable.

– Vous m'avez manqué, répondit le juge sur un ton plaintif, quoique d'une voix que sa femme aurait préférée plus dolente. Où étiez-vous passée ? Vos compagnes n'ont pas su me répondre.

– Je suis allée en ville. J'ai couru les échoppes d'apothicaires, à la recherche d'emplâtres qui puissent soulager votre douleur et accélérer la soudure de vos os brisés, mon doux amour. À ce propos, ne devriez-vous pas vous reposer, plutôt que d'entendre des rapports ennuyeux ?

Ti la remercia de ses bontés. Les comptes rendus de ses lieutenants, si ennuyeux fussent-ils, le seraient toujours moins que sa réclusion forcée sur son lit de douleur. Il lui fit un sourire si attendrissant qu'elle eut un peu honte de lui mentir. Mais, comme disaient les marchands, une fois le thé infusé, il est temps de le boire. Sous prétexte de préparer les soins que devait recevoir son mari, elle se tint le plus longtemps possible derrière le lit, afin de pouvoir assister au besoin le secrétaire dans son exposé.

– Raconte-moi tout, recommanda le juge. N'omets aucun détail.

Tao Gan prit une grande inspiration et se lança dans son récit.

– J'ai été reçu de manière tout à fait charmante, déclara-t-il. Nous nous sommes assis devant une tasse bien chaude...

– On t'a offert à boire ? s'étonna Ti, qui imaginait mal son secrétaire, cet ancien escroc au petit pied récemment réformé, attablé dans la demeure bourgeoise d'un militaire de premier rang.

– Mme Hue m'a fait la causette pendant un moment... reprit le récitant, qui tâchait de ne pas se laisser troubler par les interruptions de son auditoire.

– Tu as été reçu par la générale ? commenta Ti. Tu en prends à ton aise ! Depuis quand les épouses d'officiers supérieurs accueillent-elles des hommes dans leurs appartements ?

Madame Première faisait une mine d'enterrement. Par bonheur, Tao Gan avait l'esprit assez vif pour inventer une réponse qui parût plausible :

– Son mari était absent. Elle n'a pas voulu insulter Votre Excellence, que je représentais, en me laissant attendre seul dans une antichambre.

– Ah, bien, fit Ti, que cette explication flattait assez pour qu'il l'acceptât. Ce thé avec la générale t'a-t-il permis de recueillir les renseignements que tu étais venu chercher ?

Tao Gan lui résuma l'essentiel de l'entrevue. Les Hue avaient marié leur fille Érable à Pei Hang. Au bout de cinq ans d'une vie conjugale déplorable, la jeune femme avait disparu sans laisser de traces.

– Son mari a dû remuer ciel et terre pour découvrir ce qu'elle était devenue, je suppose ? dit Ti, pensif.

L'épouse du magistrat indiqua par signes au secrétaire que l'affreux bonhomme n'avait pas bougé le petit doigt.

– Il ne s'en est guère préoccupé, noble juge. Ce

sont les parents de la disparue qui ont alerté les autorités. Selon les archives, il y a trois années de cela.

– Parce que tu es aussi allé consulter les archives ! s'ebaubit son patron. Tu déploies une activité effrénée, depuis que je t'ai chargé de cette enquête. Vraiment, Tao, tu m'étonnes. Je te ferai donner une prime.

La figure du secrétaire avide arbora un sourire radieux.

– Oh, vraiment, Votre Excellence est trop bonne, balbutia-t-il, imitant à la perfection la modestie de l'employé modèle prêt à se gâter la santé au service de son bon maître.

– Mais non, c'est normal, reprit ce dernier, puisque tu abats le travail de plusieurs personnes.

Cette remarque figea les deux complices, interloqués. L'espace d'un instant, madame Première se demanda si son mari, si perspicace en temps ordinaire, n'avait pas éventé leur petite association. Mais Ti semblait trop souffrir pour être à même de soupçonner le comportement tout à coup exemplaire de son second. Il se crispa et porta la main à sa cuisse en poussant un gémissement de bête blessée.

Les pensées se bousculaient dans son esprit. M. Pei était donc le mari de la momie. Pourquoi ne l'avait-il pas dit lorsqu'il avait tenu entre ses mains la feuille d'érable en or qu'il avait dû voir si souvent au cou de sa femme ? S'il souhaitait empêcher le juge d'enquêter sur cette découverte, cela lui donnait un mobile pour saboter la selle de ce dernier lors de la cérémonie au sanctuaire de la Terre-mère. Était-il possible que dame Hue eût péri dans un accident alors qu'elle s'enfuyait en compagnie de son amant, lequel aurait ensuite abandonné le corps dans la clairière ? Cela ne tenait guère debout : Ti avait la conviction, vu l'état de momification de la dépouille, qu'elle avait été déposée là deux jours tout au plus avant d'y être découverte. Il y avait fort à parier que dame Hue était morte en ville. Chez son amant ? Ce dernier, qui ne pouvait envisager d'ébruiter leur liaison, aurait conservé le corps pendant trois ans et s'en serait débarrassé ces jours-ci, pressé par une raison inconnue, telle qu'un déménagement ?

La douleur lancinante qui lui perçait le mollet l'empêchait de réfléchir à loisir. Ti pria son épouse de lui préparer l'une ou l'autre des préparations apaisantes dont ils venaient de se constituer une importante pharmacie.

– Cela va-t-il mieux ? lui demanda sa Première lorsqu'il eut ingurgité la décoction.

Les effets du mélange étaient indéniables. Ti déclara qu'il souhaitait qu'on fît résonner le gong du yamen pour annoncer la tenue d'une audience extraordinaire. Les récents événements justifiaient assez cette mesure, ils l'imposaient même. Son épouse ouvrit des yeux ronds.

– Vous n'allez pas présider ! Dans votre état !

Elle voyait ses projets s'envoler, son pantin de mari lui échapper, et contemplait avec stupeur les sachets d'herbes séchées dont elle avait tiré la potion fatale à ses velléités d'enquêteuse.

Ti ordonna à Tao Gan de convoquer M. Pei et le général Hue. Le secrétaire mit ces brusques résolutions sur le compte d'un accès de fièvre délirante :

– Puis-je signaler à Votre Excellence qu'elle est dans l'impossibilité de se déplacer ? Comment feraitelle pour parvenir jusqu'au prétoire, alors qu'elle ne tient pas sur ses jambes ?

– Ne t'inquiète pas de cela, répondit le juge. Tant que Ma Jong sera là, j'aurai des jambes !

Ma Jong était un solide gaillard, à la stature imposante, dont la musculature avait déjà servi le magistrat à de multiples reprises au cours de ses enquêtes.

– Je t'ai trouvé un emploi à ta mesure, dit-il à cette force de la nature, une fois le lieutenant devant son lit.

Lui ayant expliqué ce qu'il attendait de lui, Ti passa les bras autour du cou du colosse, qui le souleva comme il l'aurait fait d'un vulgaire sac de riz. On vit bientôt dans les couloirs du yamen le curieux spectacle d'un juge à cheval sur le dos de son employé. Scribes et domestiques les regardèrent passer comme s'ils contemplaient le roi des dragons sorti de son palais de jade du lac Dongting.

Le gong du tribunal avait résonné depuis un moment déjà. La salle s'était remplie de badauds curieux de savoir ce qui pouvait bien pousser un magistrat qu'on disait à l'article de la mort à ouvrir une séance, et comment il allait se débrouiller pour la présider. Certains prétendaient même qu'il avait succombé et que ses assistants convoquaient la population pour annoncer son trépas. Il y avait aussi quelques plaignants que les suspensions dues à l'accident de leur sous-préfet avaient fort contrariés, et qui étaient accourus avec l'espoir de voir enfin traiter leur problème.

Ce fut donc dans une salle comble que pénétra le juge, toujours à dos de lieutenant, tandis que sa femme et son secrétaire écartaient largement les pans du rideau masquant la porte. Les habitants de Hanyuan émirent des murmures de stupéfaction. L'incongruité de cette vision le disputait à l'admiration de voir un sous-préfet se dévouer corps et âme à la bonne marche de son administration. Certes, Ti n'aurait pas accompli cet exploit s'il ne s'était agi que de régler les questions de clôtures et de voisinage qui constituaient l'ordinaire de ses jugements. Mais, pour se plonger dans une affaire de meurtre, il se sentait prêt à abattre des montagnes, et partant à se déplacer lui-même aussi souvent que nécessaire, ses quatre membres eussent-ils été pris dans des sacs de boue séchée.

Ti chercha des yeux M. Pei et son beau-père. Il les vit entrer en hâte par la porte donnant sur la cour d'honneur. Ils avaient dû sauter dans la première chaise de louage pour arriver à temps. Avec un effort visible, le magistrat glissa un ordre à son chef des sbires, qui éleva la voix pour demander au riche propriétaire d'approcher. Ce dernier vint se poster devant l'estrade sur laquelle se tenait le juge, assis derrière sa table de justice.

– Pei Hang, j'ai le triste devoir de vous informer que votre femme, dame Hue, a été retrouvée. Un corps découvert hier dans la forêt a été formellement identifié comme le sien. Vous êtes donc officiellement veuf.

Ti s'interrompit un instant pour laisser à Pei le temps de digérer la nouvelle. Il était toujours curieux de voir de quelle façon les suspects accueillaient ce genre d'annonce. L'intéressé ne broncha pas plus que si on lui avait appris la mort d'un de ses chiens de chasse.

– Le tribunal vous félicite de la dignité dont vous faites preuve, reprit le juge. Il est vrai que vous aviez déjà anticipé cette information, puisque vous venez de vous remarier.

Si l'annonce du décès avait laissé le veuf aussi froid qu'un panneau de gypse ouvragé, les insinuations du magistrat provoquèrent en revanche une réaction immédiate :

– Je rappelle à Votre Excellence qu'il ne faut pas trois ans pour que le départ inexpliqué d'une épouse volage annule la validité du mariage, répondit M. Pei avec une grande maîtrise de soi. J'aurais pu me remarier au bout d'un mois, si je l'avais souhaité. La conduite de dame Hue aurait de toute manière amplement justifié sa répudiation. En fait, sa mort lui a évité le déshonneur, il n'y a rien à regretter ni de ma part, ni de la sienne.

Ces derniers mots conduisirent le général au bord de la crise d'apoplexie. Il brandit en direction de l'insolent le sabre ornemental pendu à sa ceinture, celui-là même que madame Première avait pu admirer chez lui lors de sa visite.

– Scélérat ! s'écria-t-il depuis le fond de la salle, faisant se retourner l'assemblée. C'est toi qui aurais dû mourir ! Ma petite colombe était innocente de tout crime ! C'est ta faute si elle est allée se faire dévorer par les fauves au fond des bois !

M. Pei fut le seul à ne pas river son regard sur le père éploré. Il ne tourna même pas la tête, se contentant de hausser les épaules. Le général se rua vers l'estrade, devant laquelle il tomba à genoux, ainsi qu'il convenait lorsqu'on voulait s'adresser au magistrat.

– Seigneur juge, clama-t-il, je désire déposer plainte contre mon gendre ! Je l'accuse d'avoir causé la triste fin de mon enfant.

L'assistance poussa une exclamation de surprise. Ti lissa un instant les poils de sa barbe d'un air songeur.

– Avez-vous des preuves qui puissent étayer votre affirmation ? demanda-t-il au malheureux père. Quelque indice qui permette à la justice d'orienter son enquête dans le sens que vous dites ?

Malgré sa détermination, le général dut fouiller dans sa mémoire pour trouver un élément qui incriminât son gendre.

– Cet homme n'a jamais montré à ma fille les égards qu'un époux doit à sa moitié. Il la délaissait. Je suis certain qu'il souhaitait s'en défaire. Mais, sans motif légal, cela lui aurait été très difficile. Mon enfant, quoi qu'il en dise, ne s'était rendue coupable d'aucun des sept motifs de répudiation.

M. Pei eut un ricanement narquois.

– Vraiment ? répondit-il. Outre que votre fille ait été adultère, ce dont j'ai la certitude absolue, elle ne m'avait donné aucun héritier. Nul n'est tenu de conserver une épouse stérile, c'est un péché contre l'obligation de perpétuer le culte des ancêtres. Au bout de cinq ans, j'aurais obtenu le divorce sans guère de formalités.

Le juge Ti fut forcé d'admettre en lui-même que Pei marquait un point. Ce dernier pointa sur son beau-père un doigt plein de mépris.

– Non seulement j'ai pour moi le droit, la tradition et les bonnes mœurs, mais il ne faut pas perdre de vue que votre fille, si elle avait su tenir son rang, aurait encore joui d'un statut privilégié : dans une ferme, quand une chèvre ne donne pas de lait, on l'abat.

La comparaison arracha à l'assistance des exclamations indignées. Chacun comprenait à présent l'enfer qu'avait dû vivre dame Hue sous la férule d'un mari si déplaisant. Mais, paradoxalement, plus Pei se montrait odieux, plus il renforçait la thèse selon laquelle son épouse avait péri tandis qu'elle s'enfuyait. Le général était effondré. Il tenait à peine sur ses genoux. Il tenta plusieurs fois de lancer une réplique cinglante au malotru, mais ne parvenait qu'à pousser des éructations furieuses que sa moustache étouffait à demi.

Ti eut pitié de la misère d'un officier qui avait vaillamment défendu son pays sa vie durant. Par ailleurs, l'assurance prétentieuse de Pei lui donnait des haut-le-cœur. Il renvoya les deux hommes et pria son scribe de passer aux témoins suivants. C'était au tour des deux paysans qui avaient découvert le corps de faire enregistrer leur déposition. Leur témoignage n'apportant rien de nouveau, le juge en profita pour se faire apporter une tasse de ce remède miraculeux qui lui avait permis de se traîner jusqu'à la salle d'audience. Ti sirotait son infusion lorsque les témoins, tous deux illettrés, apposèrent la marque de leur pouce sur le parchemin où leurs déclarations venaient d'être consignées.

Le contrôleur des décès s'avança alors pour exposer ses conclusions. M. Wen, qui, pas plus tard que la veille, avait laissé le magistrat en piteux état, regarda avec intérêt son patient, juché sur cette estrade, en train de diriger les débats malgré sa jambe brisée, qui reposait sur un tabouret. Ce qu'on voyait dans son regard tenait moins de l'admiration que de la curiosité pour un animal étrange, capable de comportements déconcertants.

Ti lui demanda tout d'abord si l'examen lui avait permis de définir la cause du décès. Wen sembla penser que, à ce rythme, on connaîtrait sous peu la cause du décès du juge qu'il avait devant lui. Il répondit que le corps était dans un état tel que tout signe de violence était effacé depuis longtemps. La peau s'était tannée comme un cuir trempé dans un bain d'acide. Sa pigmentation avait viré au brun sombre. Elle aurait pu être couverte de bleus et autres traces de coups, il n'en serait rien resté. Il était déjà extraordinaire de disposer d'une dépouille dans cet état de conservation au bout de trois ans : il ne fallait pas en demander plus aux dieux qui avaient veillé à sa momification afin de permettre à ses parents d'inhumer une défunte entière, intacte, immaculée. Ti voulut savoir si des fractures étaient visibles. Sur son banc, le général, que l'expression « momification » avait déjà atteint, pâlit à l'idée que sa progéniture ait pu subir de tels sévices. Wen répondit qu'aucun membre ne paraissait brisé, mais ne put s'empêcher de fixer la jambe du magistrat, posée à deux pas de lui.

Il se lança ensuite dans un exposé passionné sur les principes qui avaient dû présider à la dessiccation du cadavre. Les comparaisons avec les salaisons, dont il était allé examiner le procédé en vue de cette audience, dissuadèrent la moitié de l'assistance de déguster du jambon de porc pour les deux mois à venir. Afin que la momification ait pu s'opérer, il avait fallu que le corps soit entreposé dans un endroit sec et aéré. Ce n'était pas dans une forêt humide et pleine d'insectes que le phénomène avait pu se produire.

Ti, dont l'estomac commençait à se retourner, l'autorisa à se retirer. M. Wen sembla hésiter. Il glissa un regard embarrassé en direction du père, qui fixait sur lui des yeux pleins de tristesse.

– Je sais qu'il est de mon devoir de livrer toutes mes constatations, même si certaines sont pénibles... dit-il, gêné par la présence d'un proche parent de la victime.

Ti l'encouragea à poursuivre, en se demandant quelle abomination allait encore leur sauter au visage. Wen se résigna donc à faire son ultime déclaration : il était presque sûr que dame Hue était enceinte au moment du décès. Bien sûr, il était exclu d'ouvrir sa dépouille avant d'en avoir reçu l'autorisation de la famille ; et même, en ce cas, une telle profanation représentait un outrage épouvantable envers les mânes de la défunte. Il lui semblait bien, cependant, que l'aspect de son ventre, où toute graisse avait disparu, témoignait d'une grossesse dans son quatrième ou cinquième mois.

L'assistance poussa des cris scandalisés. Il était généralement considéré que l'être humain commençait son existence dès la conception, l'âge des gens étant calculé à partir de ce moment, soit neuf mois avant la naissance. Aussi le meurtre d'une femme enceinte apparaissait-il comme un double assassinat, un infanticide, et en l'occurrence un crime contre la lignée que cet être, enfant unique, était chargé de perpétuer. Seul Pei resta de marbre, comme à son habitude. Ti renonça à lui donner la parole, soucieux de s'épargner une nouvelle comparaison avec les chèvres ou les juments, dont la simple supputation le dégoûtait.

Après qu'on eut atteint ce paroxysme de l'horreur, Ti remercia son contrôleur des décès et lui permit d'aller s'asseoir. Puis il demanda si quelqu'un avait un dernier mot à ajouter qui pût faire avancer cette affaire. Malgré son piteux état, le général trouva la force d'élever la voix : selon lui, la conservation miraculeuse du corps de sa fille était une preuve supplémentaire de la protection dont les dieux l'avaient gratifiée, comme toutes les innocentes tombées entre les griffes d'un monstre infâme.

Ti le remercia de cette intéressante allégation, quoiqu'il eût préféré entendre un témoignage susceptible d'être plus utile à son enquête. Il déclara que la famille Hue pouvait faire prendre le corps à la morgue du yamen pour l'inhumer dans les règles.

Restaient à expédier les affaires courantes. Les parties présentes n'entendaient pas se voir ajourner sans avoir pu ouvrir la bouche. Deux personnages en procès pour des questions de clôture, notamment, insistèrent pour être départagés. Ti avait presque oublié ce différend cadastral ennuyeux, qui opposait un paysan au propriétaire d'une maison située dans les faubourgs de Han-yuan. Soucieux de mettre un terme à cette séance interminable, il se décida à réclamer l'attention générale.

Le moment était venu pour Ti de faire allusion à sa blessure : quel qu'ait été son désir de ne pas l'évoquer, il n'était plus possible de s'en dispenser. Il résuma en deux mots l'accident dont il avait été victime. La fracture dont il souffrait ne lui permettait pas d'assumer toutes ses responsabilités. Afin de ne pas faire attendre les plaignants, qui s'opposaient depuis un certain temps déjà, il déclara qu'il chargeait officiellement son secrétaire Tao Gan de les recevoir et de superviser la gestion des affaires en cours. Puisque cet homme plein de ressources jouissait d'une sorte de pouvoir de dédoublement, Ti songea qu'il n'aurait aucun mal à endosser les diverses charges qu'il occupait lui-même à longueur d'année.

Tao Gan s'inclina. Il jaugea l'allure du paysan et du propriétaire foncier de l'œil de la buse évaluant de grosses cailles en train de s'ébattre à vingt pieds au-dessous d'elle. Les proies lui parurent grasses à souhait. Il allait se régaler.

Les habitants de Han-yuan se confondirent en remerciements pour le courage dont faisait preuve leur magistrat dans l'exercice de son sacerdoce et multiplièrent les vœux de prompt rétablissement. Les sbires se hâtèrent d'évacuer la salle pour que le public ne vît pas leur juge s'accrocher au cou de Ma Jong, qui le souleva une nouvelle fois afin de le reconduire à ses appartements.

M. Wen fut le dernier à quitter le prétoire. Debout à côté de la porte, il regardait son patient contrevenir sciemment à tous ses ordres pour se promener à dos d'homme dans son palais, plutôt que de garder la chambre, ainsi que l'aurait fait tout individu sensé. Une seconde visite au malade s'imposait d'urgence. Auparavant, il allait passer chez l'apothicaire se faire remettre une potion capable d'assommer un cheval, seul moyen de faire tenir cet éclopé tranquille.

Ti appréciait assez son nouveau moyen de locomotion, il était enchanté de son idée. Hormis les tiraillements de sa jambe blessée, le système était presque plus avantageux que la promenade à pied qu'il avait pratiquée jusqu'à ce jour.

– Je ne suis pas trop lourd ? demanda-t-il à sa monture, qui ralentissait sensiblement le pas.

– Votre Excellence ne pèse pas plus qu'un colibri sur la feuille d'une orchidée, répondit Ma Jong, qui soufflait comme un bœuf en train de traîner une charrette de purin.

– Bien, conclut le juge. Dans ce cas, nous pouvons faire un crochet par ma bibliothèque. Il y a là quelques ouvrages que j'aimerais consulter. Puis nous irons aux cuisines vérifier le menu de mes prochains repas. Ce n'est pas parce que je suis impotent qu'on va me gaver de légumes bouillis pendant deux mois !

Il aurait été fort surpris s'il avait eu connaissance des sombres pensées que sa monture nourrissait à son égard, à côté desquelles la tentative d'assassinat subie dans la montagne faisait figure d'amusante plaisanterie.

VIII

Tao Gan invente un moyen de résoudre les contentieux ; madame Première choisit une tenue de combat.

Debout en haut des marches, Tao Gan, qui avait revêtu la plus belle robe de son patron, agrémentée d'une large ceinture de soie, se frottait les mains en regardant approcher les deux hommes qui venaient plaider leur cause auprès de lui. On aurait dit des moutons se pressant pour aller poser leur tête sur le billot du boucher. Une fois échangées les salutations, un peu trop révérencieuses du côté des plaignants, un peu trop suaves du côté du magistrat d'occasion, il les conduisit au bureau du juge Ti, choisi pour l'abattage.

Bien sûr, il dut supporter un exposé fastidieux. Mais Tao Gan avait étudié le dossier. Le cas était aussi simple qu'inextricable : le propriétaire d'une maison à la sortie de la ville avait empiété sur le champ d'un paysan, avec l'aval de celui-ci, moyennant loyer. Il avait englobé dans le jardin entourant sa demeure un lopin sur lequel coulait une rivière du plus joli effet, surtout après qu'un jardinier avait habilement paysagé le tout dans les règles de l'art. Avec le temps, le paysan avait eu besoin de la rivière pour remettre en culture tout un arpent dont la source s'était asséchée. Il réclamait donc la résiliation de la location. Ce à quoi le propriétaire s'opposait, considérant que les frais de réaménagement de son beau parc excédaient trois années du loyer, sans compter l'effet désastreux sur l'œuvre exquise que le jardinier avait réalisée à grands frais. La maison elle-même était louée à un riche bourgeois de Han-yuan qui avait énormément insisté afin que son propriétaire mît tout en œuvre pour obtenir gain de cause. Cela faisait beaucoup pour qu'un « cul-terreux » ait le plaisir de planter quelques légumes supplémentaires. Hélas le cul-terreux était obstiné, et les noms d'oiseaux dont il avait été gratifié avant que l'affaire se retrouvât en justice alimentaient sa détermination.

Quand il fut las de cette litanie à deux voix, Tao Gan résuma l'affaire du point de vue de la justice. Il expliqua aux deux hommes qu'ils avaient tort l'un et l'autre et devaient être honteux d'assommer les fonctionnaires avec leurs disputes dérisoires. Le propriétaire se renfrogna, le paysan haussa les sourcils.

Au sortir de l'entrevue, le nouveau magistrat était fort content de sa prestation. Si les deux parties avaient bien saisi son raisonnement, l'affaire n'allait pas tarder à se décanter.

En effet, une bourse arriva peu après, avec un mot. Le portier vint l'avertir qu'une autre bourse avait été laissée à la conciergerie par l'un de ses visiteurs. Tao les soupesa toutes les deux. L'affaire était entendue. Le plus décidé d'entre eux l'avait emporté, ses arguments avaient plus de poids : ils pesaient deux lingots d'argent, au bas mot. Le juge avait remis à son secrétaire un acte légal signé, dont le nom du bénéficiaire avait été laissé en blanc. Tao Gan saisit une plume et traça les caractères de l'heureux gagnant. Il y apposa le sceau du tribunal, un objet qui valait de l'or, et fit porter le message à son destinataire. En rangeant le sceau dans son coffret, il regretta une fois encore la malchance qui lui avait fait suivre la carrière d'escroc à la petite semaine plutôt que celle, bien moins fatigante mais guère différente, au fond, de magistrat provincial.

De retour dans sa chambre, Ti réfléchissait aux derniers développements de son enquête. Si, comme le disait le médecin, le corps n'avait pas pu se momifier à l'endroit où on l'avait trouvé, il avait donc été conservé autre part et déposé là peu de temps avant la chasse aux champignons. L'assassin avait dû vouloir se débarrasser de l'objet du délit, trois ans après son forfait, et n'avait pas pris le temps de l'enterrer. Pour une raison inconnue, il devait être convaincu que tout lien était coupé entre sa victime et lui, et qu'on serait incapable d'établir le moindre rapport entre eux. Ce raisonnement disculpait une nouvelle fois l'odieux M. Pei. Il était étrange de constater le nombre d'éléments parasites qui le disculpaient, alors que la logique le désignait comme premier suspect. Pei Hang était un meurtrier récalcitrant. Jamais dans sa carrière, les réflexions de Ti ne l'avaient mené avec une telle constance à innocenter un personnage qui constituait par ailleurs le coupable idéal. Même le mobile ne tenait pas, ainsi que Pei l'avait lui-même démontré de si inélégante façon lors de l'audience : pourquoi tuer une épouse dont il aurait aisément pu se défaire par les voies légales ? Il était vrai que, selon le médecin, la défunte était enceinte, ce qui ruinait les espoirs de divorce de son mari. La législation était très pointilleuse sur ces questions : en l'absence de délit indubitable de la part de l'épouse, les torts allaient tout entiers à l'époux, la répudiation était déclarée illégale et donnait lieu à de très importants dédommagements. Se pouvait-il que Pei ait tué sa femme avant que sa grossesse ne devienne officielle, pour éviter d'être définitivement lié à elle ? Mais, s'il était coupable, pourquoi avait-il attendu trois ans avant de se remarier ? Sa réputation à Han-yuan était-elle à ce point compromise par ce mauvais mariage qu'il ait eu du mal à trouver une nouvelle fiancée ? Il convenait de mener sur son compte une enquête de moralité approfondie. Ti allait avoir besoin de renfort.

Ses trois épouses faisaient un peu de rangement dans la pièce. Elles l'entendaient grommeler dans sa barbe contre le mauvais sort qui le clouait au lit en un moment où il avait besoin de toutes ses facultés. Il n'arriverait jamais à résoudre cette affaire dans ces conditions, maugréait-il. Elles en avaient les oreilles rebattues. Il finit par exiger qu'on aille chercher Tao Gan, ce nouveau factotum dont il ne pouvait plus se passer. Elles se hâtèrent d'obéir, avec l'espoir que la présence du secrétaire mettrait un frein à ses récriminations.

Tao Gan arriva en toute hâte, mielleux comme il savait l'être lorsqu'il avait décidé de flatter un interlocuteur dont il avait besoin. En réalité, sa bonne humeur du moment était due à l'excellente santé de ses affaires personnelles.

Ti désirait enquêter discrètement chez Pei Hang. L'homme venait de se remarier : il fallait faire parler sa jeune épouse sous un prétexte quelconque, afin d'obtenir des renseignements de première main sur sa vie conjugale. Les raisons qui avaient amené dame

Hue à s'enfuir et peut-être à le tromper auraient une chance d'apparaître. Ti suggéra que Tao Gan, qui possédait une grande expérience des déguisements en tout genre, se fît passer pour un colporteur.

Celui-ci acquiesça à tout, convaincu de ce que sa visite chez les Pei ne lui coûterait pas trop de peine. À deux pas de là, madame Première buvait les paroles de son mari tout en feignant de rectifier l'agencement d'un bouquet de ses roses préférées, qu'elle n'avait pas hésité à sacrifier pour se donner une raison d'être là. Son front plissé laissait deviner à qui connaissait son secret qu'elle imaginait déjà quelque ruse pour s'introduire dans la demeure du riche propriétaire.

Ti profita de la présence de son secrétaire pour demander comment avançaient les querelles de mitoyenneté, et s'il n'était pas trop abruti par ces questions de territoires, toujours fastidieuses, qui constituaient la part la plus ingrate du travail de magistrat. Il fut tout étonné de s'entendre répondre que le contentieux était réglé depuis une heure. Le brillant émissaire avait tranché. Ce dernier se garda de préciser qu'il avait mis son jugement aux enchères et donné gain de cause à celui qui lui avait offert la plus grosse gratification.

Aussi enchanté qu'heureusement surpris, Ti lui confia sur-le-champ tous les autres dossiers en souffrance. Tao Gan vit poindre d'un œil ravi le début de sa fortune, cette opulence qu'il avait si longtemps poursuivie en vain sur les routes de l'empire, et qui s'offrait à lui dans ce palais béni des dieux.

Madame Troisième vint annoncer le retour du médecin. Ti s'efforça d'avoir l'air plein d'entrain pour couper aux reproches de Wen. Au vrai, les pérégrinations de la matinée dans les diverses pièces du yamen coûtaient à présent au juge de rudes souffrances. M. Wen ne fut pas dupe de ses sourires crispés. Il lui prescrivit une potion beaucoup plus forte que les précédentes, dont il avait apporté les ingrédients, et ne bougea pas de la chambre qu'il n'ait vu son patient l'avaler jusqu'à la dernière goutte. Il avait une réputation à préserver : que le juge demeurât estropié à force de galoper d'un bout à l'autre de sa résidence, et c'était à lui qu'on en tiendrait rigueur. La rumeur publique aurait tôt fait de prétendre qu'il ne savait pas soigner les fractures. Chaque apparition d'un magistrat boitillant serait du plus désastreux effet sur sa carrière.

Le remède de cheval qu'on venait de le forcer à ingurgiter abrutit totalement le juge, lui interdisant pour un bon moment tout déplacement à dos de Ma Jong, au grand soulagement de ceux qui l'entouraient, épouses, médecin et monture. Tandis qu'il sentait son esprit s'embrumer sous l'effet du médicament, Ti se demanda s'il ne tenait pas son assassin : un empoisonneur qui s'acharnait sur lui après avoir coupé la courroie de sa selle. Il était incapable de se souvenir si Wen s'était trouvé au temple de Bixia pour la célébration de la Donneuse d'enfants. Vu sa qualité de notable, c'était fort possible. Le juge se laissa sombrer dans l'inconscience au milieu de pensées funestes à l'encontre du médecin.

Dès qu'il fut endormi, madame Première remercia avec effusion M. Wen de ses bons soins et se hâta vers les bureaux du tribunal, soucieuse d'arracher à Tao Gan la mission qui venait de lui être confiée. Elle n'eut pas à courir jusque-là : le secrétaire était posté au détour d'un corridor, certain qu'elle ne serait pas longue à voler vers lui. Elle se sentit confuse : leur rencontre dans un coin sombre avait tout du rendez-vous galant. Cette idée la gênait d'autant plus que le bras droit de son mari, dont elle n'ignorait pas le honteux passé d'écornifleur, lui répugnait. Il n'était plus de la première jeunesse, et même franchement défraîchi. L'une de ses joues portait une vilaine verrue d'où jaillissaient trois poils. Et comme si cela ne suffisait pas, le triste individu ne cessait de tirer sur cette toison disgracieuse, un tic qu'elle jugeait dégoûtant. Plus que tout, elle était indisposée par l'éclat de ses yeux vifs, dont elle devinait toute la malignité. C'était un homme dont l'intelligence aiguë ne s'était jamais appliquée à bon escient. Les longues années passées dans les bas-fonds n'avaient fait que gâter une nature déjà douteuse. Sa compagne ne l'avait-elle pas quitté pour son patron, du temps où il menait encore une vie honnête, ce qui avait été, paraît-il, à l'origine de sa dégringolade ? Ce qu'elle ne comprenait pas, en premier lieu, c'était comment une jeune femme normalement constituée avait pu se lier à lui. Mais comment son propre mari avait-il pu s'imposer la présence d'un voleur, d'un menteur professionnel – pire peut-être, qui pouvait savoir de quels crimes il s'était rendu coupable ? –, sans parler du fait d'élever des enfants dans un tel voisinage ? S'il l'avait écoutée, jamais il ne se serait attaché un tel sacripant, dont elle devait cependant reconnaître, pour l'instant, qu'il lui était diablement nécessaire. Elle passa donc sur la répugnance qu'il lui inspirait et tâcha de lui faire bonne figure. Elle se sentait de taille à jouer sa partie aussi finement que cette crapule.

Curieusement, Tao Gan fit moins de difficultés qu'elle ne s'y attendait. Il évoqua bien la fidélité qu'il devait à son employeur, ce cher magistrat cruellement empêché, mais, lorsqu'il commença à lui parler de ses scrupules moraux, elle faillit éclater de rire. Elle dut faire un immense effort sur elle-même pour ne pas heurter les nobles sentiments dont il plaisait au secrétaire de s'affubler. Lorsqu'elle fut fatiguée de biaiser, elle lui demanda carrément ce qu'il exigeait pour lui céder la place.

Tao Gan abattit le masque du serviteur zélé et déclara qu'il comptait sur son soutien inconditionnel s'il venait à baisser dans l'estime du maître. Il voulait la garantie de son aide au cas où de fâcheux importuns se permettraient un jour de le décrier auprès de son mari.

Elle resta un instant stupéfaite. Tao Gan, depuis qu'il faisait des merveilles aux archives et dans le règlement des contentieux, était au zénith dans la considération du magistrat. Quelle raison avait-il de craindre pour son avenir ? Elle accéda volontiers à sa requête, bien qu'il lui semblât bizarre de s'entendre promettre sa protection à un être vil et fourbe qu'elle aurait eu plaisir à voir chasser de leur maisonnée deux jours auparavant.

De retour dans ses appartements, madame Première chercha un prétexte pour surgir à l'improviste chez les Pei et cuisiner la maîtresse de maison. N'en trouvant guère de satisfaisant, elle s'intéressa à sa tenue. Elle remisa la robe collet monté qu'elle avait choisie pour aller voir la générale. Dans une telle tenue, elle aurait eu l'air d'une dame patronnesse en train de quêter pour une œuvre d'édification en faveur des jeunes filles pauvres. Cette réflexion lui livra le motif qu'elle cherchait : quoi de plus naturel pour l'épouse du premier magistrat du district que de s'intéresser à la santé morale des administrés ? Elle écrivit immédiatement un billet dans lequel elle annonçait sa venue, et chargea l'une des servantes de le porter sans tarder à sa destinataire.

En revanche, pas question d'enfiler le vêtement qui avait suggéré le rôle. Il lui fallait gagner la confiance de la jeune femme. Mieux valait jouer la carte de la jeunesse, afin de réduire autant que possible l'écart qui les séparait. Madame Première choisit une robe d'un motif à la mode, dont la couleur délicate s'harmonisait avec son teint pâle. En ce qui concernait les accessoires, elle se fonda sur ce qu'elle savait de la mode actuelle à la capitale. Au pire, cela leur ferait au moins un sujet de conversation. Madame Première se souvint que la Troisième avait insisté pour se faire offrir une extravagante paire de brodequins surélevés, au prétexte que les habituées de la cour n'en portaient plus d'autres. Elle ne les avait mis qu'une fois, le temps de se meurtrir le nez, les coudes et les genoux en essayant de se déplacer sur le dallage irrégulier du yamen. Les deux femmes avaient des pointures comparables, les brodequins parachèveraient l'accoutrement.

Elle terminait de s'habiller lorsque sa servante revint lui annoncer que M. Pei était sur ses terres, mais que son épouse la recevrait avec plaisir. Harnachée, pomponnée, parfumée, madame Première se sentait prête à livrer ce second combat, avec l'espoir qu'il se révélerait moins délicat que le premier. Montée sur ses socques, qui gênaient terriblement sa marche, elle s'avança d'un pas qu'elle voulait décidé en direction du palanquin d'honneur. Elle pouvait bien se permettre d'utiliser le véhicule de fonction de son mari : ce dernier ne serait pas en état d'en profiter avant plusieurs semaines, et, d'ailleurs, n'était-elle pas en train d'effectuer son travail ? Ce fut sans l'ombre d'un scrupule qu'elle parut sur le perron, dont elle descendit les marches au péril de sa vie, tant ses semelles compensées rendaient sa progression hasardeuse. Le métier d'enquêteur était plein de dangers. Qu'importe ! Elle adorait cette idée. N'était qu'elle manquait à chaque pas de tomber à la renverse, elle se serait sentie planer au-dessus les toits de cette bonne ville qu'elle avait détestée tant qu'elle avait cru devoir s'y morfondre.

IX

Madame Première se lance dans les bonnes œuvres ; on lui parle d'un monstre.

La résidence des Pei était une grosse bâtisse édifiée dans le quartier le plus agréable de la ville. Elle devait être ancienne. Une tour assez haute s'élevait à l'un des angles, renforçant son aspect de forteresse militaire. L'un des porteurs abattit le marteau sur le lourd portail qui en barrait l'accès. Les serviteurs ouvrirent aussitôt à deux battants pour permettre au somptueux équipage de pénétrer dans la grande cour.

Madame Première se trouvait dans l'enceinte d'une demeure patricienne parfaitement entretenue. Des acrotères en terre cuite dont la forme imitait des dragons terminaient l'angle des toits rouges. Une rangée de pilastres en bois peint flanquait la façade principale, donnant à l'ensemble un air de petit château, bien qu'on fût en pleine ville. C'était là le genre de demeure qu'elle aurait aimé habiter à l'année, plutôt que cette succession de vieux locaux administratifs froids, impossibles à chauffer et malcommodes, jamais réagencés depuis les temps immémoriaux de leur construction, dont la famille Ti changeait tous les trois ans pour les remplacer par d'autres tout aussi calamiteux.

Elle fut accueillie par une servante fort bien vêtue, maquillée et coiffée avec soin, qui la prévint que dame Yin la recevrait sous peu, un problème domestique la retenant dans le gynécée. Elle l'introduisit dans le principal salon de réception, une pièce ornée de meubles laqués aux ferrures de bronze ouvragé.

Madame Première remarqua des représentations féminines exposées çà et là sur de petits présentoirs. L'usage du temps n'était pas d'exhiber les portraits, souvent peints sur une fragile feuille de soie ou de papier, que l'on préférait conserver dans des rouleaux et ne sortir qu'à l'occasion, pour les amateurs ou la parentèle. Mais la facture délicate et parfaite de ceux-là justifiait assez qu'un collectionneur eût la fierté de les montrer à ses visiteurs. Il s'agissait de trois dames : un petit poème inscrit sur chacun d'eux citait chaque fois un prénom différent. Le point commun entre les trois modèles était leur exceptionnelle beauté, répondant aux canons en vigueur sous l'empire des Tang : un visage carré, des joues pleines et un menton lourd témoignant d'une alimentation riche, des yeux très allongés, les cheveux tirés en arrière en un double chignon élaboré et retenu par des rubans.

Pour madame Première, cette perfection anatomique n'était pas le fait de la création artistique, mais le reflet de la réalité. En effet, chaque visage conservait sa propre personnalité. Madame Première soupira à l'idée que son visage à elle fût trop long, voire émacié, pour convenir à cet idéal. Mais cette disgrâce, se dit-elle, était peut-être une chance. Les femmes trop belles se voyaient courtisées par des importuns qui n'avaient que faire de ruiner leur réputation ou leur vie. Si elles étaient pauvres, leurs parents étaient harcelés par les maquereaux et leurs rabatteurs, qui leur offraient de grosses sommes pour alimenter les écoles de courtisanes ou les vulgaires maisons de passe. Riches, elles étaient inévitablement soupçonnées de faire mauvais usage de ce don du Ciel. Il n'existait pas, dans l'esprit public, de belle femme honnête. Une femme laide pouvait se livrer à toutes les turpitudes sans éveiller la suspicion. Une belle était condamnée dès qu'elle mettait le pied hors de chez elle, et ne pouvait recevoir le moindre marchand, prêtre ou cousin sans passer pour une catin. Le règne du troisième empereur Tang, s'il avait amélioré la condition des femmes en bien des domaines, n'avait guère fait progresser les mentalités à cet égard.

Lorsque son regard se détacha des portraits, madame Première s'aperçut que la jolie servante n'avait cessé de l'espionner à la dérobée. Un bruit de pas se fit soudain entendre depuis le couloir. Dame Yin pénétra dans la pièce ; du moins la visiteuse supposa-t-elle qu'il s'agissait de son hôtesse.

Madame Première s'attendait à rencontrer l'une de ces jeunes filles tiraillées entre l'enfance, quittée trop tôt, et le rôle de maîtresse de maison, auquel elles mettaient bien du temps à s'habituer. L'impression suscitée par dame Yin fut toute différente. Pour ce qui était de l'enfance, sa constitution fine, presque frêle, suggérait qu'on l'y avait arrachée tout d'un coup, plutôt que de lui laisser le temps d'en sortir peu à peu, comme il eût été plus sage. Quant à être la chef des domestiques, elle n'en avait pas du tout l'air. Madame Première eut la conviction que la jeune femme s'était enlaidie à plaisir. Elle avait les cheveux en bataille et ne portait pas la moindre trace de rouge sur les joues ni sur les lèvres. Son visage marqué par l'inquiétude et les insomnies paraissait beaucoup plus que les seize ou dix-huit ans qu'elle devait avoir. Sa tenue était à l'avenant. Elle n'était pas mise comme une riche matrone, mais comme la dernière de ses esclaves. Le mariage n'avait certes pas provoqué en elle l'épanouissement du papillon sorti de sa chrysalide. Même en les examinant plus longuement, il était bien difficile de discerner les traits magnifiques qui avaient dû déterminer M. Pei à demander sa main.

Après un échange de politesses, dame Yin se déclara heureuse de participer à une œuvre de charité dans la faible mesure de ses moyens. Madame Première lui exposa le projet imaginé durant son trajet en palanquin. Il s'agissait d'aider les jeunes filles pauvres qui avaient du mal à trouver un mari. Elle désirait installer un ouvroir où on leur inculquerait les fondements du mariage : les cinq vertus perpétuelles (bienveillance, droiture, bienséance, sagesse et sincérité), les quatre vertus féminines (fidélité, charme physique, discours convenable et habileté aux travaux d'aiguille), ainsi que les mille petites astuces qui facilitent la gestion du foyer. Tout en énonçant ces commandements, madame Première ne put s'empêcher de remarquer que son interlocutrice avait contrevenu à la plupart d'entre eux. Une fois cette tâche menée à bien, on aiderait les jeunes filles à débusquer l'âme sœur grâce à un service d'entremetteuses chevronnées. Évidemment, pareille organisation coûterait chaque mois quelques taels aux dames de la bonne société à laquelle elles appartenaient toutes deux.

Cette idée laissa dame Yin rêveuse.

– Voilà la cause la plus juste dont j'aie jamais entendu parler, dit-elle. Tant de jeunes filles arrivent au mariage sans y avoir été préparées en quelque façon, sans s'attendre à ce qui va leur arriver... et sans qu'on se soit donné la peine de choisir un mari qui leur convienne véritablement ! J'aurais été ravie de profiter d'un tel secours.

Madame Première leva les sourcils dans une expression d'étonnement poli :

– Oh, mais je ne pense pas que la fortune de vos parents vous aurait permis de remplir nos critères. Nous nous adressons à des familles dont nous sommes le dernier recours.

– La fortune de mes parents... répéta dame Yin avec une pointe d'amertume dans la voix. Elle était bien écornée, au moment des fiançailles. En fait, les cadeaux offerts par mon futur époux ont aidé à la relever. Savez-vous que, le jour de mon mariage, j'ai manqué maculer mes vêtements à tous les murs de notre maison ? On venait de les repeindre pour la première fois depuis quarante ans ! Sans sa générosité providentielle, jamais Pei Hang n'aurait obtenu ma main. Je serais aujourd'hui Mme Tout-le-monde et j'aurais encore droit au bonheur.

– Certes, admit madame Première, une forte différence d'âge entre les époux constitue un obstacle, mais nombre de ménages réussissent à passer outre. Le temps aplanit bien des choses.

Dame Yin eut un rire amer.

– Mes parents n'avaient que faire de notre différence d'âge ! C'est la réputation du prétendant qui les indisposait. Savez-vous qu'il a déjà été marié trois fois, et qu'aucune de ces malheureuses n'est plus là pour en parler ?

Madame Première faillit tomber de son fauteuil. Elle n'habitait Han-yuan que depuis peu, passant de ville en ville au gré des affectations de son mari, aussi ignorait-elle les histoires locales.

– Marié trois fois ? répéta-t-elle, abasourdie. Qu'est-il donc arrivé à ces infortunées ?

L'expression qu'elle avait employée pour désigner les épouses précédentes trahissait son intuition. Dame Yin eut un sourire las.

– Pardonnez-moi, j'oubliais que vous êtes nouvelle parmi nous, vous ne pouvez pas savoir. Il les a tuées, bien sûr. Cela n'a pas facilité sa recherche d'une nouvelle compagne, évidemment.

Madame Première posa sur son hôtesse un regard effaré. Celle-ci saisit une tasse, dont elle but le contenu à petites gorgées, comme si elle venait de faire une banale remarque sur les intempéries. Madame Première nota que la jolie servante, qui venait de servir le thé, gardait les yeux rivés sur sa maîtresse, des yeux dénués d'aménité. On aurait pu croire qu'elle se demandait quelle énormité celle-ci allait encore proférer. La visiteuse se demanda quant à elle si on pouvait réellement porter foi aux propos de dame Yin, ou si la jeune femme délirait de façon continue. Après tout, son apparence physique pouvait accréditer ce soupçon. Pour s'attifer d'une façon si incroyablement négligée, il fallait que son esprit fût un peu dérangé.

– Puis-je demander pourquoi, dans ce cas, votre mari ne repose pas au cimetière, après avoir subi les tortures du bourreau ?

Dame Yin soupira.

– Vous êtes bien placée pour savoir, en tant que femme de magistrat, qu'en cas d'adultère avéré le meurtre de l'épouse fautive ne conduit nullement à la condamnation du mari. La justice considère qu'il n'a fait que laver son honneur. Il faut bien sûr que cet adultère soit prouvé sans ambiguïté. Il semble que mon époux n'ait pas eu de problème sur ce point. Je ne sache pas qu'il ait dormi une seule nuit en prison après ces assassinats. Vous comprenez à présent qu'aucune femme de Han-yuan n'ait eu envie de partager la vie d'un tel individu, et que je puisse légitimement me regarder comme sacrifiée par mes parents sur l'autel du confort matériel. Au reste, il était de mon devoir de rendre à mes géniteurs un peu des bontés qu'ils ont eues pour moi, aussi nulle plainte ne franchira-t-elle jamais la frontière de mes lèvres.

Madame Première songea qu'elle ne faisait au contraire que se plaindre de son sort ; mais qui pouvait avoir le cœur de l'en blâmer ?

– Un palanquin de mariage écarlate m'a amenée ici voici un mois. Que ne vient-il me rechercher ! Que ne donnerais-je pour qu'il m'arrache à cette existence ! Hélas, nos parents, lorsqu'ils louent ces splendides équipages au matin de nos noces, ne prévoient pas de retour. Il m'arrive parfois de rêver que mon époux meure d'une brutale attaque d'apoplexie – il a quarante-cinq ans, vous savez : c'est presque trois fois mon âge. Veuve, il me serait enfin possible de choisir moi-même mon nouveau compagnon. Mais ce n'est qu'un songe. En réalité, ce n'est pas un palanquin de mariage qui m'enlèvera à cette demeure, mais un catafalque de funérailles.

Pour détendre l'atmosphère, madame Première feignit de s'intéresser aux trois portraits qui ornaient la console. Dame Yin fit la grimace :

– Pas plus ici qu'ailleurs, il n'est de coutume d'exposer les peintures. Mon mari a fait exprès de les placer en évidence pour que je les voie. Ils représentent ses épouses défuntes. Il s'en est fait une collection. D'épouses, j'entends. Je ne suis que sa dernière acquisition.

Madame Première comprit subitement pourquoi son hôtesse était si mal mise. Son enlaidissement volontaire traduisait non seulement sa tristesse, mais un effort désespéré pour repousser son mari, qu'elle craignait et détestait tout ensemble.

– Si vous voulez des détails, vous questionnerez celle-ci : elle les a connues toutes les trois. N'est-ce pas, Bouton d'Or ? dit-elle en s'adressant à celle que madame Première avait prise pour une servante.

Elle comprit tout à coup que la jolie femme apprêtée qui se tenait humblement à quelques pas et les dévisageait depuis lc début de l'entretien était en réalité une concubine du maître de céans, qui avait survécu au passage des différentes compagnes sans jamais accéder au rang de Première, d'épouse officielle et principale, de maîtresse de maison. Madame Première allait lui poser une question lorsque l'attention des trois femmes fut attirée par une clameur venue de la rue. Dame Yin se leva brusquement, l'esprit en alerte.

– Il se passe quelque chose dehors, dit-elle. Courons au portail, voulez-vous[1] ?

Quand madame Première y parvint avec difficulté, à cause de ses socques trop hautes, Bouton d'Or avait déjà entrouvert la double porte. Les deux femmes regardaient avec intérêt une procession qui passait dans la rue.

1. Les maisons chinoises d'une certaine importance étaient renfermées sur elles-mêmes autour d'une ou plusieurs cours, et donnaient rarement sur l'extérieur.

Il s'agissait d'un cortège d'enterrement bouddhiste de première classe. Des bonzes ouvraient la marche avec encens et clochettes, suivis des tambours et des trompes chargés d'éloigner les mauvais génies. Moines et pleureuses accompagnaient un palanquin de funérailles richement paré. Les parents du défunt n'avaient pas lésiné sur le décorum, ils avaient fait appel à l'entreprise de pompes funèbres la plus chère de la ville. Les chanteurs égrenaient de tristes mélopées. On sentait qu'ils avaient été recrutés pour leur belle voix et leur art consommé du chant. Madame Première remarqua qu'on enterrait une femme : les pendeloques suspendues de part et d'autre du cercueil étaient parfaitement explicites.

Elle sut tout à coup quelle était cette personne que l'on inhumait à grand bruit. Les Hue faisaient passer le cortège funèbre de leur fille devant la résidence de l'homme qu'ils accusaient de l'avoir assassinée ! Ils avaient dû expédier les rites à cause du désespoir de la générale et de l'état du cadavre. On avait glissé sur l'exposition du corps, et les cérémonies de purification avaient dû être réduites à leur plus simple expression. Cette procession était un message : les parents de la malheureuse espéraient que les mânes de leur enfant, avec l'aide des dieux irrités de voir ce crime impuni, parviendraient à la venger, ou du moins à tourmenter celui qui avait causé sa fin prématurée.

– Bel enterrement, dit dame Yin. Savez-vous de qui il s'agit ?

Madame Première eut le terrible pressentiment que la jeune femme ignorait encore la découverte du corps de la précédente épouse. Pei Hang ne s'en était sans doute pas vanté en sa présence. D'ailleurs, se parlaient-ils seulement ? En revanche, elle lut dans les yeux de la concubine que celle-ci savait parfaitement de quoi il retournait. Elle se tourna vers sa maîtresse et lui lança la nouvelle en pleine figure :

– C'est dame Hue Feng[1] que l'on ramène sous terre ! Je souhaite que vous finissiez comme elle, plus noire que le charbon, desséchée et figée pour toujours !

En fait de charbon, dame Yin pâlit comme un linge, resta interdite, dans l'entrebâillement de la porte, tandis que Bouton d'Or courait vers le bâtiment. Madame Première jugea opportun de prendre congé.

– Attendez ! parvint à articuler son hôtesse. Je vais vous remettre quelques rouleaux de soie[2] pour vos bontés en faveur des jeunes filles à marier. Je tiens à faire pour autrui ce qu'on n'a pas fait pour moi.

Madame Première se vit bien embarrassée de recevoir de l'argent pour un ouvroir qui n'existerait jamais. Elle repoussa cette offre, prétextant qu'elle ne pouvait accepter de fonds, son comptable étant malade, mais assura qu'elle aurait plaisir à revenir bientôt discuter de tout ça avec elle. Elle quitta la maison, convaincue de ce que dame Yin était folle à lier. Elle avait l'air si égarée qu'il était difficile de porter foi à ses récits de meurtres légalisés. Il fallait à l'épouse de Ti l'avis d'une tierce personne ayant passé toute sa vie à Han-yuan pour y voir plus clair.

Une fois dans la cour du yamen, elle questionna un des porteurs. Elle voulut savoir s'il y avait un fond de vérité dans cette histoire de veuvage à répétition. Il lui confirma que ce Pei était célèbre par toute la ville

1. *Feng* est le mot chinois pour « érable ».

2. Les rouleaux d'étoffes précieuses étaient couramment utilisés comme monnaie pour les sommes importantes.

pour avoir expédié ses deux premières épouses dans l'autre monde sous des prétextes légaux et pour en être sorti blanchi par la justice. D'aucuns murmuraient qu'il avait fait de beaux présents aux magistrats afin de huiler les rouages d'une administration toujours un peu lente à prendre la bonne décision.

– Ne lui aurait-il pas suffi de les répudier, si elles étaient coupables ? s'étonna madame Première, que ces mœurs indignait.

– On voit que vous ne connaissez pas ce Pei ! s'exclama le porteur. Ce n'est pas un homme qui répudie, c'est un homme qui abat : ses chevaux blessés, ses chiens quand ils perdent leur flair, ses chats paresseux comme ses femmes infidèles. Le tribunal acquitte parfois ; pas lui. Au reste, il ne manque pas de gens, dans cette ville, pour penser qu'il a choisi la manière la plus simple pour vider un différend conjugal. J'en connais plus d'un qui ferait volontiers de même s'il était sûr de s'en tirer à si bon compte. Heureusement, tous ne disposent pas de ses revenus pour flatter les juges et étouffer la colère du clan adverse.

Madame Première remercia le porteur, lui remit quelques sapèques à partager avec ses camarades, auxquels elle recommanda d'oublier la course qu'ils venaient de faire. Puis elle rentra dans le yamen, la tête toute pleine des horreurs qu'elle venait de découvrir sur la nature humaine.

X

Le juge Ti compatit au malheur d'une jeune mariée ; il tombe sur un os.

Madame Première alla trouver Tao Gan dans le bureau de son mari, après un crochet par ses propres appartements afin de changer de chaussures, sans quoi le lit de douleur du juge Ti aurait bien pu accueillir une pensionnaire de plus.

Tao Gan se leva à son entrée. La tenue de sa patronne suscita en lui une certaine surprise : elle semblait revenir de la cérémonie annuelle au temple de la Maternité, auquel les femmes privées de progéniture étaient fort assidues. Lui-même n'était pas en reste. Un surtout brodé de fil d'argent était apparu comme par miracle sur ses épaules. C'était le genre de vêtement que Ti aurait hésité à s'acheter s'il en avait eu les moyens – les émoluments de sous-préfet ne permettaient guère de s'offrir des étoffes aussi luxueuses, surtout lorsqu'on avait trois épouses à entretenir, si compréhensives fussent-elles. Tao Gan, en revanche, semblait nager dans l'opulence. Madame Première remisa son impression dans un coin de sa mémoire et engagea la conversation sur le sujet qui les liait l'un à l'autre. Elle lui relata les renseignements incroyables qu'elle venait de glaner : Pei Hang marié trois fois et trois fois veuf grâce à deux assassinats légaux. Elle tâcha de n'omettre aucun détail, connaissant trop bien la passion de son mari pour les faits sans importance. Elle lui cita l'animosité entre dame Yin et la concubine Bouton d'Or, puis l'exhibition des trois portraits où les défuntes souriaient pour l'éternité, comme si le meurtrier les avait chéries dans son cœur malgré tout le mal qu'il leur avait fait, à moins qu'il ne les ait exposés pour servir d'exemple. Plus elle y repensait, plus elle avait le sentiment d'avoir pris le thé dans la maison du mal incarné. Cet endroit avait grand besoin d'un bon rite de purification par les meilleurs prêtres taoïstes de la région. Elle-même aurait volontiers couru à l'établissement de bains le plus proche pour se laver de toute cette acrimonie morbide. Pour la première fois depuis longtemps, elle avait envie d'aller voir jouer les enfants de ses compagnes, afin de se réfugier dans un univers d'innocence et de tendresse où n'existaient ni épouses frustrées, ni maris jaloux.

Tandis qu'elle parlait, le secrétaire prit des notes qui lui seraient précieuses quand il s'agirait de répéter son laïus à un juge peu avare de questions. Puis il s'en fut courageusement affronter l'épreuve du feu, rançon de la position avantageuse qu'il occupait désormais.

Ti venait d'émerger des brouillards où l'avait plongé la potion du médecin lorsque son secrétaire pénétra dans sa chambre. Cette apparition le réjouit : il réintégrait enfin le monde des vivants, il n'était plus seulement un pauvre estropié condamné à l'immobilité.

Après avoir écouté le récit de Tao Gan et lui avoir fait préciser quelques points, Ti exigea qu'il aille sur-le-champ consulter les attendus des deux procès. Il voulait aussi savoir de quelle manière Pei s'y était pris pour commettre ses assassinats. Se pouvait-il qu'il eût décidé de se débarrasser de sa troisième épouse, que la loi le lui permît ou non ? Les cas de maris qui lavaient dans le sang l'outrage causé par un adultère n'étaient pas rares, bien qu'il n'ait pas encore eu personnellement à statuer sur ce genre d'affaire. La cohabitation avec Pei risquait d'ajouter cette expérience à son parcours dans la magistrature. Il espéra que ce personnage était conscient qu'il n'était pas de ces juges dont on achète la bienveillance. Il avait horreur de la corruption et prenait toujours soin d'éviter toute espèce d'ambiguïté dans ses rapports avec les plaignants ; c'était là une attitude qu'il était fier d'avoir transmise à son entourage.

– Je comprends tout à fait l'angoisse de son épouse actuelle, dit-il lorsque son secrétaire se fut tu. Il ne doit pas être facile de chausser les souliers de trois personnes décédées de mort violente, de coucher dans leur lit, de vivre au milieu des objets leur ayant appartenu. Elle doit avoir l'impression d'être enfermée dans un tombeau, si somptueux soit-il. Sans parler de l'abomination d'avoir à supporter sur sa peau des mains qui ont tué par deux fois au moins !

Tao Gan n'était pas trop sûr de ce point-là. Il avait cru comprendre, à ce que lui avait dit madame Première, que les relations entre les jeunes mariés étaient restreintes au minimum. Il était prêt à parier que cette dernière union n'avait pas été consommée, ou fort peu et fort mal. Les ébats, s'ils avaient eu lieu, avaient dû ressembler à l'étreinte du serpent et du cactus.

Ti était assez d'accord. Il nota cette idée, susceptible de lui servir un jour prochain pour prononcer le divorce de ce lamentable assortiment, dans le cas où les époux survivraient tous les deux à leur mésentente.

Une fois de plus, Ti se vit fort contrarié de devoir garder la chambre. Il convenait à présent de définir si ces dames s'étaient réellement rendues coupables d'adultère, ce qui semblait une bien grande malédiction pour un seul homme. Une idée saugrenue lui vint : celle d'un Pei impuissant qui aurait poussé ses femmes à entretenir des rapports avec d'autres hommes afin de lui procurer une descendance en dépit des vœux du Ciel ; puis, ne supportant pas d'être cocu, il les assassinait dans un mouvement de fureur incontrôlé. Ti avait absolument besoin du rapport d'autopsie des deux défuntes. Tao Gan fut chargé de rassembler tous les dossiers concernés. Son secrétaire acquiesça d'un air vague. Ayant remarqué sa distraction, son patron se reprocha d'accabler le pauvre homme d'un tel surcroît de travail.

– Que Votre Excellence ne s'inquiète pas, répondit le « pauvre homme ». Les affaires du tribunal seront toutes menées à leur terme.

Ti se félicitait intérieurement de posséder de si zélés collaborateurs lorsque le sergent Hong entra dans la chambre, la mine embarrassée. Un paysan venait de se présenter à la porte du tribunal : il prétendait avoir déterré un intrus dans son champ.

Ti se demanda avec effarement si les meurtriers de son district s'étaient donné le mot, mettant à profit l'incapacité momentanée de leur magistrat pour commettre tous les meurtres imaginables. Il décida de recevoir immédiatement le bonhomme. Comme il ne se sentait pas le courage d'ouvrir une nouvelle audience, il ordonna qu'on le conduisît jusqu'à lui.

Guidé par le sergent Hong, le paysan traversa les

couloirs du yamen en ouvrant des yeux ronds à la vue d'un luxe – ou de ce qui lui semblait tel – auquel il n'était pas accoutumé. Les murs épais, les multiples salles aux vastes dimensions, les meubles solides et nombreux étaient pour lui autant de signes de l'opulence dont profitaient les mandarins impériaux aux frais de leurs administrés.

Le sergent introduisit dans la chambre à coucher un petit homme de constitution robuste, râblé, à la peau tannée par le soleil, vêtu comme un laboureur, et visiblement gêné de pénétrer dans l'intimité du sous-préfet. Ne sachant que faire de ses mains, il les tenait jointes sur son ventre. Il se confondit en courbettes devant l'éminent personnage barbu qu'entouraient des lieutenants à la mine sévère. Ti le pria de ne pas se troubler et de lui faire sa déposition comme s'ils étaient au tribunal. L'abondance de médicaments, bols et instruments divers qui garnissaient les meubles donna à ces mots une résonance bizarre. Le paysan commença son récit d'une voix mal assurée.

– L'humble personne qui se tient devant vous se nomme Tchang Lou, cultivateur de son état. Je possède à la sortie de la ville un assez vaste terrain jouxtant un beau jardin au milieu duquel s'élève une demeure de prestige. Votre Excellence en a entendu parler récemment : elle vient de me faire l'honneur de trancher en ma faveur dans le différend de mitoyenneté qui m'opposait au propriétaire de cette résidence.

Ti mit un instant à se rappeler l'affaire, celle-là même que Tao Gan venait de conclure de main de maître. Il jeta un coup d'œil à ce dernier, qui confirma du menton. D'où venait cette impression que son secrétaire n'était pas tout à fait à son aise ? Ti fit signe au paysan de poursuivre sa relation.

– Ainsi donc, Votre Excellence ayant une fois de plus fait triompher le bon droit, j'ai repris possession d'un lopin de terre où coule une rivière dont j'avais absolument besoin pour irriguer mon champ. Malgré le désagrément du propriétaire et de son locataire, j'ai aussitôt fait débuter les travaux. Quelle ne fut pas ma surprise, dès les premiers coups de pioches, de découvrir les restes d'un inconnu enterré là sans ma permission !

« Allons bon ! songea le juge. Il ne va bientôt plus rester personne de vivant, dans ce district. » Il demanda ce que l'on avait fait de ce corps et dans quel état il se trouvait. Le paysan se mit à fouiller sa manche, dont il sortit ce qui ressemblait furieusement à un tibia humain :

– Je vous en ai apporté un morceau. Il y en a plein, comme ça. Je crois qu'ils y sont tous.

C'était un os tout blanc, parfaitement nettoyé par son séjour dans une terre que la proximité de la rivière humectait toute l'année. Ti lui demanda à quel endroit exact il avait fait sa découverte. Le paysan expliqua que ses travaux d'irrigation nécessitaient de flanquer en l'air une partie d'un jardin paysagé tel que les riches citadins aimaient à en faire arranger pour le plaisir de l'œil et de la promenade. Sa trouvaille gisait entre un rocher en stuc et un massif de camélias qui n'avaient pas opposé une grande résistance à ses ouvriers.

Ti lui interdit de toucher aux autres reliques du mort avant que ses lieutenants ne soient venus examiner le site. Bien que l'homme n'osât rien dire, Ti vit bien que cette idée le contrariait, car elle retarderait le percement de ses petits canaux et la destruction de l'œuvre d'art qui encombrait encore le précieux lopin.

Puisque le corps avait été enterré sur le terrain loué par le propriétaire de la villa, Ti se fit indiquer son patronyme, sa profession et son adresse. Le paysan précisa que la résidence était occupée depuis quelques années par un peintre fortuné dont le nom lui échappait. Ti lui permit de se retirer, non sans avoir félicité le paysan pour son honnêteté :

– D'autres que toi auraient été tentés d'enfouir ces ossements dans quelque trou pour s'éviter tout embarras avec la justice, nota-t-il, toujours ravi de constater que le sens du devoir persistait en ce bas monde.

Le cultivateur répondit avec un grand sourire que ses récents contacts avec l'administration judiciaire lui avaient donné pleine confiance dans les institutions impériales. Puis il franchit le seuil de la pièce à reculons, sans cesser de s'incliner devant son magistrat ; aussi manqua-t-il de heurter madame Première, qui se trouvait justement dans le corridor.

Une fois l'inventeur de l'ossuaire parti, Ti congratula son secrétaire pour la bonne opération qu'il avait faite en lui donnant gain de cause :

– Non seulement tu as été juste et équitable, mais tu as permis à un nouveau forfait de parvenir à notre connaissance. Car il y a lieu de croire que c'est un décès crapuleux qu'on a voulu camoufler ainsi. Les morts honnêtes vont au cimetière.

Bien au contraire, Tao Gan, s'il avait su, se serait contenté d'empocher la bourse la moins remplie. Toute cette agitation risquait de mettre au jour un autre forfait : la manière peu académique, employée pour régler ce litige. Il y avait des actions d'éclat qui gagnaient à rester dans l'ombre. Sa modestie lui faisait rechercher la discrétion.

Madame Troisième entra avec un plateau et renvoya tout le monde. Il était temps pour le juge d'ingurgiter les aliments réparateurs prescrits par le médecin : un florilège de mets répugnants ou fades dont la seule répétition aurait suffi à l'écœurer.

Tao Gan rejoignit la salle des archives en se disant que tout cela était bien beau, mais l'éloignait du règlement des contentieux urgents, ces corvées auxquelles il se vouait avec abnégation. Il s'adjoignit les scribes, qu'il lança à l'assaut des boîtes renfermant les attendus des dix dernières années. Elles étaient bien tenues, aussi ne leur fallut-il guère plus d'une heure pour faire le tri entre les disparitions non élucidées, dont les avis avaient été soigneusement étiquetés, commentés et datés. Une fois éliminés tous les soldats déserteurs qui avaient dû rejoindre leur province d'origine sans attendre la fin de leur engagement, les comptables ayant filé avec la caisse, les enfants perdus à qui ce tibia grand modèle ne pouvait appartenir, il ne lui resta plus que cinq fiches, dont l'une retint particulièrement son attention.

Muni de ces documents, le bras droit du juge Ti se hâta de retourner dans la chambre de son patron, qui relevait péniblement d'une absorption de jus de légumes fermenté. Le magistrat le vit apparaître comme le fantôme de Confucius sur le mont Ni-hua : il faillit entonner un chant de louange à la gloire des serviteurs exemplaires dont la célérité était le seul secours de leurs maîtres malades.

– Voilà, dit Tao Gan. Nous avons cinq postulants à l'identité du squelette. Le premier est un berger qui a disparu il y a huit ans ; il y a tout lieu de croire qu'il a été dévoré par un tigre, je ne miserais guère sur celui-là. Le deuxième est un bellâtre dont divers témoins ont affirmé qu'il avait une intrigue en cours avec toutes les mal-mariées de la région. À mon avis, il y a là-dessous une affaire de crime passionnel dont nul ne saura jamais le fin mot, quoi que tout le monde se doute de ce qui a dû lui arriver. Notre troisième candidat est une courtisane réputée pour sa beauté, qui a exercé un certain temps dans le quartier réservé avant de s'évanouir dans la nature du jour au lendemain. Le contrôleur des décès déterminera si notre squelette peut être celui d'une femme. Le quatrième est un employé de ce yamen qui manque à l'appel depuis cinq ans. Les scribes m'ont néanmoins confié que le juge d'alors rémunérait fort mal son personnel ; je ne serais pas étonné d'apprendre que le disparu est allé s'employer en douce dans une préfecture voisine ; plusieurs de ses collègues ont été tentés d'agir de même. Le cinquième est mon préféré, je crois qu'il sera aussi le vôtre. C'est le plus récent, sa disparition remonte à un an seulement. Il était en apprentissage chez un maître, à l'extérieur des murs. Son employeur a rapporté son absence au bout de huit jours. Comme ses parents ne l'ont pas revu non plus, on n'a jamais su où il était passé.

– Qu'est-ce qui devrait me faire penser qu'il s'agit de notre homme ? demanda le magistrat.

– Un détail troublant. Il travaillait chez un peintre nommé Zao Zao. Le paysan qui a trouvé les os ne nous a-t-il pas dit que le jardin où ils étaient enfouis était loué par un peintre fortuné ? Dans le cas où il s'agirait du même artiste, nous aurions un lien entre ce disparu et le cadavre.

Ti se remémora la figure satisfaite du portraitiste mondain lors de sa visite au temple de la Terre-mère. Se pouvait-il que ce visage avenant cachât l'âme d'un assassin ? Zao Zao avait brillamment mené sa carrière, il était couvert d'or et d'honneurs, Ti voyait mal ce qui l'aurait poussé à trucider ses assistants.

– Bien vu, répondit-il après un court instant de réflexion. Nous ne devons pas laisser une absence de vraisemblance masquer les faits. Rien n'empêche cet apprenti et ce squelette de n'être qu'une seule et même personne.

Il chargea Tsiao Taï d'aller ramasser les restes de l'inconnu au bord de la rivière. Au contrôleur des décès de les assembler sur une table de la morgue, afin qu'on ait une idée de son âge, de son sexe, de sa taille et de son statut social. Ti savait par expérience que la denture, à elle seule, pouvait livrer de nombreux indices à cet égard. Il espérait avoir le bonheur, d'ici quelques jours, de pouvoir envoyer une note à son prédécesseur pour lui indiquer qu'il avait résolu l'une des affaires restées en suspens à son départ. Son travail consistait de plus en plus à élucider les énigmes sur lesquelles ses confrères ne s'étaient guère acharnés avant de lui abandonner leur place. Il avait parfois l'impression d'être l'éboueur des sous-préfectures où on l'envoyait.

Quant à Tao Gan, sa nouvelle tâche consisterait à se rendre chez ce Zao Zao pour un complément d'enquête sur la disparition de son aide. Si le peintre était coupable, cette démarche dépourvue de finesse lui mettrait la puce à l'oreille. Mais, de toute façon, la découverte du squelette ne pourrait être tenue longtemps secrète, il faudrait bien en parler à la prochaine audience. Et l'assassin, s'il habitait cette résidence, devait bien se douter depuis le commencement des travaux que son secret était condamné à brève échéance.

– Ce ne sera pas trop de travail ? s'inquiéta le

magistrat en considérant son second d'un œil attendri, au grand dam du lieutenant musculeux qui se tenait de l'autre côté du lit. Je sais que je te demande beaucoup, entre la gestion du tribunal et les enquêtes qui se multiplient...

– Ne vous tourmentez pas, répondit le secrétaire : je crois que j'y arriverai.

Tao Gan n'était nullement inquiet. Il n'avait aucune intention d'aller perdre son temps dans les faubourgs de la ville, alors que tant de rendez-vous exaltants l'attendaient au cœur même de ce palais.

XI

Madame Première escroque un escroc ; elle visite le paradis des justes.

Madame Première, qui avait tout entendu à travers la porte, décida d'aller enquêter en personne chez ce peintre. Elle avait envie depuis longtemps de rencontrer l'artiste qui enthousiasmait tant les dames de Hanyuan. Quel meilleur prétexte pour entrer chez lui que de lui commander un portrait ? Justement, son mari manquait de prévenance à ce sujet. Cela faisait bien huit ans qu'il ne l'avait plus fait représenter. Il était temps de pallier ce manque d'attention. En galant homme, il ne saurait lui reprocher d'avoir compensé sa négligence.

Seulement Zao Zao, portraitiste à la mode, risquait de n'être pas bon marché, et elle manquait de fonds, un mal chronique depuis son mariage. Elle ouvrit le coffret où était conservée la somme correspondant au budget du ménage, bien qu'elle sût d'avance que les émoluments d'un sous-préfet ne permettaient guère de se lancer dans des dépenses excessives. Encore condamnait-elle la maisonnée, par ce retrait substantiel, à se nourrir de riz pendant un bon moment. Il allait falloir convaincre Zao de lui consentir un rabais important. Ou bien... Une autre solution lui vint tout à coup à l'esprit. Elle s'en fut voir Tao Gan, qui campait désormais dans le bureau le plus vaste, à la recherche de tous les différends susceptibles d'être soumis à l'acuité de son jugement.

Sans lui laisser le temps d'ouvrir la bouche, le secrétaire l'accueillit en affirmant d'emblée qu'il était d'accord pour qu'elle s'intéressât à Zao à sa place : il était débordé – pas assez débordé à son goût, il est vrai. Elle remarqua à son cou une grosse chaîne en métal doré et se demanda quel alliage de cuivre pouvait briller autant.

Puisqu'ils étaient d'accord sur le partage des tâches, il ne restait plus qu'à s'entendre sur les questions pratiques : les liquidités dont elle aurait besoin pour passer commande à l'artiste le plus coté de la région. Elle fit bien comprendre au secrétaire que cette somme était absolument nécessaire à leur enquête, et qu'il n'était pas question qu'il n'apportât pas son écot à ce beau projet.

Après un long moment d'immobilité, Tao Gan donna un tour de clé dans la serrure d'un coffret dont il tira un petit lingot d'or tout brillant, et le lui tendit avec la même figure que s'il avait été en train d'abandonner ses trois enfants devant le temple de la Miséricorde. Madame Première fut très étonnée de voir que les coffrets de son mari contenaient des espèces en profusion. Et lui qui regimbait comme un miséreux lorsqu'elle réclamait une rallonge pour renouveler leur garde-robe !

– J'ignorais que ces enquêtes allaient me coûter si cher, grogna Tao Gan en voyant le lingot disparaître dans la manche de la sous-préfète.

– Vous ignoriez surtout qu'elles allaient vous rapporter autant, répliqua cette dernière, qui n'aimait pas qu'on la prît pour une idiote.

Elle ne voulait rien savoir des activités lucratives du secrétaire, tant qu'elle pouvait continuer à enquêter à sa place. Au fond, elle commençait à se dire que Tao Gan était beaucoup plus efficace que son mari dans ces fonctions. Avec un homme comme lui, leur train de vie aurait certainement été plus agréable. L'honnêteté ne payait pas et n'aidait guère à s'amuser.

Elle requit une fois de plus le grand équipage de fonction, avec ornements de bronze et étendards claquant au vent. Cette fois, elle s'adjoignit quelques domestiques en guise de suivantes, un assortiment de sbires et de serviteurs, et même quelques singes, chiens et oiseaux tenus en laisse. Il convenait d'impressionner l'artiste. Elle voulait débarquer chez lui en grande dame – qu'elle était, bien que son mari l'oubliât trop fréquemment. Tandis que le palanquin les emportait vers la porte de la ville, elle se pénétrait de son personnage. Dans son intérieur, elle avait en général le sentiment de servir de gouvernante, quelque chose entre la chef des esclaves et la bonne à tout faire ; à présent, elle se sentait l'âme d'une duchesse partie dépenser sur un coup de tête les trésors dont la comblait son auguste époux.

Aux abords du domaine où vivait le peintre, elle se félicita d'avoir visé haut. Le mur d'enceinte en parfait état menait à un porche monumental, flanqué d'un pavillon où vivait le concierge. Elle fit remettre à cet homme l'une des cartes de visite sur papier rouge de son mari, où elle avait ajouté « Madame ». Si son époux était le premier fonctionnaire de son district, n'en était-elle pas la première dame ? Et c'est tout imbue d'une importance trop longtemps bafouée qu'elle pénétra dans le parc magnifique entourant la résidence du grand artiste.

Des jardiniers étaient en train de planter des essences rares le long de l'allée conduisant au perron. L'occupant des lieux vint accueillir sa visiteuse à sa descente du palanquin. Il avait grand air, dans sa robe d'intérieur rehaussée de fil d'or, la tête couverte d'un bonnet où était brodée une rangée de perles fines. Madame Première n'était pas en reste, avec sa suite de belles dames, de serviteurs et d'animaux domestiques. Zao Zao s'inclina avec un profond respect, suscité par la dignité de la magistrate, à qui le palanquin d'apparat seyait si bien. Il désigna d'un geste désolé les ouvriers qui creusaient à grand bruit les trous destinés à recevoir les nouveaux arbres :

– Veuillez pardonner ce désordre. Mon propriétaire essaie de me faire oublier un procès perdu par sa faute et la ruine de mon cher jardin qui en a découlé. L'imbécile n'a pas été capable de défendre nos intérêts ! Si ce n'était le plus beau parc aux portes de la ville, je donnerais congé. Mais il est si difficile de se loger correctement, de nos jours, n'est-ce pas ?

Madame Première acquiesça avec conviction. Elle-même aurait volontiers échangé tous les yamens de l'empire contre un domaine pareil à celui-ci. Elle n'avait pas imaginé, jusqu'à cet instant, à quel point quelques pigments habilement répartis sur un rouleau de soie pouvaient enrichir un homme. Les bourgeois de la province étaient apparemment disposés à dépenser des fortunes pour orner leur tombeau d'une fresque à la hauteur de leur réussite.

Zao Zao la conduisit dans une vaste salle de réception dont les quatre murs étaient ornés de peintures en grand format. L'endroit devait servir de pièce de démonstration et célébrait en même temps le talent du maître. Elle prit place dans un fauteuil, tandis que son hôte donnait l'ordre de servir une collation à ses gens, restés à l'extérieur. Madame Première constata avec soulagement qu'elle ne semblait pas du tout l'avoir dérangé : ses mains ne portaient nulle trace de couleurs, son visage était aussi détendu que si elle était venue le distraire d'un morne après-midi consacré à la surveillance de la floraison environnante depuis sa fenêtre.

Ce ne fut que lorsqu'ils eurent échangé quelques amabilités sur la qualité du thé issu des contreforts du Tibet qui venait de leur être servi, que son hôte s'enquit poliment de ce qui lui valait l'honneur de cette visite impromptue. Elle répondit que son mari, au milieu des mille occupations élevées qui l'accaparaient, avait eu l'idée de lui offrir son portrait à l'occasion de son anniversaire, qui approchait.

– Quelle charmante pensée ! s'écria Zao Zao. Je reconnais bien là l'homme de goût et l'époux attentionné que doit être notre cher sous-préfet.

– Certes, confirma madame Première avec un sourire amer, en songeant que son mari était loin d'une telle prévenance. Il y a néanmoins un petit *hic*, reprit-elle. Comme vous le savez, la position de magistrat, bien que très honorifique, n'est pas dotée par notre gouvernement à la mesure des mérites de ceux qui l'occupent. Les guerres à soutenir, l'armée à entretenir, l'immensité du territoire, dont les contrées les plus reculées sont un poids pour le Trésor, ne permettent pas de rétribuer nos hauts fonctionnaires provinciaux à la hauteur de leur valeur.

Zao Zao commençait à voir poindre la difficulté

qu'annonçaient ces circonvolutions oratoires. Tout cela cachait un os qu'on n'allait pas tarder à lui enrober dans du miel. Madame Première se lança en effet dans un vibrant éloge des qualités morales dont un si grand artiste ne pouvait être dépourvu :

– Je me doute bien que l'argent n'est pour vous qu'un détail vulgaire. Aussi ne m'attarderai-je pas à en discuter avec vous.

Il lui était soudain revenu, durant le trajet, quelques projets d'achats qu'elle nourrissait depuis longtemps. Aussi était-elle fermement décidée à épargner autant que possible le confortable pécule soutiré à Tao Gan. Le visage du peintre assis en face d'elle s'était figé dans une immobilité attentive qui ne voulait dire qu'une chose : intérieurement, il faisait la grimace. Elle exposa ses arguments :

– Je n'ai pas besoin de vous rappeler quel avantage vous retirerez de compter dans votre clientèle la première dame du district.

Elle avait l'impression de marchander le poisson sur la grand-place. Zao adopta une mine légèrement suspicieuse :

– Puis-je demander à combien vous estimez cet « avantage » ?

Madame Première avait son idée sur la question.

– Comme je vaux bien deux dames ordinaires, un petit escompte de la moitié me semblerait adéquat.

« Sûreté du Trait » avait l'impression de se faire rançonner au coin d'un bois. On ne pouvait douter, néanmoins, qu'il se sentît flatté d'avoir chez lui l'épouse principale de leur magistrat. Une telle proximité avec l'homme qui tenait entre ses mains leur destin à tous pouvait présenter un intérêt. Par exemple dans le règlement d'un certain contentieux de clôtures. Peut-être était-il encore temps de changer l'ordre des choses. Par ailleurs, il n'était pas aux abois, même si une réduction de ses honoraires n'était pas dans sa politique. Tout cela mis ensemble compensait le rabais qu'on le priait de consentir. À Chang-an, n'aurait-il pas accepté de croquer gracieusement l'épouse d'un prince ou d'un ministre ? Han-yuan était une petite métropole dont le juge Ti était le monarque. Il allait peindre sa Première, entrer dans les bonnes grâces du « père et mère du peuple », et ce roué de paysan qui se permettait de ruiner la perspective de son parc n'aurait qu'à bien se tenir. C'est avec un large sourire qu'il annonça à sa visiteuse qu'aucun argument n'était nécessaire pour le convaincre de réaliser le portrait d'une si haute personne à moindre coût.

Il avait cédé plus vite que sa cliente ne s'y était attendue. Soit ses aptitudes en matière de diplomatie avaient bien progressé depuis deux jours, soit elle n'était pas le laideron émacié qu'elle avait toujours cru. La lueur qui s'était allumée dans les yeux du peintre pouvait laisser croire qu'il se réjouissait à l'avance d'avoir à exécuter le portrait d'une femme au charme si subtil. En réalité, il évaluait l'entregent dont il bénéficierait une fois parvenu dans l'intimité du sous-préfet ; qu'importait par comparaison le peu de grâce du modèle ?

Restait à convenir du type de portrait que Son Excellence désirait offrir à sa chère moitié. Cette dernière émit le souhait de poser dans un décor floral : elle avait un fond de parc à examiner. Aussi Zao Zao la conduisit-il à travers le jardin, à la recherche de la branche tourmentée ou de l'inflorescence spectaculaire qui mettrait en relief la délicate harmonie de ses traits.

– Mon mari aime particulièrement la mélancolie d'un beau saule, l'informa madame Première, qui avait son idée.

– Ah, quel dommage ! répondit le maître. Nous avions jusqu'à hier une belle rivière auprès de laquelle poussaient les plus beaux saules qu'on puisse imaginer. Hélas, le sagouin qui possède cette fraction de terrain s'est mis en tête de tout saccager pour des motifs sordides.

Il désigna un charmant assemblage de rochers et d'arbustes contournés qui se terminait curieusement en un chantier plein de fosses et de souches déracinées. Avant de se retirer, les ouvriers avaient ceint l'emplacement d'une corde qui courait d'arbre en arbre. Certains troncs avaient été marqués d'une croix blanche qui ne laissait guère d'illusions quant à leur avenir. Au milieu de cette anarchie désolée serpentait un cours d'eau étroit.

« Voilà le plus beau cimetière qui soit », se dit madame Première en contemplant l'endroit où avait été inhumé l'inconnu aux ossements. Celui qui l'avait enterré là n'aurait pu faire meilleur choix. Les mausolées des impératrices défuntes étaient à peine plus raffinés.

Étant donné l'état déplorable du ruisseau, ils convinrent que les séances de pose auraient lieu à l'intérieur ; le maître aurait toute licence pour ajouter de la végétation dans le fond, en illustration du poème que Son Excellence allait choisir pour célébrer sa compagne adorée.

Une fois revenue dans la demeure, madame Première parcourut d'un œil distrait les nombreuses œuvres accrochées aux murs.

– Cela doit représenter bien du travail. Sans doute avez-vous des apprentis qui vous aident ?

– J'y ai renoncé. Depuis un an, j'œuvre dans la solitude. Lorsque mon dernier assistant m'a quitté, je n'ai trouvé personne d'assez compétent pour le remplacer. Vous n'imaginez pas le temps qu'il faut pour leur apprendre à simplement préparer une palette !

Madame Première l'imaginait fort bien, vu le temps qu'elle dépensait elle-même pour former ses servantes aux multiples tâches de ses appartements. Il aurait fallu la payer cher, toutefois, pour qu'elle se privât de personnel et récurât elle-même ses marmites. Cet isolement volontaire du peintre lui parut une excentricité incompréhensible, elle en conçut presque un début de soupçon. Dans la tranquillité de ce domaine, la nuit, il ne devait pas être difficile d'étrangler son élève, puis d'aller l'enterrer entre les massifs de camélias, dans la terre meuble d'une rive humide. Elle prit son ton le plus badin pour insister :

– Je m'étonne qu'on se permette de quitter un si grand maître. Votre apprenti est-il allé s'engager auprès d'un autre ? À votre place, j'aimerais mieux les voir morts que les laisser répandre mes secrets chez la concurrence.

Les yeux de Zao Zao se perdirent dans le paysage d'une élégance appliquée que l'on apercevait par la fenêtre ouverte. Il soupira.

– Hélas ! C'était un jeune homme d'un grand talent, vraiment. Sous mon égide, il aurait pu se préparer à une brillante carrière. On n'a jamais su ce qu'il était devenu. Pour moi, il a suivi une gourgandine de passage, une quelconque saltimbanque, de ces filles sauvages qui vous entraînent à votre perte, et il a abandonné la peinture. Il avait une faiblesse pour les beautés féminines. Il aurait mieux fait de se contenter de les peindre. Rassurez-vous, conclut-il en s'inclinant, ma conscience s'est élevée grâce à une pratique assidue du Tao ; c'est uniquement le modèle que je vois en celles qui me font l'honneur de se confier à mon pinceau. Une truie me ferait le même effet.

Madame Première aurait préféré une autre sorte de comparaison, quel que fût son respect pour les enseignements du Tao.

– Mais peut-être préférez-vous que je me rende au yamen pour les premières esquisses ? demanda « Sûreté du Trait ».

– Surtout pas ! s'empressa de répondre l'épouse du magistrat, très peu désireuse de voir ébruiter ses petites initiatives.

Elle imaginait mal le peintre traçant les contours de son visage dans une chambre à côté de celle où reposait son mari. Ti avait beau être handicapé, il avait encore des yeux et des oreilles. Elle s'était habituée à l'idée de s'offrir son portrait, ses efforts actuels valaient bien ce petit cadeau. Aussi tenait-elle à éviter qu'aucun scandale ne vînt contrarier son achèvement. Elle déclara qu'elle se déplacerait avec plaisir dès le lendemain jusqu'à ce charmant endroit de paix et d'harmonie.

Une fois revenu sur le perron, Zao Zao s'inclina tandis que sa visiteuse remontait en palanquin. Sbires et serviteurs mirent un petit moment à rattraper les singes et les chiens qui s'ébattaient joyeusement dans le parc. Enfin les porteurs soulevèrent leurs palans, et le convoi s'ébranla en direction de la ville.

Tout au long du chemin, madame Première rêva à la

vie qu'elle aurait pu mener si son mari avait été doué d'une autre ambition que la poursuite des délinquants et la résolution d'énigmes compliquées dont nul, à part lui, n'avait à faire. Nombreuses étaient ses sœurs et ses amies d'enfance, mariées à des fonctionnaires de la capitale, dont le sort était tout différent du sien. Œuvres d'art, beaux équipages, résidences agréables... N'était-ce pas là ce à quoi elle avait toujours aspiré ? Elle songea que ces enquêtes avaient des conséquences inattendues, et peut-être funestes, sur sa façon de considérer son existence. La moindre n'était pas cette proximité qu'elle se sentait tout à coup avec les meurtriers qui osaient se débarrasser d'un gêneur afin d'infléchir leur destin dans un sens plus favorable. Il y avait là une tentation qu'elle s'empressa de renvoyer au plus profond d'elle-même parce qu'elle l'effrayait. Après tout, quelle distance y avait-il, du juge à l'assassin ? Ou de ce dernier à la femme du juge ? Beaucoup moins que d'un yamen poussiéreux au domaine merveilleux de maître Zao.

XII

Le juge Ti réfléchit couché ; il protège l'innocence de sa femme.

Tao Gan vivait un rêve éveillé. Sur son bureau s'empilaient les cartes de visite des citoyens de Han-yuan et des alentours, désireux de l'entretenir de leurs problèmes. Il avait cru faire une fin en entrant au service du juge Ti ; jamais il n'avait pensé qu'il aborderait l'éden mythique des aigrefins. Les contributeurs venaient à lui de toutes parts, se battaient pour le couvrir d'or, et s'en retournaient après l'avoir remercié mille fois d'avoir bien voulu accepter leurs coûteux présents. Quelle différence avec le temps encore si proche où il s'exposait aux coups de bâton pour grappiller quelques misérables sapèques !

Afin que l'or continuât de couler à flots, Tao Gan s'était mis à accorder des privilèges insensés. Il avait notamment inventé une sorte de passeport qui dispensait les commerçants de payer l'impôt sur les marchandises au passage des portes de la ville. Le papier, orné du sceau officiel, indiquait que les taxes avaient été versées d'avance et de manière forfaitaire. Tao Gan était très fier de cette innovation, qui faisait économiser les frais de gestion et conduisait l'argent directement dans ses coffres sans passer par les mains des percepteurs.

Tandis que Tao Gan réformait les finances du district tout en améliorant les siennes, Ti s'efforçait de mener son enquête depuis son lit, par la seule force de sa réflexion. Sa chambre ressemblait désormais à une bibliothèque. Des boîtes à parchemins gisaient sur le sol, et leur contenu se répandait tout autour du blessé. Une grosse théière pleine d'une décoction fortifiante à portée de main, le juge examinait avec minutie les documents d'archives apportés par son premier scribe.

– Vous voyez, je me repose, dit-il au médecin lorsque celui-ci pénétra dans la pièce sans s'être fait annoncer, pour une visite surprise.

– Je vois cela, dit Wen en contemplant le drap jonché d'écritures officielles que le juge n'avait eu le temps que de recouvrir à moitié.

Puisque son patient était somme toute alité et ne semblait pas trop souffrir de sa blessure, le médecin se retira sans l'assommer de nouvelles prescriptions. Ti était plongé dans les comptes rendus des deux procès Pei. On y apprenait la manière dont le riche propriétaire s'était débarrassé de ses épouses. En même temps que la première en date, Pei avait sabré un jeune serviteur qui se tenait dans la chambre de cette dernière au milieu de la nuit ; cette présence incongrue avait suffi à accréditer l'adultère. Une femme qui recevait un homme dans ses appartements privés, à une heure indue, en l'absence de son époux, était coupable d'emblée. Pei était rentré à l'improviste de ses terres. Il s'était fait ouvrir les portes de la ville malgré le couvre-feu et était accouru chez lui l'arme à la main. Comme s'il avait su par avance ce qu'il allait y trouver, comme si sa résolution de provoquer un bain de sang avait été prise depuis la veille au moins. Au tribunal du juge Ti, cela s'appelait un meurtre avec préméditation. Le magistrat d'alors avait appliqué à la lettre les lois sur le mariage et tranché en faveur de l'époux outragé. « Eh bien, ils sont sympathiques, mes concitoyens de Han-yuan », se dit le juge en refermant ce rouleau, qu'il replaça dans la boîte correspondante.

La deuxième fois, l'affaire avait été plus délicate. Pei avait bien failli y laisser la tête. Il était lui-même venu déclarer le meurtre en séance publique, avec un aplomb incroyable. Le juge en charge avait dû être fort surpris de voir l'un de ses administrés s'accuser d'un crime, alors qu'on ne lui demandait rien. C'est que Pei, convaincu de son bon droit, était persuadé de s'en sortir. Seulement il n'avait en l'occurrence aucun cadavre d'amant à fournir à la cour. Nul bruit équivoque n'avait couru sur le compte de la défunte, en dépit de sa grande beauté. Les membres de son clan, en revanche, devinrent comme fous à l'annonce de l'assassinat. Les pitoyables lamentations du général Hue n'étaient rien à côté des bourrasques qu'ils soulevèrent, allant jusqu'à en appeler à la Cour métropolitaine de justice, à Chang-an. Depuis le précédent procès, le sous-préfet affecté au district de Han-yuan avait changé. Les mauvais esprits pouvaient penser que celui-ci était aussi sensible aux petits cadeaux que l'avait été son prédécesseur. Il n'avait même pas tiqué, une semaine plus tard, lorsqu'un témoin providentiel s'était présenté au tribunal, traîné par des hommes de main à la solde de l'accusé. Il n'avait guère été besoin de rudoyer cet individu pour lui faire avouer qu'il avait entretenu avec la belle défunte une relation que la pudeur condamne et que le mari trompé avait condamnée plus nettement encore.

Ti eut la conviction intime qu'il se trouvait en présence d'un habile meurtrier, un homme riche et puissant, dénué du moindre scrupule, violent à l'occasion, qui avait réussi à tourner la loi à son avantage. Si ce malfaiteur avait été blanchi les deux premières fois, il ne tenait qu'à lui, actuel magistrat de Han-yuan, de l'empêcher de se tirer aussi facilement du meurtre de dame Hue.

Qui lui dirait si Érable était adultère, ainsi que le prétendait son mari ? La concubine Bouton d'Or lui parut la mieux placée. Il fallait la faire parler. Une femme serait parfaite dans le rôle. Oserait-il demander à sa Première un service si peu dans ses cordes ? Il ne doutait pas de ce que sa chère femme serait horrifiée à l'idée d'être mêlée à une enquête criminelle.

Elle entra justement peu après pour s'enquérir de ses besoins avec la prévenance qui était chez elle une deuxième nature. Ti se décida à lui toucher un mot de son audacieux projet.

– Je la connais, laissa-t-elle échapper dès qu'il lui eut parlé de la concubine.

Comme son mari s'étonnait de cette heureuse coïncidence, elle expliqua qu'elles s'étaient rencontrées chez l'apothicaire, où la jeune femme achetait un remède pour soigner les migraines de sa maîtresse. Mme Ti n'était plus à une invention près, elle avait fait du mensonge un art de vivre. Comme elle ne marquait pas trop de répugnance à l'idée de cette incursion dans un monde si éloigné de ses préoccupations ordinaires, son mari lui fit ses recommandations :

– Soyez très prudente. N'en dites pas plus que nécessaire. Je sais que c'est une étrange mission que je vous confie. Dans mon état, je suis forcé de m'en remettre aux autres. Et Tao Gan est déjà tellement accaparé par ces deux enquêtes !

Madame Première lui assura qu'elle ferait de son mieux pour le satisfaire, bien qu'elle n'eût aucune expérience de ces sortes de choses, et forcerait sa franchise naturelle pour dissimuler à la concubine ses véritables motifs.

En tant que compagne secondaire, Bouton d'Or quittait la résidence Pei plus souvent que l'épouse officielle, tenue à davantage de réserve. Avec le temps, elle avait endossé le rôle de gouvernante et s'occupait des approvisionnements de la maisonnée. Madame Première posta un jeune serviteur devant la maison, avec mission de l'avertir dès qu'il verrait sortir la concubine. Il ne s'était guère écoulé plus d'une heure lorsqu'il annonça, tout essoufflé par sa course à travers la ville, que dame Bouton d'Or s'était rendue à la halle où les cultivateurs venaient vendre leurs récoltes de légumes, de graines et de fruits. Madame Première, prête de pied en cap depuis longtemps, passa à l'attaque.

Elle prit une chaise discrète et se fit déposer à l'entrée du marché. Elle ne tarda pas à aviser la concubine, en train de marchander quelques grosses courges. Armée de son panier à commission, l'épouse du magistrat fonça sur elle et la salua avec effusion, comme si elle était charmée de renouveler connaissance, bien qu'elle l'eût prise pour une domestique tout le temps qu'avait duré sa visite chez les Pei. Bouton d'Or lui jeta un regard suspicieux, répondit à peine à ses politesses, et s'en fut choisir des haricots qui monopolisèrent son attention. Madame Première refusa de se laisser décontenancer. Elle la suivit de stand en stand et multiplia d'infructueuses tentatives pour engager la conversation. Bouton d'Or finit par la toiser avec irritation :

– Inutile de me suivre, je ne vous dirai rien. Je ne sais pas ce que vous voulez et je m'en fiche. Vous pouvez tromper cette idiote d'Harmonie, mais pas moi. Chez mon maître, vous ne cessiez de poser des questions indiscrètes et d'examiner les objets autour de vous. Vous n'étiez pas du tout là pour réunir des fonds. Les demoiselles à marier vous importent peu. Je crois que vous êtes venue exprès en cachette de notre seigneur pour interroger sa nouvelle femme, cette souillon. Moi, je ne suis pas aussi naïve : je ne vous dirai rien.

Elle lui tourna le dos et s'éloigna d'un bon pas. Madame Première, glacée par ce jet de fiel, avait heureusement prévu un plan de secours en cas d'échec. Elle leva un bras. Les lieutenants de son mari jaillirent de l'ombre, rejoignirent la jeune femme en quelques enjambées et l'empoignèrent chacun sous un bras :

– Veuillez nous suivre au yamen. Vous allez devoir répondre à quelques questions, que vous le souhaitiez ou non.

Ils la soulevèrent et la forcèrent à avancer en direction du tribunal. Quelques instants plus tard, ils lui faisaient franchir la porte de derrière, celle-là même que leur patron utilisait lorsqu'il désirait enquêter *incognito*. Ils la poussèrent dans une salle basse, meublée d'une table, d'un vieux paravent et de deux bancs, où ils la firent asseoir sans grand ménagement. Les premiers mots de la captive furent cinglants :

– Je suis outrée du traitement qui m'est infligé ! Je

suis certaine que ces manœuvres constituent une grave entorse à l'exercice de la justice !

– Son Excellence le juge Ti est alité, répondit Tsiao Taï. À circonstances extraordinaires, méthodes exceptionnelles. Vous allez nous dire tout ce que vous savez sur les précédentes épouses de M. Pei. Vous ne quitterez pas ce bâtiment avant d'avoir collaboré. Nous ne manquons pas de cellules où enfermer les témoins récalcitrants. Soyez contente que ceci ne puisse avoir lieu en audience publique : le chef des sbires vous appliquerait dix coups de bambou pour chacune de vos insolences ou pour toute réponse imprécise. Dites-nous tout ce que vous savez, et adressez-vous à nous comme si Son Excellence était là. Vos moindres paroles lui seront rapportées.

Si Ti n'était pas là en chair et en os, quelqu'un d'autre se trouvait bel et bien de l'autre côté du vieil écran en papier et suivait avec attention la conversation.

– J'ajoute que cet entretien privé présente pour vous un avantage, reprit l'adjoint du juge : vos propos resteront confidentiels, pour autant que Son Excellence n'ait pas à en faire état dans les conclusions de son enquête.

Sur le visage de Bouton d'Or, la contrariété se mêlait à la résignation.

– Que désirez-vous exactement ? demanda-t-elle.

Derrière le paravent, madame Première chuchota à l'oreille de Ma Jong qu'elle voulait tout savoir des trois épouses, et notamment des circonstances ayant amené leur mort. La concubine se lança à regret dans la description d'un riche collectionneur de chiens, de chevaux et de belles femmes.

– Mon maître est un homme poursuivi par un destin funeste, expliqua-t-elle. Il croit chaque fois acquérir la plus belle demoiselle de Han-yuan. Mais, au bout de quelque temps, il se rend compte que le diamant est grevé d'un vilain crapaud, comme disent les joailliers : une fêlure, un défaut rédhibitoire. Quelque mauvais génie l'empêche de faire entrer chez lui la compagne idéale. La première couchait avec un esclave. La deuxième avait aussi des aventures, et c'était là le moindre de ses vices. La troisième s'est enfuie avec son amant avant de voir son immoralité percée à jour, et vous savez de quelle affreuse façon les dieux l'ont punie.

Il y eut un chuchotement du côté du paravent.

– Avez-vous été personnellement témoin de ces adultères ? demanda Tsiao Taï. Pourquoi M. Pei ne vous a-t-il pas fait paraître au tribunal pour confirmer ses assertions ?

Bouton d'Or haussa les épaules.

– Que vaut le témoignage d'une concubine ? On m'aurait punie comme complice. Je ne suis rien, dans cette maison. Juste la pauvre fille condamnée à servir une épouse après l'autre.

– Pourquoi votre maître ne vous a-t-il pas élevée au rang de Première ? demanda Ma Jong, de retour d'une visite au paravent. Ses différents veuvages lui en ont fourni plusieurs fois l'occasion, il me semble.

La concubine eut un sourire sans illusion.

– Le maître assigne sa place à chacun de ceux qui lui appartiennent. La mienne est de rester au second plan... et de durer. Je ne suis pas de ces fleurs rares, privées de parfum, dont il aime s'entourer. S'il avait fait de moi sa Première, aucune famille bourgeoise ne lui aurait accordé sa fille pour en faire une simple concubine.

– Peut-être y aurait-il été plus enclin si vous lui aviez donné un héritier, remarqua Tsiao Taï de sa propre initiative.

Ayant dit ces mots, il jeta un regard embarrassé au paravent, derrière lequel se trouvait une première épouse qui, elle non plus, n'avait pas offert de progéniture à son mari. Comme rien ne bougeait de ce côté, il reprit le fil de sa pensée :

– Je note qu'aucune de ses femmes successives n'a eu d'enfant. C'est une bien grande malédiction pour un homme qui s'est marié aussi souvent.

Bouton d'Or avait visiblement beaucoup réfléchi à ce problème, elle tenait une réponse toute prête :

– C'est qu'aucune de nous n'était digne d'enfanter sa descendance. Voilà pourquoi il continue de chercher celle que les dieux lui destinent. Je peux vous assurer que ce n'est pas dame Yin : elle est la pire de toutes. Dès qu'elle a mis le pied chez nous, j'ai su qu'elle était pleine de forces négatives. Celle-là n'est faite que pour donner la vie à des rats puants !

Ce flot de méchancetés acides les laissa pantois quelques instants. Ma Jong fut le premier à reprendre ses esprits :

– Votre mari fait-il seulement ce qu'il faut pour que ses femmes tombent enceintes ?

Bouton d'Or lui jeta un regard outré, la bouche obstinément fermée. Elle comprenait mieux pourquoi cet interrogatoire avait lieu dans les caves du tribunal : il aurait été impensable de lui poser de telles questions en séance publique.

– Répondez ! cria Ma Jong en la saisissant par les épaules. Votre maître couche-t-il avec ses épouses ? En est-il capable ? Est-il impuissant ? Les pousse-t-il à l'adultère pour ensuite les assassiner ?

La concubine, qu'il secouait d'avant en arrière, le fixait de ses yeux agrandis par la surprise que lui causait une telle audace.

– Non ! finit-elle par répondre avant de prendre sa tête dans ses mains. Il n'est pas impuissant ! Avec moi, il y arrive !

– Que voulez-vous dire ? insista Ma Jong, dont la témérité laissait son compagnon sans voix. Il y arrive avec vous, mais pas avec les autres, c'est ça ?

Bouton d'Or avait le visage humide de larmes.

– Je ne sais pas, articula-t-elle. Bien sûr que si ! Au début, certainement. Mais cela ne dure jamais. Elles ne méritent pas que leurs rapports portent des fruits ! Elles sont mauvaises ! Mauvaises ! C'est à cause d'elles, tout ce qui arrive !

Tsiao Taï écarta son compère et s'accroupit pour se placer à la hauteur de la jeune femme.

– Qu'est-ce qui arrive ? demanda-t-il d'une voix douce. Il les tue, c'est cela ? Il les envoie dans l'autre monde et invente ensuite ces histoires d'adultère ? Et vous ne pouvez jamais rien dire parce que vous avez peur de lui ? Je me trompe ?

Bouton d'Or ôta ses mains de son visage. Elle ne pleurait plus. Son regard était redevenu dur et impassible.

– Oh, vous ne savez pas à quel point vous vous trompez, dit-elle. Mon maître n'a jamais rien fait de mal. Il leur offre tout, sa fortune, la respectabilité, une vie confortable, et elles le trahissent. Et puis elles meurent. Il a beau tout faire pour qu'elles restent en vie, elles finissent toujours par mourir. C'est leur ultime trahison : la mort, la fuite là où il ne peut pas les rattraper. Elles le laissent seul, et c'est à moi de le consoler, chaque fois. C'est à cela que je sers : je lui permets de survivre entre deux amours déçus.

Tsiao Taï et Ma Jong firent chacun un pas en arrière. La même idée épouvantable venait de surgir dans leur esprit. L'espace d'un instant, ils eurent la conviction d'être en présence de l'être démoniaque qui assassinait les épouses de Pei Hang.

Derrière son paravent, madame Première était parvenue à la même conclusion. Bouton d'Or était folle. Rien dans son comportement n'était raisonné. Frustrée d'une place de Première à laquelle elle pensait avoir droit, elle empoisonnait les compagnes de son maître. Mme Ti imaginait très bien Pei, de retour de ses domaines, découvrant sa femme allongée en travers de leur lit, le corps tordu par l'agonie. Et Bouton d'Or, muette et prostrée, dans un coin de la chambre, une fiole à la main. Aimait-il cette démente ? L'aimait-il assez pour mettre en scène une vengeance d'honneur afin de la protéger ? Deux fois ? Elle n'avait pas l'expérience de Ti dans le domaine du crime et ignorait si cette idée tenait debout. Force lui fut de constater que les lieutenants avaient la même impression qu'elle. Plus personne n'osait prononcer un mot. La concubine était calme, à présent. Ses lèvres s'étaient incurvées en un sourire bizarre, une expression hors de propos, qui n'avait rien de sensé. À cet instant, on pouvait la croire capable de n'importe quoi. Restait à savoir si Pei avait, lui aussi, une façon particulière de voir les choses, qui l'engageait à couvrir les méfaits de la démente.

Madame Première attira Tsiao Taï et lui enjoignit de courir dans la chambre du magistrat afin de lui raconter ce qui venait de se produire. Il convenait d'enfermer cette femme au plus vite avant qu'elle n'inscrive d'autres victimes à son actif.

Bouton d'Or demeurait immobile, toute à son ravissement inexplicable. Madame Première, qui l'observait à la dérobée, fut certaine qu'elle contemplait en imagination les corps des épouses défuntes. La joie illuminait ses traits d'une lueur atroce.

Tsiao Taï revint bientôt avec les directives du juge. Son récit l'avait passionné. Juridiquement, on ne pouvait incarcérer la concubine pour meurtre, puisqu'on ne disposait pas du moindre commencement de preuve. En revanche, il était possible de la retenir presque indéfiniment pour défaut de collaboration avec les enquêteurs : après tout, elle était loin de leur avoir fourni les renseignements qu'ils désiraient sur les trois ménages Pei et n'avait fait que défendre son maître de toutes ses forces.

La jeune femme se laissa conduire en cellule sans résistance. Elle était devenue toute molle, comme si sa fureur s'était libérée durant l'entretien. Ma Jong lui expliqua que son mari serait prévenu et qu'il ferait en sorte qu'elle ne manque de rien, puisqu'il était de coutume, dans les prisons de l'empire, que les familles subviennent aux besoins des détenus. Elle ne sembla pas l'avoir entendu.

Les trois enquêteurs montèrent ensuite dans les appartements du magistrat pour lui rendre compte de leurs observations. Le juge Ti fronçait les sourcils d'un air qui n'annonçait rien de bon.

– Est-ce vous qui avez eu l'idée de contrevenir à toutes les règles du droit ? demanda-t-il à son épouse. Qui a pensé qu'on pouvait enlever les témoins en pleine rue pour les cuisiner dans les sous-sols du tribunal sans en informer quiconque ? Qui a conçu ce plan saugrenu et d'une totale illégalité ?

– Loin de moi une telle imagination, répondit madame Première en baissant la tête. C'est Tsiao Taï qui a tout organisé.

L'intéressé la regarda avec stupeur.

– Eh bien, je te félicite, Tsiao ! s'exclama Ti, un sourire satisfait sur les lèvres. Voilà des méthodes peu ordinaires, mais qui ont donné des résultats que je n'espérais pas.

Tsiao Taï se rengorgea, tandis que Ma Jong se demandait pourquoi la patronne ne l'avait pas désigné, lui, pour recevoir les félicitations du maître.

– Non que j'espère tirer grand-chose d'intéressant de cette pauvre folle, reprit le juge. Elle va replonger dans son délire ou nous couvrir d'injures : dans les deux cas, elle nous est inutile. Mais son arrestation va nous permettre de donner un bon coup de pied dans la fourmilière. Je suis curieux de connaître la réaction du mari. L'un des deux est forcément coupable, l'autre est son complice. Non seulement nous préservons la vie de dame Yin, qui semble fort inquiète à ce sujet, mais nous poussons Pei à commettre quelque faute qui pourrait bien dénouer cette affaire. Bravo à tous. La prochaine fois, cependant, ajouta-t-il à l'attention de Tsiao Taï, évite de mêler ma femme à des séances aussi pénibles. Je ne voudrais pas que le pauvre amour perde la belle innocence avec laquelle elle envisage l'humanité. L'homme n'est pas si bon qu'il le paraît, conclut-il en se tournant cette fois vers son épouse.

D'un regard soumis, madame Première lui fit comprendre combien elle lui était reconnaissante de ménager ainsi ses illusions.

XIII

Madame Première sauve un voleur ; elle devient sa propre servante.

Les épouses du juge Ti étaient à leurs travaux d'aiguilles, dans le salon commun, lorsqu'elles entendirent une cavalcade résonner dans le corridor. Tao Gan fit irruption dans le gynécée et claqua la porte derrière lui. À son entrée, la Deuxième et la Troisième coururent s'enfermer dans leurs chambres respectives pour ne pas se trouver dans la même pièce qu'un homme qui n'y avait pas été invité. Seule resta madame Première. Le secrétaire paraissait aux abois. Elle commença à en saisir la raison lorsque les deux lieutenants de son mari surgirent à leur tour après avoir donné dans le battant un coup à faire céder les gonds.

– Qu'est-ce à dire ? demanda-t-elle. Qui vous a autorisés à pénétrer ici ?

Les deux hommes s'apprêtaient à bondir au collet du secrétaire.

– Il a dispensé les bouchers de vidanger leurs cuves ! clama Tsiao Taï en désignant le nouveau riche réfugié derrière un fauteuil. Tout le quartier du marché aux viandes en est infecté !

– Il a accordé un délai aux commerçants les plus riches pour payer l'impôt ! renchérit Ma Jong. Depuis lors, ils rient au nez des percepteurs !

– Quand Son Excellence va apprendre ça, notre ami Tao sera un homme mort ! conclut Tsiao. Nous comptions seulement lui donner une avance sur sa disgrâce.

Madame Première étendit ses larges manches en travers de leur chemin pour les empêcher d'approcher du fuyard :

– Pour quelle raison mon mari l'apprendrait-il, je vous prie ?

– J'ai toujours dit que c'était une erreur d'engager un escroc, un voleur, un vaurien ! lança Ma Jong.

Madame Première aurait été bien d'accord avec eux quelques jours plus tôt. Mais elle avait passé depuis lors un pacte avec l'escroc en question et se sentait disposée à le défendre bec et ongles au nom de sa toute nouvelle liberté. Elle avait heureusement bonne mémoire de la façon qu'avait Ti de recruter son personnel :

– Tandis que vous deux, vous n'étiez que des chevaliers des vertes forêts, d'honnêtes bandits de grand chemin, répliqua-t-elle. Que voulez-vous : mon mari aime les crapules.

Gêné, Ma Jong triturait son bonnet :

– Du moins les hôtes des lacs et des bois respectent-ils un code d'honneur très strict, plaida-t-il. Les écornifleurs de son espèce sont sans foi ni loi. Cela vient encore de se vérifier.

– Nous ne voulons pas être complices de ces malversations, dit Tsiao Taï. Votre mari nous renverrait à nos vertes forêts, et il aurait raison !

Madame Première poussa un profond soupir.

– Le premier qui ira perturber la convalescence de mon époux aura affaire à moi. Tao Gan fait de son mieux pour maintenir l'ordre dans cette ville. Il a ses petits défauts, comme tout le monde, mais sans lui ce serait la loi du plus fort qui régnerait ici. Ces bourgeois sont assez à leur aise pour perdre un peu d'argent. Tout rentrera dans l'ordre au retour de mon mari. D'ici là, ni lui ni moi ne voulons rien savoir de vos dissensions.

Les lieutenants furent frappés dc l'autorité dont elle savait faire preuve, à défaut de moralité. C'était la reine des brigands et sa troupe obéissante. Lorsqu'elle fut à peu près sûre qu'ils ne piperaient mot pour le moment, elle les renvoya aux tâches qui leur incombaient. Une fois seuls, Tao Gan la remercia d'avoir respecté sa promesse de lui apporter un soutien inconditionnel.

– Je n'ai pas terminé, reprit-elle d'un ton sec. Vous allez devoir apprendre un nouveau concept, Tao : le partage.

Il convenait de museler les lieutenants une fois pour toutes. Elle lui enjoignit de leur distribuer une partie de ses gains :

– Annoncez-leur que le magistrat leur alloue une petite somme en remerciement de leurs efforts, et donnez-leur au contraire une bourse bien remplie. Ils n'oseront pas refuser. Comme ils ne parviendront jamais à savoir si cet argent leur est accordé par le juge ou non, ils s'abstiendront de lui en parler. Très vite, ils s'habitueront au luxe. Dès lors, ils attendront leur prochaine récompense. Dans un mois, vous leur verserez moitié moins. Ainsi nous serons tranquilles.

Tao Gan s'inclina devant la sagesse de cette recommandation. Une femme comme celle-ci lui aurait été bien utile pour le conseiller et l'épauler, du temps où il vivait de petites entourloupes. Il s'en fut doser au gramme près les gratifications qui permettraient bientôt aux deux hommes de chevaucher des montures fringantes, assis sur des selles flambant neuves.

Le contrôleur des décès fit savoir que son travail était terminé. Il fallait donc que quelqu'un allât examiner le squelette déterré près de la rivière. En temps normal, le juge Ti se serait chargé de cette tâche. Mais, ayant renoncé à quitter la chambre pour ne pas ranimer une douleur qui commençait à se faire oublier, il donna l'ordre à Tao Gan d'accomplir l'examen à sa place.

Ce dernier n'en avait aucune intention, ayant mieux à faire que de se pencher sur des bouts d'os sans intérêt. Il écrivit aussitôt un petit billet à l'épouse du magistrat, et chargea une servante de le lui porter dans ses appartements.

Madame Première fut d'abord choquée de se voir confier une corvée aussi déplaisante. Elle n'avait jamais vu de cadavre, *a fortiori* à l'état de squelette. Son imagination lui représentait une sorte de pantin avec des lambeaux de chair à travers lesquels transparaissaient des morceaux d'os jaunâtres. Aucune solution ne lui venant à l'esprit, elle se résigna à obéir avec beaucoup de peine et se dirigea aussi lentement que possible vers l'arrière du tribunal.

La salle où l'attendait le médecin était petite et froide, éclairée par une fenêtre unique, percée en haut d'un mur. M. Wen avait allumé deux lampes. Sur une longue table étaient disposés les ossements brossés avec soin, dont la pâleur tranchait sur le sombre décor environnant. Le contrôleur des décès avait patiemment reconstitué l'architecture osseuse, ce qui avait dû lui prendre plusieurs heures. Madame Première nota avec horreur que la bouche du mort, garnie de dents intactes, semblait lui sourire depuis l'au-delà. Wen lui tournait le dos lorsqu'elle entra. Armé d'une loupe, il examinait avec intérêt ce qu'elle supposa être un tibia.

– Entrez, Tao, dit-il sans lever les yeux de son travail. Je vous attendais.

– Tao Gan était occupé, répondit-elle, embarrassée. Je le remplace.

Le médecin replaça le tibia entre la cheville et le genou et se retourna. Une expression de surprise se peignit sur ses traits tandis qu'il dévisageait la dame en robe à motifs de camélias qui se tenait, assez crispée, à deux pas de lui.

– Ah ! Bien, dit-il.

Il devait penser qu'il ne lui revenait pas de commenter la façon dont son sous-préfet dirigeait ses enquêtes, car il entreprit sans plus tarder d'exposer ses conclusions à madame Première. Il la poussa vers la table au cadavre. Il avait déterminé d'après le bassin qu'il s'agissait d'un homme et, d'après la denture, que ce dernier n'était guère âgé : vingt-cinq ans tout au plus. Le corps avait séjourné dans la terre pendant au moins un an, ce qui faisait de lui un bon candidat à l'identité de l'apprenti disparu. Elle lui demanda s'il avait une idée de ce qui avait entraîné sa mort.

– Rien de sûr, répondit le contrôleur des décès. Cependant, en examinant de près les côtes situées sur la gauche de la cage thoracique – venez voir, approchez-vous donc –, on constate une éraflure au niveau du cœur. Il y a de fortes chances pour que ce jeune homme ait succombé à un coup de poignard. La mort a dû être immédiate. Voyez-vous les petites stries laissées par la lame ? Elles sont très caractéristiques.

Après s'être penchée avec répugnance sur le tas d'os, madame Première aperçut d'infimes rayures, que seul l'œil averti du médecin pouvait avoir notées.

– Je vous remercie, dit-elle en se redressant sans tarder. Mon mari sera enchanté de vos conclusions.

M. Wen la considéra avec attention.

– Il a de la chance de posséder une épouse aussi dévouée. Je ne connais pas beaucoup de femmes qui seraient prêtes à le seconder comme vous le faites. Vous préservez sa tranquillité tout en lui fournissant matière à réflexion. C'est tout à fait ce qu'il lui faut. Je suppose qu'il est inutile que je fasse allusion devant lui au fait que vous êtes venue vous-même examiner cette pièce à conviction ?

Madame Première, quelque peu troublée, acquiesça du menton. Le médecin était assez fin pour deviner qu'elle outrepassait de beaucoup le rôle confié par le juge dans cette affaire. Mais, si le repos de son patient était à ce prix, il n'avait que faire de se mêler des convenances. Il était prêt à voir la maisonnée entière, enfants compris, se charger des enquêtes judiciaires, pourvu que cela évitât au magistrat de ternir sa réputation de praticien par un boitement fort embarrassant.

Après être sortie prendre un bol d'air frais dans la cour pour se remettre les idées en place, elle remonta vérifier que son mari n'avait besoin de rien – en fait, qu'il était toujours bloqué sur son lit. Il parut ravi de la revoir :

– Je suis très fier de vous, s'exclama-t-il. Je viens d'apprendre ce que vous faites. C'est tout à votre honneur. J'admire votre courage et votre énergie. Je ne vous reproche qu'une chose : ne pas m'en avoir parlé tout d'abord.

– Vraiment ? répondit-elle tout bas, étonnée que la révélation de ses petits secrets n'eût pas provoqué sa fureur. Vous ne m'en voulez pas ?

Le juge Ti agita l'index comme pour la gronder de lui avoir fait des cachotteries :

– Petite coquine qui conspire dans mon dos ! Tout à l'heure, je ne sais pas où vous étiez passée, des femmes de notables se sont présentées pour vous voir. Elles désiraient s'entretenir avec vous au sujet de votre œuvre de charité en faveur des demoiselles à marier. Elles tiennent beaucoup à vous seconder. Vous êtes un exemple pour cette communauté, savez-vous ? C'est très bien, de vouloir aider les jeunes filles pauvres à se pénétrer du rôle d'épouses attentives qui sera le leur tout le reste de leur vie. Vous êtes la mieux placée pour cela.

Il la couva d'un regard attendri tandis qu'elle remettait les coussins en place comme si de rien n'était. L'intéressée était beaucoup moins ravie : ses obligations secrètes de magistrat intérimaire ne lui laissaient guère le temps de s'impliquer dans des tâches féminines désuètes. Elle ne se sentait plus rien de commun avec ces épouses modèles, engoncées dans les préjugés de leur rang, dévouées à leur mari, à leurs enfants. Il fallait pour ces œuvres charitables des personnes sans idéal personnel, sans passion, prêtes à consacrer leurs forces au bénéfice d'inconnues qui ne leur en sauraient aucun gré, bref de véritables idiotes atteintes d'altruisme. Elle comprit soudain qu'elle avait sous la main celles qu'il lui fallait. Elle se hâta d'aller expliquer aux deux épouses secondaires l'exaltant projet qui accaparerait désormais tout leur temps.

Une heure plus tard, elle achevait la présentation de ce beau dessein à ses compagnes, qui ne se montrèrent pas réticentes, quoique ahuries. Un scribe lui apporta un nouveau billet de Tao Gan, aussi mit-elle fin à l'entretien pour le lire en paix. Le secrétaire l'informait que, selon les souhaits de son mari, quelqu'un devait visiter les parents de l'apprenti en peinture disparu. Tao avait naturellement songé qu'elle serait enchantée de s'en charger et lui donnait l'adresse.

Ce devait être de fort petites gens, car ils tenaient un débit de riz dans le quartier des pêcheurs, au bord du lac, un endroit habité par les couches les plus populaires de Han-yuan. Un brillant équipage y aurait été aussi incongru qu'une verrue sur le nez d'une courtisane. Madame Première vida ses coffres à vêtements, mais n'y trouva rien de satisfaisant. Même ses tenues d'intérieur les plus simples étaient de trop bonne facture pour ne pas la désigner comme grande dame à vingt lieues à la ronde. Par l'entrebâillement de la porte qui séparait sa chambre du salon où se tenaient les épouses secondaires, fort occupées à deviser de leur nouveau passe-temps, elle avisa une servante vêtue d'une robe de toile d'un gris uni.

Un moment plus tard, elle quittait le yamen par la petite porte dérobée, située à l'arrière du bâtiment. À vrai dire, vêtue comme elle l'était d'une robe terne, les cheveux recouverts d'un bonnet de laine tout simple, elle aurait pu franchir sans crainte le porche principal : on l'aurait prise pour l'une des nombreuses femmes de charges employées par le tribunal. Il lui plaisait cependant de pousser le jeu du secret aussi loin que possible. Légèrement courbée comme une servante de dernier rang, elle avançait en rasant les murs, l'œil aux aguets.

Une fois parvenue au bord du lac, elle demanda à un passant où se trouvait le restaurant de la famille Liu. On lui désigna une modeste échoppe surmontée d'une enseigne où était représenté un cormoran tenant un poisson dans son bec. Des bancs avaient été disposés de part et d'autre d'une longue table, sous un auvent tout simple. Il n'y avait pas de clients. En d'autres circonstances, ce détail aurait éveillé sa suspicion sur la qualité de la nourriture qu'on y préparait. En l'occurrence, cette tranquillité servait ses plans.

Elle s'assit sur l'un des bancs, devant la maisonnette sans prétention qui abritait les cuisines. Elle commanda une collation de légumes secs et de poisson mariné. La serveuse fit plusieurs allers et retours, tandis qu'un homme qui devait être le patron restait le nez à la fenêtre, à observer les pêcheurs sur leurs barques. Madame Première picora dans les plats, puis elle arrêta la femme dès que celle-ci passa à sa portée :

– Cette marinade est délicieuse. Que mettez-vous dedans ?

Flattée, la cuisinière lui dressa la liste complète des herbes dont elle agrémentait sa préparation, une recette qu'elle tenait de sa mère.

– C'est succulent, dit Mme Ti avec un large sourire. Nous n'en avons pas de pareille à la cantine du tribunal.

C'était vrai : elle était toujours navrée de constater les piètres talents des mitrons attachés aux différents yamens où était nommé son mari. Elle soupçonnait les juges d'emmener les bons cuisiniers et de laisser derrière eux les mauvais pour le service de leurs successeurs.

– Vous travaillez au tribunal ? s'enquit la serveuse avec curiosité.

Madame Première savait que le yamen représentait aux yeux du peuple une sorte de forteresse inquiétante où résidait un homme qui avait droit de vie et de mort sur chacun d'eux. Les arcanes de la justice leur étaient à ce point mystérieux qu'ils avaient l'impression, pour la plupart, que le juge prononçait ses verdicts selon des règles inaccessibles au commun des mortels. Comme le locataire de ce sombre palais changeait tous les trois ans, on avait à peine le temps de cerner sa façon d'être qu'il était remplacé par un étranger dont on ignorait tout. On savait que des réceptions y étaient parfois données en l'honneur d'augustes visiteurs ou pour les fêtes du calendrier officiel. Aussi croyait-on que ses habitants y vivaient dans un mélange de luxe outrancier et d'indolence compassée. Comme rien n'en filtrait jamais, ses employés prenant soin de ne pas fâcher leur maître par de vains ragots, c'était le monde du silence et du secret. Madame Première se doutait à juste titre que ses interlocuteurs sauteraient sur l'occasion d'obtenir des renseignements de première main dont ils auraient soin de régaler leur clientèle. Elle se présenta comme une employée du gynécée venue attendre une amie.

– On prétend que ces dames sont fort belles... dit la serveuse avec envie. De vraies beautés de la capitale, gracieuses et sophistiquées.

Madame Première rougit un peu.

– C'est parfaitement exact, confirma-t-elle à mi-voix, comme si elle lui révélait un secret d'État.

– Rien d'étonnant ! s'exclama l'homme toujours accoudé à sa fenêtre. Ces mandarins se choisissent toujours les plus jolies femmes. Si la famille de la promise fait la fine bouche, ils menacent de faire emprisonner tout le monde sous un prétexte futile. Je connais plusieurs cas. Quant à ces pimbêches, elles n'ont rien d'autre à faire de leurs journées que de se pomponner de la tête aux pieds.

Madame Première ne se souvenait pas que Ti Jentsie eût fait pression sur ses parents pour obtenir sa main ; quoique, à vrai dire, cela eût expliqué pour quelle raison on l'avait sacrifiée de la sorte. Quant à se pomponner toute la journée, plût au ciel qu'elle eût seulement le loisir de se maquiller en paix de temps en temps, sans les enfants à surveiller, les esclaves à diriger, pour ne pas parler de leur maître à toutes, qui ne pouvait se sentir à l'aise si ses trois compagnes n'étaient pas disponibles à tout instant pour le bichonner comme un gamin de trois ans.

– J'avais bien remarqué que vous n'aviez pas l'accent d'ici, dit la femme. Vous êtes sans doute attachée au service personnel du magistrat et de sa famille ?

Madame Première expliqua qu'elle était née à Chang-an, dans la maison d'une des épouses du sous-préfet. Comme la question de ses origines n'était pas le sujet dont elle désirait discuter, elle jeta un coup d'œil autour d'elle, cherchant une occasion de détourner la conversation. Une délicate peinture sur bois était clouée au mur. Elle représentait des cormorans tenus en laisse par des pêcheurs, l'emblème de la gargote.

– Votre établissement est décoré avec soin, dit-elle. Ces oiseaux sont rendus avec une merveilleuse précision.

Le visage de son interlocutrice s'éclaira.

– C'est mon fils qui l'a faite. Tout le monde dit qu'il est très doué.

– Sans aucun doute. La première épouse du sous-préfet adore les oiseaux. Je pourrais lui recommander votre fils : elle lui passerait sûrement commande.

L'expression des deux aubergistes changea subitement. La femme décrocha un torchon de sa ceinture et se mit à frotter avec énergie un coin de la table. L'homme disparut de sa fenêtre, comme si une tâche urgente l'appelait tout à coup à l'intérieur.

– Il ne peint plus ? insista madame Première, gênée de la cruauté d'une telle question, que les nécessités de son interrogatoire rendaient inévitable.

– Il a disparu il y a un an, répondit la femme sans lever le nez.

– Quel dommage ! compatit Mme Ti. Un garçon si talentueux ! Qu'est-ce qui lui est donc passé par la tête ?

Ses parents n'en avaient aucune idée. Ce qu'ils savaient, c'était que le destin de leur enfant s'était infléchi lorsqu'il était entré au service du fameux Zao Zao.

– Votre fils avait de la chance de travailler pour un maître aussi prestigieux, reprit madame Première. On parle de lui, quelquefois, à la table du magistrat. Vous deviez être fiers d'un tel honneur.

Le patron reparut à sa fenêtre, la mine vindicative :

– C'est un honneur dont nous nous serions bien passés ! lança-t-il assez fort, comme si le peintre avait été dans les parages. Quant à savoir si c'était une chance pour notre fils, je crois que les événements ont assez démontré que non. Son emploi chez cet homme ne lui a guère porté bonheur. D'abord on le fait trimer comme une bête de somme, du matin au soir, et même parfois la nuit. Ensuite il disparaît. Est-ce nous qui lui avons appris à quitter les siens sans un mot d'adieu ?

Ce Zao lui a tourné la tête avec sa réussite. Ngai est parti dieu sait où, avec l'espoir de faire fortune par son talent. On nous l'aura assassiné en cours de route, au coin d'un bois ! Voilà l'honneur et la chance distribués par maître Zao !

– Je t'en prie, supplia sa femme : ne t'emporte pas devant la clientèle. Tu vas dire des mots que tu regretteras ensuite !

– Quoi ? s'insurgea son mari. Ça ne te fait rien, à toi, qu'on nous ait pris notre fils ? S'il était devenu pêcheur, comme ses ancêtres, rien ne serait arrivé. Mais voilà : il fallait qu'il peigne !

Madame Première passa en revue les points qu'elle s'était promis d'évoquer. Point numéro un : leur demander où leur fils avait bien pu passer. Visiblement, ils n'en savaient rien. Elle sauta au point numéro deux : ses ennemis.

– Peut-être a-t-il dû s'éloigner momentanément pour fuir des ennuis passagers ? suggéra-t-elle. Les dettes de jeu obligent souvent les joueurs invétérés à s'expatrier. Vous le reverrez lorsque les choses se seront tassées.

Le patron haussa les épaules, sa femme baissa de nouveau le nez sur son chiffon. Si ce Ngai avait eu des dettes de jeu, ses créanciers seraient venus se faire connaître de ses parents, ce qui n'avait apparemment pas été le cas.

– Notre fils ne jouait pas et s'entendait bien avec tout le monde, assura la femme, les yeux rivés à la table, qu'elle frottait de nouveau.

Madame Première, tout en affectant la plus grande sympathie pour leur malheur, un sentiment qu'elle n'était d'ailleurs pas loin d'éprouver, égrena la suite de ses préoccupations : les rapports entre le maître et l'apprenti.

– M. Zao est un patron exigeant, dit la cuisinière. Vous devez bien savoir ce que c'est, vous qui avez sur le dos les épouses de notre sous-préfet. Il voulait l'avoir sous la main quelle que soit l'heure. Les derniers temps, nous ne le voyions presque plus. En revanche, Zao n'était pas pingre. Ce sont ses largesses qui nous ont permis d'ouvrir ce commerce.

Son mari se remit à grogner :

– Je ne suis plus bon pour la pêche, voyez-vous : j'ai mal au dos et l'humidité me ronge les articulations. Mais j'aurais préféré laisser ma santé sur ma barque plutôt que de perdre mon fils unique.

Madame Première imagina leur réaction lorsqu'ils apprendraient que le squelette d'un jeune homme avait été découvert dans le jardin du maître. Elle passa au point suivant : les liaisons sentimentales, souvent à l'origine de fins tragiques.

Si le père croyait *mordicus* que son garçon n'avait pas le loisir de courtiser les jeunes filles, vu l'esclavage qu'on lui faisait endurer, la mère avait une opinion plus nuancée : il ne s'intéressait pas aux jeunes filles du coin, certes ; mais elle avait surpris quelques confidences dont elle avait conclu qu'il nourrissait un tendre sentiment pour une demoiselle d'un autre quartier, plus cossu. Il s'agissait d'une personne raffinée ; pas une fille de pêcheur, en tout cas, et c'est pourquoi il ne leur en avait pas parlé.

– Pourquoi ça ? grogna le père.

– Parce que tu étais déjà assez irrité comme ça de le voir dans la peinture, lui reprocha sa femme. S'il t'avait annoncé qu'il voulait se marier en dehors de notre caste, tu l'aurais assommé.

Comme leur cliente se répandait en compliments sur l'œuvre du jeune homme, la cuisinière rapporta de l'arrière-boutique un coffret en roseaux tressés, dont elle tira avec des gestes mesurés plusieurs peintures. L'apprenti ne se contentait pas de préparer l'encre du maître, il avait lui-même un joli coup de pinceau. Sous la férule de Zao, il s'était essayé à des genres divers. La boîte contenait plusieurs esquisses d'un visage féminin dont les traits délicats et juvéniles n'étaient pas inconnus à la visiteuse.

– Sa petite amie, je suppose ?

– Nullement ! se récria la mère. Mon garçon n'aurait jamais courtisé une fille assez riche pour porter de tels bijoux. Avez-vous vu les boucles d'oreilles ? Et ce collier de perles ? C'est une dame qu'il a vue chez son maître, pour une commande. Il s'est entraîné, voilà tout.

Madame Première s'abîma dans la contemplation des peintures jusqu'à ce que la voix du tenancier la ramenât à la réalité. Il venait de remarquer ses bottines en chevreau, de fort bonne qualité pour une simple servante.

– Ma maîtresse me donne ses affaires quand elle n'en veut plus, se hâta-t-elle de répondre.

Elles étaient neuves. Sa couverture prenait l'eau. Il était temps de mettre un terme à l'entretien, avant qu'ils ne s'interrogent sur le sens véritable de sa présence chez eux. Elle posa quelques sapèques sur la table et se leva.

– Vous n'attendez pas votre amie ? s'étonna la femme.

– Elle aura oublié notre rendez-vous, répondit madame Première. Je dois rentrer, à présent : ma maîtresse va me gronder.

Elle s'empressa de déguerpir en tâchant de ne pas sembler prendre la fuite. Tout en marchant à travers les petites rues sombres, elle essayait de mémoriser les ingrédients de la marinade énumérés par la cuisinière.

XIV

Madame Première se lance dans une séance de mime ; elle découvre un triste portrait.

Tao Gan était assis au bureau de son patron lorsqu'un serviteur lui apporta la carte de visite d'un notable qui demandait à être reçu par l'auguste remplaçant de Son Excellence. Le carré de papier portait le nom de Pei Hang. Il le reposa et réfléchit quelques instants aux raisons qui pouvaient avoir poussé le riche propriétaire à se déplacer en personne. Quoi qu'il en fût, Tao Gan était toujours disponible pour les gros bourgeois de Han-yuan, ses nouveaux amis, qui formaient une inépuisable source de satisfaction. Aussi pria-t-il le serviteur d'introduire le visiteur sans plus tarder.

Dès qu'il vit M. Pei entrer dans son bureau, il sut que ce dernier était venu solliciter un service. L'homme ravala sa fierté et s'inclina très profondément devant le sous-fifre tout-puissant assis en face de lui. Un sourire affable se peignit sur les traits du petit escroc monté en grade. Il se leva de son fauteuil et rendit le salut avec une componction presque équivalente. Puis il désigna un siège à son visiteur et se déclara impatient de prodiguer à un si important personnage toute l'assistance dont celui-ci pouvait avoir besoin.

– Je suis venu vous demander une petite faveur, avoua M. Pei.

Il voulait discuter avec lui de l'enquête suscitée par la découverte du corps de dame Hue. Il tenait à s'assurer que les investigations n'allaient pas dériver vers des régions hasardeuses, comme par exemple sa mise en accusation pour meurtre. Tao Gan lui assura qu'un habitant si éminent de cette belle cité n'avait rien à craindre de la justice. Puis il attendit la suite comme un chien devant lequel on agite un os. Celle-ci ne tarda pas. L'autre préoccupation de M. Pei était d'obtenir la libération de sa concubine :

– La pauvre petite ne peut pas rester enfermée. C'est un traitement cruel, elle doit en souffrir horriblement. Il s'agit d'une personne fragile à tout point de vue. Je souhaite qu'elle réintègre au plus tôt le foyer conjugal. Je suis certain que sa présence en prison n'est utile à personne.

Il ajouta qu'il était disposé à s'acquitter de tous les frais occasionnés par sa démarche : en un mot, il avait prévu de payer cette « petite faveur » aussi cher qu'il le faudrait. Tao Gan ne put dissimuler une grimace de douleur en voyant un butin lui passer sous le nez.

– Je suis tellement navré ! répondit-il avec une vraie tristesse dans la voix. Si vous m'aviez demandé un quelconque passe-droit, je vous l'aurais accordé avec plaisir. Mais les libérations dépendent du sous-préfet lui-même. Je plaiderai votre cause autant qu'il me sera possible, mais je ne peux rien vous promettre. Le juge Ti pense malheureusement que la détention de votre concubine est nécessaire au bon déroulement de son enquête.

M. Pei haussa les sourcils avec surprise. Il avait cru que l'accident survenu au magistrat l'avait mis hors d'état de remplir ses fonctions avant de longues semaines.

– Rassurez-vous, répondit le secrétaire d'un air mystérieux : Son Excellence a des ressources insoupçonnées, l'enquête suit son cours normalement, rien ne saurait l'entraver.

Cette nouvelle ne parut pas réjouir le riche propriétaire. Tao Gan eut cependant le plaisir de le voir tirer de sa manche un beau lingot d'argent, un encouragement à se montrer éloquent dans son plaidoyer en faveur de la détenue.

Dès que l'aimable visiteur eut quitté son bureau, Tao Gan s'en fut répéter à son patron la conversation qui venait de s'y tenir. Il glissa sur l'épisode du lingot, certain que les détails triviaux intéressaient peu le lettré.

– Très bien, conclut ce dernier. Si Pei se remue pour faire sortir sa concubine de prison, c'est qu'il craint qu'elle ne nous révèle quelque chose à son sujet.

Il fit signe au secrétaire d'approcher.

– Sais-tu où se trouve ma Première ? Je crains que la pauvre femme ne se surmène, ces temps-ci. Elle court à droite, à gauche, je ne la vois pour ainsi dire plus. Elle ne cesse de faire des provisions de médicaments... Je crois qu'elle s'inquiète pour moi beaucoup plus que de raison.

Comme il venait de prononcer ces mots, madame Première entra dans la chambre, les bras chargés de sachets de potions préparées par l'apothicaire. Elle avait juste pris le temps de quitter sa robe grise et d'endosser le vêtement élégant qui convenait à son statut d'épouse principale. Ti regarda d'un œil navré cette avalanche de médecines.

– Je ne voudrais pas que ma maladie déséquilibre les comptes du ménage, dit-il.

– Ne vous préoccupez de rien, répondit-elle. Nous avons les comptes du ménage bien en main.

Ti se tourna vers son secrétaire, debout au pied du lit.

– Au fait, Tao : es-tu allé voir les parents de l'apprenti, comme je te l'avais demandé ?

L'intéressé leva des yeux interrogatifs vers madame Première, qui disposait les sachets d'herbes sur une tablette, de l'autre côté du lit. Elle hocha la tête.

– J'y ai fait un saut, répondit-il.

– Eh bien ?

Elle fit un geste qui signifiait : rien à signaler.

– Ce sont de braves gens, mais ils ne savent rien, répondit Tao Gan, qui brodait au fur et à mesure des mimiques sibyllines de sa doublure. Ils n'ont plus de nouvelles depuis sa disparition. C'était un bon garçon, sans histoires. Ils ne lui connaissaient pas d'ennemis.

La femme du magistrat s'éclaircit la gorge :

– Tao me confiait tout à l'heure dans le couloir que ce jeune homme peignait lui-même avec un certain talent. Ses parents pensent qu'il est parti trouver un emploi à la capitale et qu'il lui est arrivé malheur en chemin. Peut-on croire que Zao Zao se serait volontairement privé d'un assistant aussi doué ? Je peux vous assurer que j'y regarderais à deux fois avant d'enterrer ma meilleure servante dans le jardin !

L'expression de son mari pouvait laisser croire

qu'il était dérangé par une mouche qui s'obstinait à voleter sous son nez.

– Je vous remercie de me communiquer vos impressions, répondit-il sèchement. Je ne pense pas que cette affaire soit de votre ressort. Nous sommes assez d'hommes, ici, pour nous en occuper. Allez donc voir ce que font nos enfants.

Madame Première se figea comme la statue de Bixia, un bol de tisane à la main. Elle le déposa sur la table de nuit et quitta la pièce sans un mot, raide et glacée. Tao Gan regrettait d'avoir assisté à l'incident. Il se demanda s'il n'aurait pas mieux valu mettre le juge au courant de leurs arrangements. Peut-être aurait-il revu son opinion sur le rôle des femmes à l'intérieur de son foyer. Ti leva les yeux au ciel.

– Elles savent que je dépends d'elles pour le moment, elles en profitent !

Tao Gan acquiesça : son patron ignorait à quel point il avait raison.

Madame Première était d'une humeur massacrante lorsqu'elle pénétra dans le gynécée. Ses deux compagnes étaient en train de mettre sur pied leur petite organisation de charité. Elles levèrent sur la nouvelle venue des yeux surpris :

– Vous paraissez nerveuse, dit la Troisième. Une contrariété ?

Elle se laissa tomber sur un fauteuil, la mine sombre, toute à ses récriminations muettes. Les deux femmes s'approchèrent avec un air de compassion inhabituel.

– Laissez-moi vous masser les épaules, dit l'une en posant ses mains sur les omoplates de son aînée.

– Je vous ai préparé un masque de beauté, ajouta

l'autre. Vous avez votre rendez-vous chez ce peintre, tout à l'heure ; cela adoucira vos traits, vous êtes trop tendue.

Madame Première se laissa tripoter le dos tandis qu'on étalait une crème pâteuse sur son visage crispé. Elle les trouva soudain bien empressées à lui faire plaisir. Leurs relations ordinaires se composaient plutôt d'échanges acides sur la façon d'élever les enfants et de tenir la maison.

– Vous avez quelque chose à me demander ! parvint-elle à articuler malgré le mélange gras qui lui couvrait la face.

Elles échangèrent un regard. La Troisième se décida à lâcher le morceau :

– Nous nous demandions si nous aurions nous aussi la chance d'avoir notre portrait.

Après un instant de surprise, l'épouse officielle jugea l'idée intéressante :

– Que croyez-vous que penserait notre époux si vous lui présentiez cette requête ? demanda-t-elle.

– Oh, il ne serait pas d'accord ! admit la Deuxième. Il dirait que nous ne sommes pas de ces riches bourgeois qui vivent dans un luxe éhonté, et que nous devons nous contenter de ce que nous avons.

L'épouse principale sourit.

– Dans l'état où se trouve le cher homme en ce moment, nous ne pouvons pas l'ennuyer avec des caprices.

La Deuxième et la Troisième baissèrent le nez, déçues.

– C'est pourquoi nous ne lui en parlerons pas, reprit la Première. Zao m'a consenti un tarif de faveur. Il serait stupide de ne pas en profiter, n'est-ce pas ?

Jen-tsie nous incite toujours à l'économie, c'est l'occasion de suivre ses conseils !

Une expression de ravissement illumina les traits des deux épouses secondaires.

Il était temps pour madame Première de courir chez l'artiste pour sa première séance de pose. Ses compagnes se hâtèrent de la maquiller et de la coiffer. Après avoir revêtu une robe dont la dominante rose pâle seyait à son teint, Mme Ti sauta dans le palanquin du tribunal et se fit conduire à la résidence hors les murs.

Sur le chemin, elle était excitée comme une petite fille qui échappe pour la première fois à la surveillance de ses parents. C'était plus exaltant que d'obéir aux injonctions de son mari. Jamais elle ne s'était amusée à ce point en surveillant les rejetons dont ses deux compagnes avaient entrepris de peupler leur foyer.

À peine eut-elle franchi le portail du domaine où vivait le peintre qu'elle sentit la femme obéissante s'évanouir au profit du rôle de grande dame qu'elle prenait tant de plaisir à endosser. Zao Zao vint l'accueillir sur le perron de sa majestueuse demeure avec autant de componction et d'amabilité que la première fois. Elle afficha le plus large sourire dont elle fût capable. Sa satisfaction était augmentée par l'idée qu'elle commettait un acte interdit. Elle avait l'impression, pour la première fois depuis longtemps, que sa décision n'appartenait qu'à elle. Toutes les conséquences qui pouvaient en résulter lui semblaient peu de chose à côté de cet enivrement. Ti pourrait hurler contre elle, il pourrait la gifler devant le reste de la maisonnée, la punir, la confiner dans ses appartements pour le reste de l'année, peu lui importait. Il lui semblait qu'elle existait enfin, et ce sentiment donnait tout son sens à sa vie ; le reste n'était que détails sans importance.

Zao la dévisagea avec plus d'insistance qu'il ne seyait. Elle supposa que son œil d'artiste était en train de chercher l'inspiration dans la contemplation de ses traits.

– Puis-je me permettre de vous dire que vous êtes particulièrement radieuse, aujourd'hui ? dit-il. Vous avez quelque chose de changé. Il y a du mystère dans votre sourire. Je vais essayer de saisir cette expression, elle éclairera mon œuvre.

Il avait franchi sans vergogne la barrière censée protéger une dame de la bonne société d'un homme de rang inférieur. Madame Première était cependant trop heureuse pour s'en offusquer. Elle mit cette arrogance au compte de sa nouvelle et fragile liberté et en éprouva du plaisir. Aussi inclina-t-elle légèrement la tête pour indiquer qu'elle agréait le compliment.

Zao la conduisit dans une petite pièce carrée aux larges ouvertures. Il fallut au peintre un assez long moment pour choisir l'endroit idéal. Lorsque les ombres lui parurent satisfaisantes, il corrigea la position de son modèle, qui devait se tenir bien droit sans pour autant se raidir. C'était un exercice physique aussi bien que mental. Madame Première ne s'était pas doutée qu'une peinture nécessitât une telle participation de la part du sujet. Elle espéra que la séance ne serait pas trop longue, car la douleur qu'elle commençait à ressentir dans les muscles du cou et du buste contredisait l'obligation d'avoir l'air détendu.

Son regard se perdait dans la portion de jardin qu'elle apercevait par la fenêtre située juste en face d'elle, derrière l'artiste. À côté de la fenêtre se trouvait une porte ajourée, percée d'un enchevêtrement de trous formant des motifs compliqués. Elle était d'un bois épais, et munie d'une grosse serrure de bronze dont les ferrures représentaient un dragon toutes griffes dehors. Elle se demanda si cet étrange panneau avait été posé là à dessein : il était possible de le contempler des heures durant, tant il était ouvragé. Sa présence avait dû permettre à plus d'un client d'oublier une pose contraignante.

Lorsque Zao fut las de lui rappeler de sourire, il décréta qu'il était temps de faire une petite pause et frappa dans ses mains. Madame Première s'attendait à voir s'ouvrir la porte ajourée, mais ce fut par une autre qu'apparut la servante qui apportait le thé et la collation prévus pour leur délassement.

Tandis que « Sûreté du Trait » sirotait son infusion sans prendre la peine de s'asseoir, madame Première avisa une table où était disposée une série de feuilles de papier fin.

– Puis-je ? demanda-t-elle en commençant de soulever l'une d'elles.

– Je vous en prie, répondit aimablement le peintre. Ce ne sont que des esquisses récentes.

Une fois ôté la feuille de protection, madame Première découvrit le ravissant visage d'une jeune femme qui portait un élégant peigne d'ivoire piqué dans son double chignon. Ces yeux tristes ne lui étaient pas inconnus. Le format du portrait lui disait quelque chose, lui aussi. Elle en avait vu de semblables peu de temps auparavant. Sa visite chez le riche propriétaire lui revint en mémoire.

– C'est vous qui avez représenté les dames Pei ! s'exclama-t-elle.

Zao Zao hocha la tête avec surprise.

– Je vous félicite pour votre perspicacité artistique, répondit-il avec une certaine admiration. J'ai en effet eu cet honneur. M. Pei me fait la grâce de ne s'adresser qu'à moi pour immortaliser ses épouses. Immortaliser est bien le mot, car c'est à présent tout ce qu'il lui reste de ces infortunées.

Madame Première observa plus attentivement l'œuvre qu'elle avait sous les yeux. Elle revoyait parfaitement, à présent, cette expression de désespoir, que le peintre n'était pas parvenu à effacer tout à fait, de même qu'il avait conservé le petit pli de chaque côté de la bouche, une ride prématurée qui ne pouvait tromper. Le portrait était loin d'exhaler le sentiment de bonheur et d'harmonie que les artistes cherchaient en général à exprimer à travers la représentation d'une belle femme.

– On reconnaît aisément votre style remarquable, dit-elle.

Zao Zao poussa un soupir de génie contrarié.

– C'est là le travail le plus pénible qui m'ait jamais été confié, confessa-t-il. L'emploi du temps de dame Yin ne nous permet pas de progresser très vite. En outre, il y a toujours quelque chose qui cloche. Elle n'en est jamais satisfaite, et son mari non plus.

Madame Première souleva une autre feuille et découvrit un portrait qui aurait dû être splendide si une tache noirâtre ne l'avait défiguré.

– Celui-ci approchait la perfection, commenta l'auteur. Par malheur, dame Yin a renversé sa tasse dessus lorsque je le lui ai montré. Trois jours de travail perdus ! Je crois que les dieux me lancent une sorte de défi. Mais je suis obstiné : je viendrai à bout de cette commande, même si je dois y passer l'année.

Le portrait de dame Yin paraissait voué à un aussi

triste sort que son mariage avec Pei Hang. Il sembla à madame Première que la malédiction de cette union s'étendait à sa représentation picturale. Elle jugea le peintre bien audacieux d'oser affronter la volonté des dieux.

Zao posa sa tasse de thé : le temps était venu de reprendre la séance. Il aida son modèle à retrouver la pose exacte et saisit ses pinceaux.

Au bout de quelques instants, l'attention de madame Première fut attirée vers la porte ajourée. Elle avait la conviction d'avoir vu quelque chose bouger de l'autre côté.

– Je vous prie de rester immobile ! lui enjoignit immédiatement le maître en plissant le front.

Elle avait haussé les sourcils et tourné la tête vers le panneau ouvragé sous l'effet de la surprise.

– Nous ne sommes pas seuls ? demanda-t-elle en pointant l'index vers le fond de la pièce. Il y a quelqu'un, là derrière ?

Zao interrompit son geste – il était en train d'ombrer délicatement les paupières du visage, dont les traits principaux commençaient d'apparaître sur le papier. Il se retourna et fixa la porte avec intensité.

– Non, il n'y a personne, dit-il en reposant ses instruments. C'est tout pour aujourd'hui. Revenez demain, si vous le voulez bien.

Déconcertée, madame Première se leva en remettant en place les plis de sa belle robe rose. Zao l'accompagna jusqu'à son palanquin sans ajouter un mot. Leurs adieux furent aussi froids que ceux de deux amants déçus.

Mme Ti rentra au yamen, doucement ballottée par le rythme des porteurs. Elle avait le sentiment confus d'avoir contrarié le maître de quelque façon, mais se trouvait incapable de savoir en quoi. Ce ne fut qu'une fois en vue du bâtiment dont le lourd portail allait se refermer sur elle que le masque de l'épouse soumise et réservée réapparut sur son visage perplexe.

XV

Le juge Ti reçoit une visite inattendue ; il statue sur le cas d'un démon.

Après avoir fini son repas de légumes bouillis et de crème au lait, Ti avait fermé les yeux et s'était abîmé dans ses réflexions. La lampe s'était éteinte tandis que les ténèbres envahissaient peu à peu sa chambre. Il était sur le point de s'assoupir lorsqu'il perçut le léger grincement de la porte. Il songea tout d'abord que l'une de ses femmes, ou une servante, venait de pénétrer dans la pièce pour prendre le plateau du dîner. Il ouvrit les yeux. On n'y voyait plus rien.

– Vous pouvez approcher, je ne dors pas, dit-il d'une voix lasse.

Nul ne bougea. Il crut qu'on avait renoncé à entrer. Il lui fallut quelques instants pour discerner une forme sombre, près de la porte, et pour percevoir une respiration courte. Un détail curieux le frappa tout à coup : l'ombre était venue sans lumière et ne se souciait pas de rallumer sa lampe.

– Qui est là ? demanda-t-il, soudain conscient de sa vulnérabilité.

Dans son état, un intrus mal intentionné pouvait

l'attaquer sans risque. Avec des gestes lents, comme s'il s'était trouvé en présence d'une bête sauvage, il tâtonna à la recherche d'une pierre à feu. Ses doigts tremblaient tandis qu'il essayait de ranimer la mèche à demi immergée dans l'huile. La faible lueur qu'il parvint à obtenir ne lui permit guère d'identifier son visiteur. La silhouette qui se découpait sur le mur semblait de petite taille et surmontée d'une capuche.

– Qui êtes-vous ? répéta-t-il, furieux que ses facultés de déduction ne lui permissent pas de se faire une idée à ce sujet. Que voulez-vous ?

L'intrus conservait l'impassibilité d'une statue. L'imagination du juge se mit en branle avec frénésie : sa sécurité commandait qu'il identifiât au plus vite son visiteur, afin d'être en mesure de le détourner de funestes projets à son encontre. Qui souhaitait le voir en privé, dans le plus grand secret ? Une personne liée aux affaires en cours. Qui était susceptible de pénétrer dans le yamen sans se faire remarquer ? Une femme pouvait aisément se faire passer pour l'une des innombrables servantes attachées au service du tribunal. La petite taille de l'individu le portait d'ailleurs à cette conclusion. Quelle femme était-elle assez désespérée pour souhaiter le rencontrer dans de telles conditions ? Une personne que son propre entourage empêchait de venir le voir. Ti fut certain d'avoir trouvé le nom qu'il cherchait. Il fit un effort pour que sa voix parût la plus naturelle possible lorsqu'il prononça ces mots :

– Approchez, dame Yin. Je suis tout disposé à vous recevoir. Parlez sans crainte.

L'immobilité de l'inconnu se prolongea quelques instants, si bien que Ti douta d'avoir abouti aux bonnes conclusions. Quand l'ombre fit trois pas de manière à entrer dans la faible lumière diffusée par la lampe posée sur la table de nuit, il comprit que cette hésitation n'était due qu'à la stupeur d'avoir été identifiée. Dame Yin rejeta la capuche qui lui avait permis d'arriver jusque-là. Elle portait une ample cape qui l'enveloppait entièrement.

– Je devais vous parler, finit-elle par dire d'une petite voix.

Ti se sentit ridicule d'avoir pris peur devant une jeune personne qui lui semblait à présent frêle et inoffensive. Il ne put s'empêcher de pousser un soupir de soulagement.

– Je vais sérieusement sermonner les hommes chargés de ma sécurité, murmura-t-il.

Dame Yin s'approcha tout près, comme si elle avait craint que ce qu'elle avait à dire ne fût entendu de quelqu'un d'autre. Elle s'apprêtait à parler lorsque la porte s'ouvrit à nouveau, sous la pression d'une main beaucoup plus ferme que la sienne. Madame Première apparut dans l'embrasure. Elle se figea en découvrant le tableau qui s'offrait à sa vue : son mari au lit, en conversation intime avec une demoiselle venue là sans qu'elle le sût. Cette dernière masqua prestement sa figure sous sa capuche, un geste qui ouvrait la voie à toutes les conjectures.

– Ce n'est pas ce que vous croyez ! s'empressa de dire le magistrat.

Ti arborait une mine de coupable. Soit elle venait de le surprendre dans un genre d'activité inavouable, peut-être destiné à guérir plus vite, soit il menait ses investigations de nuit, dans sa chambre à coucher, à la chandelle, avec des jeunes filles en fleurs. Dans les deux cas, elle le dérangeait. Puisqu'il adoptait l'attitude du mauvais sujet pris sur le fait, elle résolut de jouer les femmes trompées. Elle feignit d'être choquée, se raidit, la main toujours posée sur la poignée de la porte. Non qu'elle eût grand-chose à faire des turpitudes éventuelles de son mari, mais il lui plaisait de le rabaisser un peu. Elle n'était pas sans éprouver aussi, malgré elle, un sentiment qui s'apparentait à de la jalousie.

– Que vois-je ? articula-t-elle sur un ton de tragédie. Une femme, chez vous, à cette heure ?

– Ne vous méprenez pas, mon cœur, répondit Ti, très ennuyé. Il ne s'est rien passé.

– Je l'espère bien ! reprit-elle d'une voix pincée. Dans votre état ! Une demoiselle qui pourrait être votre fille ! À quoi servent nos attentions de chaque instant, notre dévouement absolu, notre amour inconditionnel, si vous ruinez nos efforts par des exercices incompatibles avec le repos dont vous avez besoin ?

Ti s'énerva.

– Mais puisque je vous dis que Madame se trouve ici en tout bien tout honneur ! Elle est venue me voir pour obtenir mes conseils et ma protection dans une affaire qui l'embarrasse.

Sa Première émit un ricanement amer.

– Votre protection, je ne doute pas qu'elle l'ait obtenue sans réserve, elle doit posséder tous les arguments nécessaires. Mon conseil à moi sera de reporter ce rendez-vous après votre guérison. Il vous sera loisible, alors, de déshonorer la charge que vous occupez.

Elle s'apprêtait à se retirer, drapée dans sa dignité outragée, quand la visiteuse rejeta de nouveau sa capuche et se tourna vers elle. Madame Première reconnut celle avec qui elle était allée s'entretenir dans la maison des Pei.

– Dame Yin ? dit-elle avec une profonde surprise.

Toute son animosité de façade s'envola d'un coup. L'enquêteuse reprit immédiatement le dessus sur l'épouse contrariée :

– Que se passe-t-il ? Du nouveau du côté de M. Pei ? Il a essayé de s'en prendre à vous ?

L'intérêt que portait sa femme aux affaires criminelles du moment provoqua chez le juge un haussement de sourcil.

– Puisque le cas de dame Yin vous passionne, dit-il en lui faisant signe d'entrer et de fermer la porte, vous n'avez qu'à rester : vous raccompagnerez notre visiteuse lorsque l'entretien sera terminé. Elle pourrait avoir plus de mal à sortir incognito, à cette heure-ci, qu'elle n'en a eu à entrer. Du moins je l'espère pour notre sécurité.

Il nota dans un coin de sa mémoire d'envoyer ses lieutenants faire un esclandre au poste de garde. Les sbires de ce yamen devaient avoir plus à cœur de disputer des parties de dés que de filtrer les entrées. Handicapé comme il l'était, il avait tout de la brebis livrée à l'appétit du tigre. Que l'homme qui avait provoqué son accident désirât terminer le travail, et la conservation de ses jours serait gravement compromise.

Madame Première vint se poster à côté de son mari, où elle attendit avec impatience que dame Yin leur fournît un élément précieux pour la suite de leur enquête. Celle-ci se jeta brusquement à genoux, si bien que le juge, allongé sur un lit assez haut, eut du mal à voir où elle était passée.

– Je remets mon sort entre les mains de Votre Excellence et me recommande à sa générosité éclairée, déclara-t-elle d'un seul souffle, comme si sa vie avait dépendu de cette conversation nocturne.

Ti n'avait jamais rencontré cette jeune femme auparavant ; seuls les récits de Tao Gan lui avaient permis de l'identifier dans l'ombre de la chambre. À présent qu'elle tenait son visage près du sien, dans la lueur flageolante de la lampe, il la jugea magnifique, en dépit de l'inquiétude qui marquait ses traits. Pei aurait eu du mal à dénicher plus belle fiancée dans tout Hanyuan. Le magistrat comprenait à présent pour quelle raison cet homme avait mis trois ans à se remarier. Cette union ne répondait pas à l'obligation ordinaire de perpétuer la lignée de ses ancêtres et de trouver quelqu'un pour tenir sa maison. Il avait délibérément choisi une rare beauté afin de compléter sa collection.

– Parlez sans crainte, dit le juge avec douceur. Je vous écoute.

– J'accuse mon mari d'être un démon ! reprit la visiteuse. Il s'agit en réalité d'un fantôme échappé du monde infernal. Il a volé la peau d'un homme pour vivre parmi nous ! Mais il n'a rien d'humain !

La main de madame Première se crispa sur le bras de son mari. L'accusation laissa ce dernier perplexe. Ce genre de cas n'était pas rare dans les contes et légendes qu'on se répétait au coin du feu, ou dans la littérature de divertissement. On en lisait même dans les annales judiciaires des siècles précédents. Bien qu'il lui eût été donné de rencontrer des gens qui juraient avoir assisté à des phénomènes fantastiques indubitables, danses macabres, beautés vénéneuses et réunions de spectres, il n'avait pas encore été confronté à la réalité de ces questions.

– Voilà une théorie intéressante et qui expliquerait bien des choses, répondit-il d'une voix qu'il voulait apaisante. Il serait utile, néanmoins, que vous nous fournissiez quelques preuves pour l'appuyer.

– Certainement, noble juge ! reprit le témoin volontaire, qui se sentait encouragé. J'ai pu m'en rendre compte de mes propres yeux. Sans quoi je ne me serais pas permis de venir déranger Votre Excellence. Je l'ai vu comme je vous vois. La nuit, il reprend sa véritable apparence, il ôte sa peau humaine et rôde dans la maison sous sa forme hideuse. Il a le corps noir et sec comme du bois, les doigts griffus. Ses cheveux lui descendent à la taille et reflètent les rayons de la lune à la façon d'un miroir.

Madame Première était figée, on aurait pu croire qu'elle écoutait un conte particulièrement sinistre au cours d'une longue veillée d'hiver. La lampe projetait autour d'eux des ombres dansantes.

– Je souhaite déposer une plainte officielle, reprit dame Yin. Un démon n'a pas le droit de prendre femme parmi les humaines, n'est-ce pas ? Je suis certaine que c'est formellement interdit par les lois de nos empereurs éclairés ! Je veux rentrer chez mes parents !

Ti se demanda quelle tête feraient ses administrés, d'ici quelques heures, s'il leur annonçait en audience un tel motif de plainte. Il ne pouvait trancher qui, de la plaignante ou de lui-même, risquait d'être écarté pour déficience mentale. Malheureusement pour dame Yin, la démence n'était pas au nombre des causes officielles autorisant la rupture d'un mariage. Même folle à lier, elle restait la première épouse du seigneur Pei. L'usage avait prévu que l'on conservât ce titre à celles qui en jouissaient, dans le but de les protéger et d'affirmer la solidité des liens conjugaux. La médaille avait son revers : elle ne pouvait pas plus quitter son mari que ce dernier ne pouvait la répudier sur un coup de tête.

– Je ne doute pas que votre époux soit habité par

un esprit malin, répondit Ti. Je ne suis pas sûr, en revanche, que ce phénomène relève de mon tribunal.

Dame Yin avait une réponse toute prête :

– Vous devez savoir qu'il se nourrit du sang de ses épouses, noble juge ! C'est pourquoi ses deux premières victimes ont péri d'un coup d'épée : il a voulu dissimuler le fait qu'elles avaient perdu tous leurs fluides. Votre Excellence a en charge la sécurité de ses administrés. Il faut empêcher cette bête démoniaque de nuire. Je suis sa prochaine proie, vous êtes mon seul recours.

Le dossier ne faisait pas état de traces de morsures sur les corps des épouses Pei. Ti commençait à avoir son content de merveilleux et ne savait comment pousser sa visiteuse vers la sortie. Cette dernière avait déjà établi un plan pour mettre un terme aux agissements du mauvais génie qui occupait le corps de l'honorable Pei :

– Que Votre Excellence le cite seulement à comparaître, il sera facile à démasquer. Sa tête ne cesse pas de vivre une fois séparée du tronc : les yeux bougent et elle continue à parler jusqu'à ce qu'elle soit reposée sur le buste. C'est un privilège des fantômes de sa sorte, tout le monde le sait.

L'expérience eût certes été pleine d'intérêt, mais le risque de se trouver en présence de deux morceaux inertes de Pei Hang reposant dans une mare de sang interdisait qu'on s'y livrât, quelle que fût la beauté de celle qui la réclamait. Puisque ce témoin de première main avait fait l'effort de venir le trouver sur son lit de douleur, il en profita pour lui poser directement une question qui le tenaillait.

– Je ferai tout ce qui est en mon pouvoir pour vous soulager de cette incommodité, répondit-il poliment.

En échange, j'aimerais que vous me révéliez l'identité de votre amant.

Dame Yin leva ses yeux vers lui. Elle était interdite.

– Comment Votre Excellence peut-elle supposer... Je suis une honnête femme ! Aucune ombre ne saurait entacher ma réputation !

– Je n'en doute pas, affirma le juge. Cependant, je suis certain que vous avez un amoureux secret. Qui est-il ?

Dame Yin hésita un instant avant de prendre sa décision. Elle semblait en proie à une profonde tristesse. La furie pourfendeuse de démons avait laissé place à une personne sensible et sans illusions.

– Votre Excellence m'a apporté son soutien, je ne la décevrai pas. Je puis d'ailleurs vous répondre en toute franchise, car les événements m'ont lavée du moindre soupçon. Mon cœur appartenait en effet à un autre bien avant mon mariage, mais je supplie Votre Excellence de croire que je n'ai jamais outrepassé les limites d'une conduite honorable. L'élu de mon cœur n'est plus parmi nous, de toute façon.

La coutume voulait qu'une jeune fille en âge de se marier invitât des prétendants à se présenter sous sa fenêtre, généralement à l'occasion de la fête de la lune, le quinzième jour du huitième mois. Elle lançait alors dans la foule une balle brodée, et celui qui l'attrapait devenait son fiancé désigné par les dieux. Deux ans plus tôt, le jeune homme en question avait attrapé la balle.

– Depuis ce jour, je me suis sentie liée à lui par le destin. C'est un nœud que nul arrangement entre mes parents et un inconnu fortuné ne saurait détruire.

Madame Première jugea que cette Yin avait une belle mentalité pour se promettre au premier venu.

– Pourquoi n'avez-vous pas épousé ce chanceux garçon ? demanda Ti.

Les yeux de la jeune femme se troublèrent. Elle écrasa une larme du revers de la main.

– Nous avons tenu notre engagement secret en attendant que sa fortune le mette en état de demander ma main. Ma famille n'est plus aussi riche qu'autrefois, mais mes parents avaient des exigences. Lui-même nourrissait de brillantes espérances qui lui auraient permis de les convaincre, s'il en avait eu le temps. Hélas, il a disparu, voici un an, du jour au lendemain, sans laisser de traces. Pei s'est ensuite présenté, précédé par ses serviteurs aux bras chargés de somptueux cadeaux. Et l'on m'a livrée à ce démon mangeur de femmes !

Comme Ti insistait pour connaître l'identité de l'amoureux, dame Yin tendit le cou pour le lui dire à l'oreille. Le nom qu'elle lui souffla ne parut pas le surprendre outre mesure. Il lui tapota la main et lui recommanda de rentrer chez elle sans plus tarder. Il pria sa femme d'accompagner la jeune fille dans la cour et de charger un sbire de l'escorter jusqu'à sa demeure avec une lanterne.

Dès qu'elle eut remis la dame entre les mains du soldat, madame Première se hâta de remonter voir son mari, sous prétexte de le préparer pour la nuit. Elle était curieuse de connaître ses réflexions sur ce qu'ils venaient d'entendre.

– C'est un exorciste, qu'il faudrait à cette malheureuse ! lança-t-elle en arrangeant vaguement les couvertures. Mariée à un fantôme ! Quelle situation atroce !

Ti était songeur.

– Voilà un témoignage tout à fait intéressant, murmura-t-il en tirant sur les poils de sa moustache. Cela fait bigrement progresser mon enquête.

Sa femme se demanda s'il avait l'intention de pourchasser tous les spectres du voisinage afin de les traduire en justice. Une autre question la taraudait : elle voulait savoir qui était l'amour secret de dame Yin.

– Personne que vous connaissiez, répondit le juge. La coïncidence est curieuse, néanmoins : il s'agit d'un nommé Liu Ngai, un fils d'aubergistes qui travaillait comme apprenti chez maître Zao. Tao Gan est allé voir ces gens pas plus tard qu'hier.

Madame Première comprit que dame Yin était cette demoiselle de la bourgeoisie dont les Liu lui avaient parlé. Un détail l'intriguait :

– Comment saviez-vous qu'elle avait une faiblesse pour un jeune homme ? demanda-t-elle. Cela tient de la divination !

Ti sourit de sa propre perspicacité.

– Pour être aussi fermement opposée à ce mariage forcé, il fallait que son cœur fût déjà pris. Comment pouvait-elle supporter d'être enlacée par cet homme déjà mûr, brutal et méprisant, alors qu'elle brûlait d'appartenir à un éphèbe choisi selon ses goûts, dont l'image s'imposait sans cesse à son esprit ? Au fond d'elle-même, elle n'a jamais accepté sa disparition. Elle continue de l'attendre, comme s'il allait surgir devant elle d'un moment à l'autre. Ce n'est pas par son fantôme de mari, qu'elle est hantée : c'est par le souvenir d'un amour impossible.

Madame Première le contempla avec un étonnement mêlé d'admiration. Elle avait encore du chemin à faire pour égaler une telle sagacité.

– Il ne doit pas y avoir beaucoup de juges meilleurs que vous pour ce qui est d'échafauder des raisonnements logiques, dit-elle tandis qu'elle rassemblait les bols vides qui traînaient çà et là sur les meubles.

– J'ai assez l'expérience de l'âme humaine pour qu'on ne puisse rien me cacher, conclut-il avec une bonne dose d'autosatisfaction.

Son épouse inclina légèrement la tête en manière d'approbation.

– Certes, répondit-elle. Qui oserait encore vous taire quoi que ce soit, après une telle démonstration ?

Elle avait cependant son idée de la réponse.

XVI

Le juge Ti change de religion ; il se livre à un exercice de divination.

Au matin, le sergent Hong vint annoncer à son maître une visite imprévue. Une nonne bouddhiste s'était présentée au poste de garde, entourée d'une petite escorte de ses consœurs, avec clochettes et décorations rituelles. Elle prétendait avoir été appelée par Son Excellence.

Son irruption mettait visiblement la maisonnée en émoi. À la suite du sergent, Ti vit successivement apparaître ses trois épouses, ses deux lieutenants, puis son secrétaire, tous plus curieux les uns que les autres de connaître le fin mot de cette histoire.

– Une bonzesse dérangée cherche à vous rencontrer, annonça Tsiao Taï, certain d'avoir bientôt à renvoyer l'intruse, sans doute la représentante d'un ordre mendiant venue quêter de l'argent là où tout le monde croit que gît un trésor inépuisable : dans les coffres de l'administration fiscale.

– Excellente nouvelle ! s'écria Ti. Je n'espérais pas qu'elle arriverait si tôt !

Il avait écrit à un couvent de la région, expliqua-t-il,

afin qu'on lui adressât quelqu'un : il désirait se faire réciter des soutras en faveur de sa guérison. Il ajouta avec un sourire d'ange :

– J'ai souhaité l'intervention d'une aide spirituelle.

Sa Deuxième et sa Troisième s'étaient toquées d'un bouddhisme à la mode depuis que l'Impératrice avait introduit les bonzes à la Cour. Elles approuvèrent cette subite illumination qui ne pouvait être, à leur avis, que d'origine céleste. Leurs visages s'éclairèrent, elles battirent des mains pour exprimer leur complète approbation.

– Nous sommes enchantées que Votre Excellence se soit enfin ouverte à la révélation d'une foi si pure, déclara la Deuxième.

Ti, tout sourire, l'interrompit d'un geste. Il ne fallait pas faire attendre leur auguste invitée. Il chargea ses femmes de la conduire à son logement, qu'il convenait de choisir le plus près possible de ses propres appartements, afin qu'elle pût lui prodiguer ses remèdes spirituels aussi souvent qu'il en aurait besoin. Elles s'empressèrent d'obéir. Tsiao Taï contemplait son maître d'un œil circonspect :

– Je ne vous savais pas si religieux, noble juge, remarqua-t-il, une fois les épouses parties.

Ti lissait d'un air songeur les longs poils noirs de sa moustache.

– Je n'ai pas voulu inquiéter mes chères compagnes, répondit-il. En réalité, je me sens cerné de forces néfastes. N'oublions pas que l'on a vraisemblablement tenté de m'assassiner. La bienveillance du Bouddha me sera d'une assistance précieuse, j'en suis sûr.

Ces allégations laissèrent les lieutenants pantois. Fervent confucéen, le juge avait toujours professé la plus grande méfiance à l'égard des religions, et notamment de ce bouddhisme d'importation. Ils supposèrent que ses malheurs récents, la douleur et la réclusion forcée le poussaient à revoir ses convictions.

Un nouveau visiteur se présenta presque aussitôt. C'était le grand prêtre du temple de Bixia, averti par la rumeur publique, et visiblement horrifié de l'irruption d'une nonne et de ses falbalas :

– Qu'est-ce que j'apprends ? s'écria-t-il, incapable de contenir son irritation. Je ne peux en croire mes oreilles ! J'ai juré que, moi vivant, jamais le sous-préfet de notre district ne donnerait dans les sectes étrangères les plus fantaisistes ! Dites-moi que ces intrigants qui croient en la réincarnation ne sont pas parvenus jusque dans votre entourage !

– Ne vous alarmez pas, répondit le juge d'une voix calme. Il ne s'agit que d'une simple nonne, dont la présence temporaire ne saurait nuire à la grandeur de la foi taoïste.

Puissance de la Vérité suffoquait. Il tâcha de rassembler ses esprits pour faire assaut de diplomatie. Il lui semblait urgent de se lancer dans une surenchère de merveilleux à prix coûtant :

– Renvoyez-la, noble juge ! Nous fournirons à Votre Excellence autant de prêtres diplômés qu'elle voudra pour effectuer les rites de purification nécessaires à sa guérison. Je jure à Votre Excellence que nos prières sont bien plus efficaces que les sortilèges de ces illuminées ! Comment peut-on se fier à des gens qui adorent un homme mort et enterré depuis des siècles ? Nous nous ferons un plaisir de vous prodiguer gracieusement nos services les plus attentifs. Des cérémonies de première catégorie. Dont les résultats sont avérés, constatés, certifiés. Vous serez guéri dans huit jours tout au plus. Nous éloignerons de vous le mal sans déroger aux rites millénaires de notre tradition nationale ! Votre Excellence ne peut donner le mauvais exemple à ses administrés. Il faut absolument empêcher que le petit peuple, si naïf par nature, ne verse dans les superstitions distillées par ces barbares de l'ouest qui nous font tant de tort.

Ti se dit que son interlocuteur n'était sûrement pas un néophyte dans l'art d'exploiter la naïveté populaire dont il parlait. Il avait gardé en mémoire certaine peinture coûteuse, acquise grâce à la générosité d'une bourgeoisie craintive et influençable. Il le remercia avec toute la gratitude que méritait une offre si généreuse. Il s'imaginait mal, par ailleurs, couché au milieu d'une troupe de prêtres revêtus de costumes chamarrés, en train d'agiter autour de son lit leurs plumeaux à démons, leurs encensoirs et leurs clochettes, censés éloigner l'esprit du mal, dans une fumée assez épaisse pour l'étouffer. Il promit que la visiteuse ne resterait à ses côtés que le temps nécessaire et rejoindrait son couvent aussitôt après, ce qui était d'ailleurs le souhait de cette sainte femme.

Puissance de la Vérité se retira en remâchant son acrimonie contre « une clique sans scrupule que les représentants de la vraie religion avaient tant de mal à empêcher de marquer des points auprès du pouvoir ».

Le tambour des dépôts de plaintes résonna à travers le bâtiment. Ti envoya Tsiao Taï aux nouvelles. Son lieutenant revint annoncer qu'on déplorait la disparition de dame Yin. Cette fois, Pei Hang n'avait pas attendu que les parents s'inquiètent pour signaler son absence ; l'expérience née de l'habitude, sans doute. Il était venu en personne réclamer qu'on lançât des recherches. Ti constata que la malheureuse n'avait pas suivi son conseil de rentrer tranquillement chez elle. Personne ne semblait plus lui obéir, depuis qu'il s'était cassé la jambe. La jeune femme s'était laissé reconduire jusqu'à sa porte par le sbire du tribunal, mais elle était ressortie peu après, munie d'un sac de voyage solide où elle avait jeté quelques vêtements de rechange.

Ti donna des ordres pour la retrouver : la loi l'obligeait à satisfaire la requête de l'époux. Cela l'ennuyait d'autant plus qu'il croyait savoir de quel côté elle était partie. Liu Ngai, l'apprenti en peinture, désirait aller à la capitale pour y faire fortune grâce à son talent. Elle avait probablement suivi le même chemin, avec le vague espoir de le rejoindre. Il fit venir l'un des scribes et lui dicta un message au capitaine de la garnison militaire.

Comme son maître ne disait plus rien, les yeux perdus dans ce qu'on voyait du ciel à travers la fenêtre ouverte, Tsiao Taï se sentit importun :

– Peut-être Votre Excellence souhaite-t-elle que je me retire, afin que la nonne puisse commencer ses récitations ?

Ti ne put se retenir d'esquisser une grimace assez semblable à celle qu'il aurait faite si on lui avait proposé un bol rempli à ras bord d'une décoction amère :

– Il ne faut pas abuser des bonnes choses, je ne suis pas pressé, nous avons tout notre temps, répondit-il. Pour l'instant, il importe de se concentrer sur notre affaire. Je crois le moment venu de libérer Bouton d'Or, la concubine de Pei. Sa réclusion n'a pas eu autant d'effets que je l'avais espéré. Je pense avoir tiré d'elle tout ce qu'elle pouvait m'apprendre, compte tenu de sa mauvaise volonté.

Il se l'était fait amener, deux jours plus tôt, alors

que son entourage courait il ne savait où : depuis qu'il était alité, des tâches urgentes semblaient appeler son petit monde à droite et à gauche, loin de lui en tout cas, loin de cette chambre où il attendait en vain qu'on s'occupât d'alléger ses souffrances. La concubine lui avait confirmé un point important quant au caractère de dame Hue. Il se souvenait parfaitement des passages les plus intéressants de leur entretien. Bouton d'Or n'avait nullement parue intimidée de rencontrer son sous-préfet. Elle avait répété que dame Hue avait un amant, tout comme les précédentes épouses de Pei. Priée de fournir quelques précisions sur ce point, elle avait assuré qu'Érable faisait semblant de rendre visite à ses parents ; mais Bouton d'Or savait pertinemment qu'elle mentait, pour l'avoir aperçue dans un quartier situé à l'opposé de celui où vivaient le général et sa femme. Une fois sur deux, au moins, c'était dans les bras de son amoureux qu'elle courait se jeter sous prétexte de devoirs filiaux.

Ti voulait bien croire qu'Érable avait fait semblant d'aller dans sa famille afin d'accomplir des visites qui lui importaient davantage. Il doutait cependant que celles-ci eussent été motivées par une liaison scandaleuse. Une telle assiduité dans le vice et le mensonge ne lui semblait pas cadrer avec l'opinion qu'il s'était faite de la jeune disparue. Le quartier où Bouton d'Or l'avait surprise abritait deux établissements principaux : une maison de bains à la réputation douteuse et un temple bouddhiste, beaucoup moins mal famé. Ayant réussi à mettre la main sur l'un de ses lieutenants, Ti l'avait envoyé dans ces deux endroits. La réponse qu'il en avait reçue l'avait poussé à revoir toute sa vision de l'enquête. Il avait échafaudé un plan qui ne tarderait pas à porter ses fruits.

Madame Première errait comme une âme en peine à travers le bâtiment. Cela faisait un moment que son mari n'avait chargé personne d'une commission dont elle eût pu s'emparer. Il y avait aussi l'arrivée inopinée de cette bonzesse, qui la déconcertait. Il se tramait autour d'elle des plans secrets auxquels elle ne comprenait rien.

Elle trouva le salon du gynécée plein de femmes inconnues, pour la plupart des matrones de la toute petite bourgeoisie, d'un certain âge, l'air un peu trop avenant pour être honnêtes. Les deux compagnes secondaires expliquèrent qu'elles recevaient un choix d'entremetteuses, afin de mettre sur pied leur organisation en faveur du mariage des jeunes filles pauvres. Tout ce monde papotait autour de deux ou trois théières et d'un assortiment de pâtisseries à l'huile. La Deuxième fit les présentations.

– Ces dames nous disaient justement à quel point elles seraient heureuses de participer à notre petite entreprise. Cette idée est un effet de la bénédiction que le Bouddha étend actuellement sur notre maison !

Madame Première, issue d'une longue lignée de fonctionnaires, était trop pénétrée des enseignements de Confucius pour se tourner volontiers vers ceux de l'Éveillé. Mais, se sentant par ailleurs en délicatesse sur ces questions de charité, elle n'aurait pas osé contredire qui que ce fût sur de vains sujets théologiques.

– Cela nous est un honneur que de pouvoir assister de si augustes personnes dans un projet visiblement inspiré par les dieux ! assura l'une des matrones avec un sourire édenté. La société de Han-yuan a bien besoin qu'on lui rappelle les valeurs du mariage, surtout en ce moment où certains se permettent de les bafouer sans la moindre honte.

Madame Première approuva par politesse, bien qu'elle ne vît pas du tout ce que cette grosse femme voulait dire. Un silence consterné s'installa parmi le petit groupe. Elle comprit qu'elle et ses deux compagnes étaient les seules à ne pas avoir saisi l'allusion.

– Cet affreux Pei Hang, précisa la matrone. Il s'est permis de prendre notre sacerdoce bien trop à la légère !

C'était elle qui avait arrangé le premier mariage du riche propriétaire. Sa réputation en avait pâti. Non seulement il s'était cru autorisé à occire sa pauvre épouse, provoquant la colère de sa belle-famille – colère qui s'était irrémédiablement retournée contre la marieuse qui avait fourni ce désastreux parti en toute innocence –, mais il s'était arrangé pour ne pas subir les conséquences de ses actes, au mépris des usages, attaquant en sus les parents de la défunte dans le but de récupérer le douaire qu'il avait dû lui faire, et ce sous le prétexte fallacieux que cette union avait été invalidée pour faute !

– Vous comprenez, conclut l'entremetteuse, il y a des choses qui ne se font pas : tuer sa femme pour des questions d'honneur, admettons. Mais réclamer l'argent ensuite, non, vraiment, cela passe les bornes de la décence !

– Et vous ne savez pas tout, reprit l'une de ses consœurs. Tous ceux qui ont osé le critiquer en public s'en sont mordu les doigts. Il n'a jamais ménagé son or et ses relations pour accabler les belles-familles, comme s'il les tenait pour responsables des torts causés par les malheureuses. C'est un mauvais homme. Qu'on ne me parle plus de lui chercher une épouse ! Il ira se marier ailleurs. Je doute d'ailleurs qu'aucune famille de Han-yuan veuille en entendre parler. Il fallait que les Yin soient bien déchus pour lui accorder leur fille.

Les entremetteuses se mirent à hocher la tête à l'unisson, soucieuses de marquer leur désapprobation. Pei, en se conduisant aussi mal, avait montré fort peu d'égards pour leur travail, elles en étaient profondément vexées.

À l'évocation d'une telle haine de la part du veuf, madame Première se demanda si le meurtre des épouses ne répondait pas à un plan prémédité pour nuire à leurs familles. Une vengeance sanglante et acharnée. Il convenait de demander à Tao Gan si les archives ne portaient pas trace de quelque tort subi par Pei, longtemps auparavant, qu'il aurait souhaité faire payer de manière perverse à ceux qui le lui avaient causé.

Lorsqu'il revint voir si son maître n'avait pas des ordres à lui donner, Tsiao Taï entendit à travers la porte un étrange murmure. Ce ne fut qu'en voyant la bonzesse debout devant le lit qu'il se souvint des pieuses résolutions du magistrat. Ti se faisait réciter les soutras propices à sa guérison. Quelle que fût sa bonne volonté, née d'une conviction religieuse toute neuve, cette litanie semblait lui peser terriblement. Il avait bien tenté une ou deux fois de céder au sommeil auquel cette récitation monocorde l'invitait irrésistiblement. La nonne n'avait hélas pas hésité à le secouer pour qu'il profitât au mieux des services qu'elle s'était mise en devoir de lui infliger.

Une lueur d'espoir s'alluma dans les pupilles du

juge lorsque son lieutenant entra. Il accueillit avec enthousiasme cette planche de salut :

– Ah ! Tsiao ! Tu viens au rapport ? Reposez-vous un moment, ma sœur, j'ai à m'entretenir de sujets de la plus haute importance.

Ce contretemps parut contrarier la récitante :

– Votre Excellence risque de ne pas guérir aussi vite que prévu si elle ne se concentre pas sur les bienfaits des saintes écritures. J'allais justement attaquer le soutra du Lotus divin, particulièrement conseillé aux accidentés, aux lépreux et aux pestiférés.

Ti lui jeta un regard d'effroi. Il répondit qu'à son grand regret il allait lui être impossible d'écouter le soutra des pestiférés avant un petit moment. Il l'incita à aller se faire servir une collation végétarienne dans les cuisines du tribunal. La nonne se retira, non sans avoir annoncé qu'elle aurait un mot à lui dire sur la façon dont ses mitrons concevaient la cuisine végétarienne.

Tsiao Taï, qui n'adhérait pas plus aux préceptes du bouddhisme que ne le faisait encore son maître la veille au soir, profita de l'accablement qu'il lisait sur le visage du magistrat :

– Si je peux me permettre, noble juge, encore huit jours et elle régentera tout dans votre maison. Je soupçonne les ambitions du couvent qui nous l'a envoyée de dépasser de beaucoup la simple administration de soutras. Le grand prêtre n'avait peut-être pas tort à ce sujet. Ces bouddhistes ne sont pas satisfaits tant qu'ils n'ont pas expliqué à chacun de quelle manière il doit mener sa vie ! Nous finirons par ne plus avaler que du jus de légumes et par nous raser la tête !

Il avait toujours ressenti, quant à lui, la plus vive méfiance envers un ordre religieux qui prônait l'abstinence et la continence dans tous les domaines. Le plus surprenant était que le nouveau converti ne semblait pas d'un avis contraire.

– Que veux-tu, répondit Ti, il y a des circonstances, dans la vie, qui nous contraignent à faire des compromis que nous n'aurions pas approuvés en temps normal. Il faut savoir sacrifier momentanément un peu de notre confort pour atteindre les buts que nous nous sommes fixés.

Tsiao Taï se demanda de quoi il parlait exactement. Ce discours ne semblait pas s'appliquer à la nécessité d'écouter des prières protectrices. Il aurait juré que le magistrat sous-entendait autre chose.

Un bruit de sabots leur parvint de la cour. Ti lui demanda de regarder par la fenêtre. Comme son lieutenant ouvrait la bouche pour lui décrire ce qu'il voyait, le juge l'arrêta d'un geste :

– Je vais te dire ce que tu vois, tu rectifieras si je me trompe. Trois cavaliers viennent de franchir le portail. Ce sont des soldats de la garnison provinciale. Ils ont le visage fermé, car on vient de leur imposer une corvée peu plaisante quoique de courte durée. Une jeune femme est assise en croupe derrière l'un d'eux. Elle a l'air encore plus contrariée que les hommes d'armes. Elle porte une ample cape. Un gros sac de voyage est accroché à l'une des selles. Leur chef s'entretient brièvement avec l'un de nos sbires, qui se hâte d'entrer dans le bâtiment pour me rapporter la nouvelle. Je suis tombé juste ?

Tsiao Taï n'avait cessé d'observer la scène, spectateur d'une pièce muette dont le chœur se serait situé derrière lui.

– Votre Excellence a parfaitement raison, si ce n'est que les soldats sont au nombre de quatre et qu'ils sont déjà repartis, après avoir déposé leur passagère et son barda. Elle a tenté de s'enfuir, mais les plantons l'ont retenue.

Ti poussa un profond soupir.

– Pauvre dame Yin. Sa situation s'arrangerait peut-être si elle se décidait à faire ce que je lui dis.

Le sbire qui avait reçu le rapport des soldats le répéta à son capitaine, qui en informa le premier scribe, qui en fit part au sergent Hong, qui vint informer son maître, ce qui prit en tout une bonne vingtaine de minutes. L'épouse de M. Pei avait été rattrapée, conformément aux prévisions de Son Excellence, alors qu'elle cheminait sur la route de Chang-an, son paquetage à l'épaule. Aux hommes qui l'avaient rejointe, elle avait déclaré vouloir rendre visite à une parente de la capitale. Ils l'avaient ramenée en dépit de ses protestations véhémentes, ainsi que le magistrat le leur avait ordonné.

– Je crois plutôt qu'elle voulait se perdre dans la foule des citadins métropolitains et dégotter un emploi dans l'un des innombrables restaurants de la ville, corrigea le juge.

Tsiao Taï ne put réprimer une exclamation ironique :

– Votre Excellence a agi à temps ! Quelques jours plus tard, nous l'aurions retrouvée dans un bordel des faubourgs crasseux qui entourent cette ville ! Combien sont-elles à finir ainsi, pour avoir voulu fuir un mari invivable ?

Ti ne savait que penser.

– J'aimerais croire que nous lui avons rendu service, mais je n'en suis hélas pas sûr. J'ignore si le danger qui la guette est plus grand dans l'agitation d'une grande cité pleine de malfrats ou simplement chez elle. À présent, en tout cas, tout ce qui lui arrivera sera de ma responsabilité. C'est moi qui la rends à un époux qu'elle déteste. Si l'irréparable est commis, que ce soit de sa propre main ou de celle d'un autre, je ne pourrai m'en prendre qu'à moi. Quel malheur que mon incapacité soit justement survenue ces jours-ci !

Tsiao Taï en profita pour faire acte de fidélité, gratifiant son maître d'un sourire qui ne cachait rien de son admirable denture :

– Que Votre Excellence se rassure : nous sommes tous là pour l'épauler !

Ti semblait dubitatif. Les bonnes résolutions ne remplaçaient pas les actes. Il avait depuis toujours l'habitude de ne compter que sur lui, sur ses propres forces, sur ses facultés de réflexion, et avait bien du mal à déléguer les tâches primordiales qui l'accablaient de toutes parts.

XVII

Le juge Ti reconstitue un couple ; il ressuscite une morte.

Ti avait donné l'ordre d'installer dame Yin aussi confortablement que possible et de garder un œil sur elle en attendant que son mari se manifestât. Tsiao Taï venait à peine de quitter la chambre lorsque la nonne s'y engouffra, fermement décidée à reprendre sa récitation. La collation prétendument végétarienne offerte par les cuisines ne l'avait pas retenue longtemps. Au dixième soutra aussi élevé qu'hermétique, Ti décida qu'il avait assez profité de leurs bienfaits. Il frappa violemment le petit gong placé sur sa table de nuit, coupant net la péroraison de la religieuse. Celle-ci lui jeta un regard courroucé, tandis qu'il continuait d'agiter le martelet contre la surface de bronze avec l'espoir que quelqu'un viendrait à son secours. La porte s'ouvrit enfin, livrant passage à un sergent Hong rendu inquiet par ce tapage. Son patron s'énervait sur son instrument comme un enfant de cinq ans à qui l'on a offert un nouveau jouet, sous les yeux réprobateurs de son garde-chiourme en robe safran.

Le magistrat souhaitait donner au plus tôt une

audience publique. Il envoya le sergent faire résonner le tambour dont on usait pour annoncer l'ouverture des séances, et lui confia une liste de témoins à convoquer sans délai. Il tâcha ensuite de réunir toutes ses forces. Se croyant sollicitée, la nonne se lança dans une litanie ininterrompue de prières propitiatoires. Les épouses secondaires le massèrent à l'aide d'onguents destinés à endormir la douleur, tandis que sa Première préparait une potion vivifiante. Ma Jong exécuta quelques mouvements d'assouplissement du dos en vue de sa participation à cet exploit collectif.

Dès qu'on eut réussi à lui faire enfiler sa robe verte de cérémonie, Ti s'agrippa au cou de son robuste lieutenant et se laissa soulever du lit, non sans une grimace de douleur lorsque sa jambe bardée d'attelles changea de position.

Ce fut un petit cortège qui traversa les corridors du yamen. Le juge monté à dos de Ma Jong venait en tête, suivi de près par la religieuse, sans laquelle il ne savait désormais plus se déplacer. Celle-ci n'avait pas cessé de psalmodier ses soutras, comme si la prouesse du magistrat leur était entièrement due, plutôt qu'aux efforts d'un solide gaillard habitué à déplacer de lourds poids morts. Madame Première jugeait un peu ridicule son mari flanqué de sa nonne : on aurait dit qu'il avait pris une quatrième compagne, ou plutôt qu'il avait épousé un petit moine tout décharné.

En pénétrant dans la salle à travers le rideau qui la séparait de ses bureaux, Ti constata qu'elle s'était remplie en un temps record. La population était visiblement curieuse de connaître l'explication des deux énigmes survenues depuis l'accident de son magistrat : celle de la momie et celle du squelette. Ces faits divers valaient les meilleurs récits des conteurs de foires, ils tenaient tout Han-yuan en haleine. L'intérêt était, en outre, pimenté par l'état du sous-préfet : on se demandait comment il arrivait à réunir de nouveaux éléments en dépit de son handicap. Les juges n'avaient pas la réputation de se remuer beaucoup en temps normal : il s'agissait de lettrés que leurs études livresques avaient cantonnés durant toute leur jeunesse dans les salles de classe et les bibliothèques. Celui-ci semblait présenter d'inhabituelles dispositions pour les investigations de terrain. Restait à savoir comment il parvenait à débrouiller les éléments de son enquête depuis son lit. Certains n'étaient pas loin de croire qu'il avait le soutien des puissances de l'au-delà, comme en témoignait l'arrivée peu discrète d'une nonne bouddhiste. Les paris étaient ouverts quant à ses chances de résoudre l'un ou l'autre des deux mystères. D'assez fortes sommes changeraient de mains si une annonce décisive avait lieu lors de cette séance.

Ti vit avec satisfaction que ceux qu'il avait fait mander ne s'étaient pas dérobés à sa convocation. Pei, notamment, se tenait debout au premier rang, arborant la mine anxieuse d'un mari désireux d'apprendre ce qu'il est advenu de son épouse manquante. Il fut le premier à élever la voix, tandis qu'on déposait le juge dans son fauteuil, derrière sa table au tapis rouge, dont la vue lui rappela qu'il n'avait pas toujours été ce pauvre être incapable de faire un pas sans l'aide de huit personnes.

– Puis-je réitérer devant Votre Excellence mon souci de voir le sort de ma femme éclairci au plus vite ? De fâcheux bruits ont été répandus à travers la ville par de méchantes gens. La fin tragique de mes précédentes compagnes jette nos concitoyens dans les plus grands doutes à mon égard depuis qu'ils ont appris la disparition de dame Yin. C'est très désagréable, j'espère que Votre Excellence sera en mesure d'y mettre un terme.

Ti fit un peu de ménage sur sa table de justice. Après l'avoir époussetée, on avait omis de remettre les objets à leur place. Ce genre de négligence l'agaçait. Il aimait voir toute chose ordonnée, surtout en ces jours difficiles où il n'était plus guère en état d'empêcher tout un chacun d'en user à sa guise. Il prit donc le temps de disposer le marteau à sa droite, les baguettes de bambou à sa gauche, avant d'accorder un regard au mauvais mari qui se permettait d'exposer ses doléances.

– Soyez content, répondit-il, vous allez être exaucé. Le tribunal, fidèle à son efficacité coutumière, s'est fait un devoir de rétablir l'ordre dans votre foyer, ainsi qu'il s'y emploie dans tous les domaines touchant à ce district.

Il fit un geste en direction du capitaine des sbires. Ce dernier écarta le rideau, livrant passage à dame Yin, qui pénétra dans la salle à contrecœur. L'assistance, qui avait déjà enterré la disparue, poussa un « Oh ! » d'étonnement. Pei, qui décidément jouait à merveille son rôle d'époux, joignit les mains pour se lancer dans un discours de remerciement qui eût été de circonstance si l'on avait pu croire à sa sincérité. Ti fit placer la fuyarde à côté de son cher mari. Il dispensa à ce beau couple un petit discours moralisateur sur les liens du mariage, dont il ne pensait pas pouvoir se dispenser : le représentant du Dragon à Han-yuan n'était-il pas avant tout le garant des bonnes mœurs, ciment de la société impériale ?

Il s'attendait à ce que Pei, si chatouilleux sur la

fidélité de ses compagnes, ainsi qu'il l'avait montré par deux fois de manière sanglante, rejetât celle qui avait osé le défier ouvertement en quittant son toit sans prendre la peine de s'abriter derrière un prétexte qui eût expliqué ce départ aux yeux du monde. À sa grande surprise, le riche propriétaire déclara haut et fort qu'il lui pardonnait les peines qu'elle lui avait causées, renvoyant la faute sur le compte d'un égarement passager sans conséquences dont il était certain qu'elle se repentait déjà.

Ti songea que mieux valait ne pas demander l'opinion de l'intéressée au sujet de ce repentir. La magnanimité de l'époux était bien contrariante. Si Pei avait profité de la présence du juge pour la répudier, il aurait été plus facile à ce dernier de protéger la malheureuse d'un coup d'épée assené par son cher conjoint. En ces temps de tolérance, où les dirigeants, influencés par les principes angéliques du bouddhisme, se plaisaient à engager leur population à pratiquer l'amour du prochain, même si cela venait contrarier des traditions millénaires d'acrimonie, on trouvait hélas de moins en moins d'époux décidés à maintenir les lois d'airain et l'inflexible rigueur en vigueur dans l'empire jusqu'à ces dernières années. L'entrée dans une ère de paix et d'amour universel avait elle aussi ses inconvénients.

La famille Hue, en revanche, semblait fermement décidée à s'en tenir à l'animosité de bon ton entre clans antagonistes. Une fois que le couple enfin réuni se fut écarté de l'estrade, le général prit sa place, sans un regard pour son ex-gendre, debout à deux pas de lui. Sa femme l'accompagnait. Elle était accrochée au bras de son mari, aussi fortement que si elle avait craint de chuter dans un gouffre. Hue déclara d'une voix ferme qu'il souhaitait déposer plainte contre Pei Hang pour mauvais traitements infligés à sa fille, de véritables tortures morales qui avaient conduit l'infortunée à fuir son époux, ainsi que dame Yin venait de le faire elle-même. Seulement la pauvre Érable n'avait pas eu la chance d'être rattrapée par les soldats d'un sous-préfet perspicace. Elle s'était égarée dans les bois, où elle avait trouvé une mort atroce. À cette évocation, la voix du malheureux père se brisa. Il estima que cette fin prouvait assez les brutalités dont sa progéniture avait été victime. Il exigeait une condamnation exemplaire, qui engagerait les maris du district à respecter la dignité des femmes confiées par des familles aimantes.

Il émanait de ce discours une émotion à laquelle la face crispée et fermée du mari incriminé faisait un contrepoint sinistre. Ti se tourna vers ce dernier pour lui demander ce qu'il avait à répondre. Un être sensé aurait plaidé l'erreur de jugement, aurait affirmé que jamais au grand jamais il ne s'était mal comporté envers la défunte, dont le décès était résulté d'un triste concours de circonstances. Pei, au contraire, déclara que dame Hue avait surtout été victime de la mauvaise éducation reçue chez ceux qui l'attaquaient aujourd'hui ; elle s'était promenée dans les bois après le couvre-feu pour courir à un rendez-vous galant ; il réclamait l'annulation de ce mariage pour faute, ce qui revenait à obtenir une condamnation posthume de sa moitié, et exigeait par conséquent de ses ex-beaux-parents la restitution immédiate des dispendieux cadeaux qu'il leur avait prodigués du temps des fiançailles afin d'emporter leur consentement. Il s'estimait floué dans ses aspirations légitimes par le tour tragique qu'avait pris cette union désastreuse.

Mis à part le côté répugnant d'un tel raisonnement, le juge dut bien admettre au fond de lui qu'il reposait sur une assise légale tout à fait défendable : ce Pei connaissait son sujet sur le bout des doigts. Ses précédents déboires avaient dû l'amener à consulter des conseillers qui n'avaient pas volé leurs honoraires.

Ti se demanda comment le général et sa femme parvenaient à tenir sur leurs jambes. Ils paraissaient assommés et contemplaient leur ancien gendre bouche bée, comme s'il avait brusquement rompu avec le monde des vivants pour se laisser pousser des cornes de bouc et une queue de tigre. Mme Hue semblait au bord du malaise. Pei, de son côté, les toisait comme deux mendiants importuns.

La comédie avait assez duré. L'état pitoyable du vieux couple touchait le magistrat. Il était temps pour lui d'abattre sa dernière carte et de mettre fin à leurs tourments. Il annonça que le débat sur la question des responsabilités des uns ou des autres était hors de propos, un fait nouveau étant venu clore cette affaire de manière définitive.

Pei et ses beaux-parents le dévisagèrent avec un étonnement qui trouvait un écho parfait dans celui des badauds dont la salle était remplie. Ti se dit qu'il aurait dû composer des tragédies : il avait le tour de main pour les coups de théâtre. Il espéra que les Hue avaient le cœur solide, car celui qu'il leur avait préparé était capable d'abattre un bœuf. Il résolut d'y aller par paliers.

– Je suis en mesure de prouver que le cadavre momifié, découvert voici quelques jours dans la forêt, n'est pas celui de dame Hue, épouse Pei, bien que cette dernière reste introuvable depuis trois ans.

Mme Hue se serait effondrée sur le dallage si son

mari ne l'avait soutenue *in extremis*. Ti fit signe aux sbires d'approcher un pliant pour que la pauvre femme pût s'y reposer. La suite n'était pas faite pour épargner ses nerfs. Dès qu'il put la lâcher, le général s'insurgea contre ce nouveau changement :

– Noble juge ! s'écria-t-il. Songez-vous que nous avons enterré ce corps dans la tombe familiale, dans le respect des rites bouddhiques les plus stricts ? Comment pouvez-vous nous dire à présent qu'il ne s'agit pas de notre enfant ?

« Les rites bouddhiques les plus stricts, oui », répéta mentalement le magistrat. C'était bien là le problème. La voix de Mme Hue s'éleva à son tour, si ténue que chacun dut tendre l'oreille pour la percevoir :

– Je supplie Votre Excellence de bien considérer ce qu'elle est en train de faire. Nous avons attendu si longtemps ! La chance de donner à notre chère fille une sépulture décente a été notre seul réconfort après ces trois années d'inquiétude.

– Certes, répondit Ti. Votre foi est telle que le Bouddha pourrait bien vous réserver des réconforts plus grands encore. Qu'en pensez-vous, ma sœur ? ajouta-t-il en se tournant vers la nonne qui se tenait en retrait, sur le côté de l'estrade. Ne croyez-vous pas qu'une telle dévotion soit digne de susciter des miracles ?

La bonzesse resta muette. Elle se contenta de s'incliner légèrement, comme pour signifier qu'elle approuvait les propos du magistrat.

– Ainsi donc, reprit ce dernier, j'ai l'absolue certitude que cette momie n'est pas dame Hue. J'ai des raisons de penser que cette dernière n'a jamais mis un pied dans cette forêt. Qu'elle n'est pas morte en fuyant le foyer conjugal. En fait, je crois qu'elle est toujours vivante.

L'assistance poussa un cri de surprise, tandis que l'effarement du couple Hue atteignait son comble. Pei, quant à lui, faisait la tête d'un homme qui assiste avec impuissance au cambriolage de sa maison : son expression mêlait la désapprobation, l'ahurissement et l'incrédulité.

– Vivante ? répéta le général. Mais comment ? Où ? Pourquoi ?

– Votre gendre ici présent saurait mieux que moi répondre à cette dernière question, je pense. Mais c'est là un point que nous verrons par la suite. Quant à savoir comment et où, les deux se confondent. Le Bouddha qui veille sur votre clan lui a inspiré le lieu et la forme de son salut. N'est-ce pas, ma sœur ? dit-il en fixant de nouveau son regard sur la nonne.

Celle-ci lui jeta un regard où la colère était indissociable de la surprise. Elle parut hésiter quelques instants, tourna soudain les talons et bondit dans l'échancrure du rideau masquant la porte par laquelle elle était entrée.

– Ne la laissez pas s'enfuir ! cria Ti avec un geste à l'attention de ses sbires.

À peine eut-elle repoussé la tapisserie que la religieuse se heurta à madame Première, embusquée dans l'alcôve pour suivre les débats. Les deux femmes tombèrent à la renverse, aussi les hommes de main eurent-ils tôt fait de la rejoindre. Ils la ramenèrent dans la salle, où nul, hormis le juge, n'y comprenait plus rien. Ce dernier fit signe qu'on la poussât devant le public. Puis il engagea les Hue à approcher.

– Veuillez regarder cette jeune femme, je vous prie, ordonna-t-il. Elle a beaucoup changé, bien sûr. La sévérité de la vie monastique rendrait quiconque méconnaissable. Mais je suis sûr qu'un rapide examen et la voix de votre cœur vous permettront d'établir sans conteste qu'il s'agit bien d'Érable, comme sa tentative de fuite vient de nous le confirmer.

Il se fit dans le prétoire un brouhaha tandis que les Hue s'avançaient à pas comptés, les yeux rivés sur la bonzesse, comme si on leur avait demandé d'examiner une bête sauvage attachée à un pieu. Il leur était certainement assez difficile de reconnaître dans cette personne émaciée par un régime de privations, qu'une règle stricte avait endurcie, au crâne rasé, à la peau brunie, au visage exempt de tout fard, la splendide jeune femme aux longs cheveux et au teint pâle qu'ils avaient élevée. Ils posaient sur elle des yeux indécis, incrédules. Cette situation aurait pu durer longtemps s'il ne s'était produit une sorte d'effondrement du côté de la religieuse. Un tremblement sembla naître de ses pieds pour remonter le long de son corps. Elle parut s'effondrer comme une pagode secouée par un séisme. En réalité, elle venait de tomber à genoux. Elle enlaça les jambes de sa mère et éclata en sanglots tout en murmurant des phrases dont le seul mot intelligible était : « pardon, pardon ».

Mme Hue faillit tomber à la renverse, tandis que le général élevait les mains vers le ciel :

– Le Bouddha a exaucé nos prières ! Il a sauvé notre fille et nous la rend à présent ! Qu'il soit mille fois loué !

Ti avait plutôt l'impression d'être l'auteur de ce don et celui qu'on aurait dû congratuler.

– Mes investigations m'ont permis d'apprendre, il y a peu, que votre fille s'était réfugiée dans un couvent où elle vivait en recluse, occupée de prières, de méditation et de tâches matérielles.

La salle entière prenait part à l'émotion de ces retrouvailles. Seul Pei conservait une figure où l'incompréhension le disputait à la contrariété. Ce séjour au couvent cadrait mal avec les accusations d'adultère qu'il proférait à la moindre occasion depuis trois ans. Par ailleurs, il ne s'était pas voué, pour sa part, au célibat et à une alimentation végétale ; il était remarié, et son nouveau ménage se portait trop mal pour qu'il entrevît d'un œil serein de lui adjoindre une épouse rebelle supplémentaire.

Ti attendit que l'émoi se fût un peu calmé pour reprendre la parole.

– Dame Hue, je souhaite savoir pourquoi vous avez eu peur de votre mari au point de vous enfuir et de couper les ponts avec vos parents, ce qui est un grand péché contre la piété filiale, tout à fait réprouvé par le Bouddha, j'en suis sûr.

La nonne regarda Pei. Ce dernier semblait lui inspirer une terreur intacte. Elle ne répondit rien, se contentant de baisser les yeux, jusqu'à ce que sa mère la serrât contre elle avec un regard pour le juge, qui signifiait : « Cessez de tourmenter mon enfant qui a déjà tellement souffert. »

Ti avait la conviction qu'Érable savait quelque chose au sujet de son mari. Elle avait éventé un secret dont la découverte avait motivé cette fuite précipitée. Elle avait préféré passer pour morte auprès des siens plutôt que de partager plus longtemps la vie de l'homme qu'on lui avait destiné. Il fallait qu'elle vît en lui le mal incarné ; c'était d'ailleurs bien dans cet esprit qu'elle le contemplait. Ti remit à plus tard la suite de l'interrogatoire : l'air était trop chargé de sentiments divers pour qu'il en sortît rien d'utile. De son côté, le public commentait déjà à mi-voix, mais avec passion, des événements qui allaient sûrement alimenter la chronique dans les jours à venir.

Il restait à Ti une petite formalité à accomplir avant de clore l'audience. Il souhaitait clarifier la situation des uns et des autres après cette réapparition inopinée. Il réclama le silence en frappant deux coups de son marteau et s'adressa au mari comblé :

– Honorable Pei Hang, je vous ai rendu tout à l'heure votre dernière épouse ; je vous en rends à présent une autre ; vous m'accorderez que c'est une de trop.

D'un ton grave, Ti prononça l'annulation officielle du mariage Pei-Hue à la demande expresse du mari. Il donnait droit à la requête déposée par le riche propriétaire une heure plus tôt, en dépit du fait que les circonstances avaient terriblement évolué depuis lors. Il ajouta en revanche que les présents de fiançailles resteraient à la famille de la mariée tant que la faute de dame Hue n'aurait pas été établie avec certitude.

Le masque de Pei se déchira réellement pour la première fois de la journée : il ne put dissimuler sa rage d'avoir été floué de tous les côtés à la fois.

Ayant rendu la justice et rétabli d'un même mouvement la paix dans les ménages, Ti fit signe d'évacuer la salle. Puis il attendit patiemment que son lieutenant le plus musclé vînt le prendre en charge pour l'aider à regagner le lit dont il avait eu tant de peine à s'extraire.

XVIII

Le juge Ti expose les détails d'une méprise ; il embauche une menteuse.

Il y avait foule devant la chambre du magistrat lorsque ce dernier y parvint enfin, accroché au dos de Ma Jong. Tout le monde voulait connaître le fin mot de l'histoire : Ti avait multiplié les coups d'éclat durant l'audience, mais n'avait rien expliqué. Depuis son perchoir humain, il donna l'ordre à chacun de se retirer, hormis ses lieutenants, le sergent Hong et Tao Gan. Le regard que lança madame Première à ce dernier signifiait qu'il aurait à lui rendre compte dès que le juge aurait daigné éclairer les infortunés moins doués que lui pour la déduction.

Les quatre hommes attendirent que leur patron eût été installé aussi confortablement que possible sur ses couvertures. Quand ils se trouvèrent enfin seuls avec lui, Tsiao Taï céda à la curiosité qui le tenaillait :

– Comment Votre Excellence a-t-elle acquis la conviction que Hue Feng n'était pas la momie de la forêt ?

Ti était en train de tapoter ses coussins avec la satisfaction d'un oisillon qui retrouve le nid maternel. Il se fit apporter une tasse de thé. Ce fut après en avoir avalé une gorgée qu'il répondit à son secrétaire.

– Je ne devais pas écarter l'hypothèse selon laquelle le corps n'était pas celui de Hue Feng, mais d'une autre femme, sur lequel on avait déposé ses bijoux. Dans ce cas, qu'était devenue Érable ? Était-elle réellement en fuite avec son amant ?

Il prit une seconde gorgée de thé.

– J'avais bien noté que dame Hue était une bouddhiste convaincue, à l'image de ses parents. Tout le monde n'a pas chez soi un grand autel consacré au Bouddha. Sa religiosité m'a été confirmée par Bouton d'Or, lorsqu'elle m'a avoué l'avoir surprise dans le quartier où se dresse le temple bouddhiste de Hanyuan. Il était bien étonnant qu'une jeune fille douée d'une telle piété ait eu un amant, plus encore qu'elle se fût enfuie avec lui, alors qu'elle était enceinte, au mépris de toute morale. Tout ce qu'on m'avait dit de Hue Feng m'incitait à croire qu'elle avait l'habitude de chercher dans la religion, et nulle part ailleurs, le soutien dont elle avait besoin.

Le sergent Hong hocha la tête comme si cette évidence l'avait frappé depuis le début.

– Ce qui m'a conforté dans ce doute, c'est ce bracelet creux retrouvé sur la momie. Le poème osé qu'il contenait est un signe de liberté de mœurs, pas du tout le genre de colifichet que porte une fille de général. Enfin, je ne voulais pas croire que M. Pei ait pu assassiner son épouse alors qu'elle s'apprêtait enfin à lui donner l'héritier dont rêve tout homme marié ! Ce personnage est un rustre, mais il a toujours préservé dans sa vie sociale les apparences de la respectabilité.

Ses lieutenants approuvèrent d'un grognement avec un bel ensemble de chœur de tragédie :

– J'ai donc fait porter un courrier aux deux ou trois couvents les plus proches, afin de savoir si une dame de la bonne société s'y était présentée toute seule, à l'improviste, il y a trois ans. Mon émissaire, monté sur mon propre cheval, n'a pas tardé à me donner la réponse que j'espérais. Ayant identifié le refuge de la disparue, il me fallait user d'un stratagème afin d'attirer celle-ci à Han-yuan. Une convocation officielle l'aurait poussée à s'enfuir plus loin. Sous son habit de nonne, chargée d'une mission éminente auprès d'un auguste magistrat, elle pouvait se croire méconnaissable. Isolée comme elle l'était, elle ignorait probablement qu'un cadavre avait été retrouvé près de sa ville natale et que sa disparition faisait de nouveau l'objet d'une enquête, si longtemps après. Le sous-préfet avait changé, elle avait tout lieu de croire qu'on ne la cherchait plus. J'ai donc demandé qu'on me l'envoyât immédiatement sous prétexte de prier pour un fonctionnaire malade. Je suis bien sûr qu'aucun de vous n'a coupé dans le mensonge de ma conversion à ces sottises...

Les quatre hommes acquiescèrent du menton, bien que le juge eût pu se convertir aux croyances les plus fantaisistes sans susciter le moindre soupçon.

Ce fut au tour de Tsiao Taï de poser la question qui lui brûlait les lèvres :

– Pourquoi a-t-elle cherché à s'enfuir du tribunal, lorsque Votre Excellence l'a désignée comme l'héritière des Hue ? Elle n'avait rien à se reprocher !

– Parce qu'elle avait peur d'être remise entre les mains de son mari, auquel elle avait tant souhaité échapper. L'amour filial s'arrête chez elle où commence la terreur que lui inspire celui à qui on l'a mariée. J'aimerais bien savoir pourquoi. Dame Yin prend M. Pei pour un démon échappé des enfers, mais j'ai le sentiment que dame Hue voit en lui quelque chose de pire encore. Si tous les maris étaient comme lui, les routes de l'empire fourmilleraient de femmes désertant le domicile conjugal !

Après réflexion, il se dit que c'était le cas. La fuite était souvent la seule solution qui s'offrait aux épouses malheureuses en ménage, pourvu qu'elles en eussent le courage et la possibilité.

Tao Gan tirait pensivement sur les trois poils noirs accrochés à la verrue de sa joue gauche.

– Si la momie n'est pas dame Hue, qui est-elle, noble juge ? demanda-t-il.

– J'ai à vrai dire mon idée sur l'identité de ce cadavre, répondit Ti. Il est cependant trop tôt pour vous en faire part. J'espère obtenir sous peu la confirmation de ma théorie. Mais il faudra pour cela dévider entièrement l'écheveau des faits bizarres et immoraux qui se sont déroulés et se déroulent certainement encore chez M. Pei.

Ma Jong était perplexe, lui aussi :

– Comment Votre Excellence pense-t-elle que les objets appartenant à dame Hue sont arrivés sur le corps d'une autre femme ?

Ti poussa un soupir.

– Toute la question est là, Ma Jong. Lorsque je tiendrai la réponse, notre affaire sera résolue. Il est possible qu'Érable ait omis d'emporter une partie de ses bijoux lorsqu'elle a quitté en toute hâte son foyer pour se vouer à une existence de renoncement et de dénuement. J'imagine assez bien qu'elle ait voulu rompre avec tout ce qui l'attachait à une vie dont elle ne tirait plus aucune satisfaction. Celle que nous appelons la « momie » était-elle déjà morte alors ? Si oui, qui a eu l'idée saugrenue d'affubler son cadavre des ornements d'une autre, et dans quel but ? Était-il important de nous empêcher d'établir sa véritable identité ? Pei voyait-il un avantage à ce que son épouse soit déclarée morte par la justice ? D'un autre côté, si notre inconnue était vivante lors de la fuite de dame Hue, se peut-il que Pei lui ait offert les défroques de la disparue ? S'est-elle servie elle-même, et, dans ce cas, comment a-t-elle eu accès à la maison ? Ce sont des points que je laisse à votre sagacité. Si vous découvrez la solution, faites-le-moi savoir, je serai ravi de la connaître.

Les quatre hommes prirent un air pénétré, bien qu'en réalité leur imagination fût parfaitement inerte.

Ti conclut en leur délivrant ses nouvelles instructions. Tsiao Taï fut chargé d'aller voir comment les choses se passaient entre les Hue et leur fille. Le juge tenait à ce qu'elle ne retournât pas de sitôt à son couvent : il voulait la garder sous la main pour l'interroger à tête reposée dès que les choses se seraient tassées. Ma Jong reçut l'ordre de vérifier que Pei et dame Yin n'étaient pas en train de se prendre à la gorge dans leur belle demeure. Il était opportun de libérer Bouton d'Or pour qu'elle servît de tampon entre eux. Plus il y aurait de monde dans cette maison, moins un meurtre risquait d'y être commis. Le sergent Hong fut envoyé chez Zao Zao s'assurer que ce dernier n'était pas en train de faire ses bagages pour échapper à l'enquête sur le squelette découvert dans son jardin : Ti était las de faire rattraper ses témoins sur la route de Chang-an.

Ses hommes s'inclinèrent et se retirèrent. Ti resta seul sur son triple matelas, la théière fumant à côté de lui. Il avait gardé pour lui son principal sujet de perplexité et ne savait par quel bout le prendre. Qui était la momie de la forêt ? Ce retournement de situation était d'autant plus troublant que Pei, quelques jours plus tôt, avait parfaitement accepté l'idée qu'il s'agissait de sa femme : cette identification ne l'avait pas dérangé un instant ; il lui avait semblé tout naturel qu'on lui amenât n'importe quelle carcasse ramassée dans les bois en affirmant que c'était son épouse. Avait-il des raisons de supposer que dame Hue avait bien pu finir ainsi ? Ou savait-il au contraire depuis le début qu'il ne s'agissait pas d'elle ? Pourquoi la dépouille portait-elle les bijoux de la fuyarde ? Pourquoi l'avait-on déposée dans la forêt ? Que savait Érable au sujet de son mari, qui le lui faisait fuir comme la peste ? Ti sentit que ses réflexions finiraient par lui donner mal à la tête, une douleur supplémentaire dont il n'avait nul besoin, celle de sa jambe se diffusant déjà dans la plus grande partie de son corps. Il convenait de laisser reposer l'affaire Pei. Il souhaita se concentrer de nouveau sur le squelette retrouvé chez Zao Zao. Il connaissait quelqu'un susceptible de lui donner des renseignements de première main à ce sujet.

Lorsque madame Première entra dans sa chambre pour s'assurer que son mari allait bien, elle s'inquiéta de savoir ce qui le tourmentait.

– Hélas, répondit-il, je me désespère de ne pouvoir enquêter comme il le faudrait. C'est une chose bien triste, pour un homme comme moi, d'être contraint à l'immobilité. Si seulement je pouvais me reposer sur une personne de confiance !

Sa femme conserva un visage impassible. En elle-même, elle commençait à se demander s'il n'était pas temps de lui avouer la vérité. L'expression de désespoir du magistrat se modifia imperceptiblement : un air finaud éclaira ses pupilles.

– Quand me montrerez-vous ce portrait de vous que Zao vient de réaliser ? demanda-t-il. Il doit être fort beau, j'ai hâte de l'admirer.

Sa Première se figea comme si elle venait d'entendre dévoiler à haute voix ses secrets les plus intimes.

– Je ne vois pas de quoi vous voulez parler, répondit-elle d'une voix peu assurée.

– Chère amie, reprit le juge, dont les traits ne portaient plus trace du moindre désarroi, vous avez oublié qu'il n'y a guère de mystère qui puisse résister à ma perspicacité. Je ne vois pas d'autre explication au fait que vous vous montriez, chaque après-midi, beaucoup mieux fardée et coiffée que le matin ; vos compagnes passent leur temps à chuchoter entre elles avec des airs de conspiratrices ; et surtout, il y a ce mot que j'ai reçu tout à l'heure de maître Zao : il me prie de bien vouloir reconsidérer le règlement du différend qui l'oppose à son voisin, au nom des « humbles services qu'il a eu le bonheur immense de prodiguer à ma famille ». Alors, ce portrait ?

Madame Première prit une profonde inspiration.

– Vos autres compagnes et moi-même avons cédé à l'appel de la coquetterie, admit-elle, mouillant au passage les épouses secondaires, pour diminuer sa propre responsabilité.

– C'est une mutinerie générale ! s'exclama Ti. Je le savais, bien sûr, ajouta-t-il, se reprenant.

– C'était pour vous aider, plaida sa femme. J'ai pensé qu'il pourrait être utile à votre enquête que quelqu'un de cette maison eût ses entrées chez ce suspect.

Ce qui étonnait le magistrat, c'était que Zao eût

accepté de peindre ces portraits pour rien. Madame Première expliqua qu'elle avait puisé dans les fonds du tribunal.

– Quels fonds ? s'inquiéta le juge.

Il se souvenait fort bien de sa conversation avec « Sûreté du Trait », au temple de la Terre-mère, durant laquelle le peintre s'était vanté de ne travailler que contre rétribution en or. Voilà qui risquait d'être au-dessus de leurs moyens. Pour le rassurer, madame Première ajouta qu'elle avait trouvé les arguments propres à se faire concéder un tarif de faveur. Ti eut une horrible vision de sa femme adoptant des poses lascives dans l'espoir de circonvenir un artiste dévoyé.

– Rassurez-moi : il ne s'est rien passé de douteux, durant ces séances ? Il ne s'est pas permis de gestes obscènes ? Vous n'avez pas posé dévêtue ?

Madame Première rougit jusqu'aux oreilles. Elle fut soudain impatiente de disposer de la peinture afin de dissiper ces affreux doutes. Soucieuse de lui montrer qu'elle avait fait progresser les investigations, et aussi de changer de sujet, elle lui répéta le récit des entremetteuses, selon lesquelles Pei avait poursuivi ses belles-familles de sa haine, comme s'il avait eu une vengeance à assouvir à leur encontre, ce qui constituait un mobile pour l'assassinat de ses épouses.

Ti constata que sa Première était capable de tirer les vers du nez de femmes d'une tout autre caste que la sienne. Il avait eu l'intention de se servir des séances chez le peintre pour recueillir des éléments sur ce dernier. Il remit ce plan à plus tard : un autre venait de lui venir à l'esprit :

– Puisque vous entendez vous mêler d'enquêter, profitons-en. J'aimerais que vous alliez faire un tour dans le quartier des saules. Il s'agit d'une courtisane dont on a signalé la disparition à ce tribunal. Une personne du beau sexe sera mieux apte à recevoir les confidences des filles publiques.

Madame Première crut voir le royaume céleste s'ouvrir au-dessus d'elle.

– Vous me confiez une mission ? s'écria-t-elle. Merci, merci !

Il lui fit signe de mettre un frein à ses effusions :

– Il vous sera en outre profitable de constater par vous-même ce que deviennent celles qui ne respectent pas l'ordre voulu par les dieux.

Madame Première se demanda si son mari ne venait pas de la traiter de prostituée.

– Comprenez-moi bien, reprit-il : après cette ultime opération, plus question d'empiéter sur mon domaine. Ce sera votre chant du cygne en tant qu'enquêteuse. Tâchez de faire une belle sortie, rapportez-moi la clé de l'énigme.

Non seulement il en usait envers elle avec une condescendance incroyable, mais il la mettait affreusement mal à l'aise pour accomplir sa tâche, n'hésitant pas à faire reposer sur ses épaules l'issue de leurs efforts. Elle ne savait plus si elle devait le remercier ou le gifler. Elle s'apprêtait à sortir lorsqu'il éleva une dernière fois la voix :

– J'oubliais ! Vous direz à Tao Gan d'arrêter de ponctionner la population de notre bonne ville. Il finira par me faire une mauvaise réputation. Je n'ai pas envie que ma prochaine nomination m'expédie dans un village de montagne moins peuplé d'hommes que de yaks.

XIX

Madame Première se promène sous les saules ; elle discute avec une fleur.

Madame Première s'en alla tout droit chez Tao Gan. Non qu'elle fût si pressée de transmettre le message de son mari, mais il lui fallait consulter le dossicr dc la courtisane disparue, afin de connaître son nom ct son adresse. Le secrétaire était assis à son bureau. Il exécuta, lorsqu'elle entra, un geste d'une rapidité que seule pouvait lui avoir donnée une longue pratique de l'escroquerie. Elle fut certaine, cependant, d'avoir vu briller, l'espace d'un instant, une pile de pièces d'or, le seul genre de spectacle que ce zélé collaborateur fût capable de contempler avec l'expression extatique dont le souvenir s'attardait encore sur sa figure. L'idée qu'il s'enrichissait de manière éhontée, alors qu'elle-même courait ici et là comme un commissionnaire, l'énerva tout à coup.

– Alors, Tao ? lança-t-elle. Il paraît que l'administration de ce tribunal ne s'est jamais mieux portée ? Savez-vous que les dames de la meilleure société viennent me trouver pour que je vous glisse un mot en faveur de leur mari ?

Le secrétaire reconnut qu'il avait inventé un moyen merveilleux pour résoudre les conflits d'intérêts. Son système faisait l'admiration de tous, hormis des grincheux, ces mauvais coucheurs qui perdaient leur procès faute d'être aimables et de savoir vider leur bourse à bon escient.

– À ce propos, reprit madame Première, mon mari vous prie de confiner vos activités dans le strict respect des règles en usage.

Tao Gan fit signe qu'il n'avait pas compris. Elle leva les yeux au ciel.

– Ce que vous faites s'appelle de la corruption, Tao. C'est puni par la loi.

– Et voilà ! s'écria-t-il avec un grand geste des deux mains. Dès que quelqu'un trouve un biais pour faire avancer les choses, on lui tombe dessus au moindre prétexte !

Madame Première ne put s'empêcher de penser qu'elle était dans le même cas.

– Quoi qu'il en soit, reprit-elle, il sait tout, et si vous méprisez ouvertement ses ordres, il vous faudra en subir les conséquences. Je vous vois mal passer directement du plus beau bureau de ce yamen à un autre, beaucoup moins confortable, et même humide, où les rats seront vos seuls admirateurs. Vous me comprenez ?

Il l'avait si bien comprise qu'il s'avachit sur son fauteuil avec un profond soupir.

Ces points de détail réglés, ils se concentrèrent sur le dossier des disparitions non élucidées. La courtisane avait pour surnom professionnel Orchidée Sauvage. Pour l'adresse exacte, Mme Ti supposa qu'il suffirait de s'adresser au chef du quartier. Elle ne fut guère surprise de constater que le secrétaire en connaissait le chemin par cœur. Le mauvais lieu local se situait au bord du lac, à l'ombre des saules, comme toujours.

Elle dut ensuite choisir des vêtements correspondant à cette visite. Elle hésitait, ignorant ce que portaient ces femmes dans la journée et se refusant de toute façon à leur ressembler. Il y avait bien les robes de la Deuxième, qu'elle avait toujours jugées d'une intense vulgarité, mais il aurait fallu lui poser la tête sur le billot pour qu'elle s'habillât de la sorte. Elle résolut d'en prendre le contre-pied et opta pour une tenue sobre, voire sévère, qui lui donnerait l'allure d'une dame patronnesse venue répandre la bonne parole dans les lieux de perdition.

Elle quitta le yamen à pied et marcha jusqu'à la place la plus proche. Des porteurs attendaient le client à côté de leur chaise de louage. Elle s'y assit et demanda qu'on la conduisît là où poussaient les saules.

On la déposa devant la petite maison du chef de quartier. Un gros bonhomme vint s'incliner devant elle, geste qu'il répéta en l'accentuant lorsqu'elle lui eut dévoilé son identité. Son visage arborait le large sourire d'un homme qui tenait absolument à ne pas avoir d'ennuis avec les autorités. Il dut chercher un moment pour se rappeler où avait vécu la courtisane en question. On se souvenait à peine d'elle : elle n'était pas de la région, les traces de son passage dans cette ville s'étaient effacées depuis longtemps. Il lui revint en mémoire qu'elle partageait un logement collectif avec d'autres filles de sa sorte, comme cela se pratiquait beaucoup. Il se le rappelait parce qu'il avait fallu lui trouver une remplaçante dans le mois qui avait suivi. C'était à deux pas. Madame Première décida de s'y rendre par ses propres moyens avec l'espoir de rencontrer quelqu'un qui eût connu la fille.

La bâtisse à un étage était identique à toutes celles qu'elle jouxtait. Seule une enseigne peinte en bleu permettait de la distinguer à coup sûr : c'était la maison bleue, tout comme il existait la maison verte et la maison mauve de part et d'autre de celle-ci. Les couleurs permettaient aux clients de retrouver le lieu où ils avaient passé la nuit et celles qui s'étaient employées à les y divertir.

Madame Première prit son courage à deux mains et frappa deux petits coups à l'aide du marteau en bronze suspendu à l'huis. Le faible rempart créé par son apparence austère de dévote suffisait à peine à la réconforter à l'idée qu'elle allait pénétrer dans l'antre des plaisirs masculins.

Ses premiers appels, trop faibles, n'attirèrent personne. Ceux qui suivirent étaient encore trop discrets pour extraire ces demoiselles de l'apathie dans laquelle elles devaient se trouver, à cette heure du jour, après une nuit agitée. Elle finit par cogner de toutes ses forces contre le battant, quitte à faire vibrer les murs.

Une fille débraillée, aux cheveux défaits, aux traits fatigués, entrouvrit la porte et considéra madame Première des pieds à la tête sans aménité.

– Si c'est encore la secte du Lotus, nous avons donné le mois dernier, lui lança-t-elle.

– Pardon ? fit la Première.

– Pour l'hospice des filles perdues, les bonnes œuvres, je ne sais quoi, nous avons déjà versé notre écot. Il ne faut pas trop tirer sur la corde, quand même.

Madame Première supposa qu'on la prenait pour

l'une de ces dames confites en dévotion qui exhortaient les filles publiques à prier les dieux avant de s'abandonner aux instincts luxurieux de leurs clients. Elle expliqua qu'elle était une parente d'Orchidée Sauvage, de passage à Han-yuan.

– De qui ça ?

Mme Ti lui rappela la disparition de la jeune femme, quelques années plus tôt.

– Suis pas au courant, j'étais pas là, répondit la fille en s'écartant pour la laisser entrer. Il y aura bien quelqu'un pour vous renseigner.

Madame Première pénétra dans la maison avec une certaine appréhension, liée à son ignorance absolue de ce qu'elle allait y découvrir. Elle était dans une vaste salle commune qui devait servir notamment de réfectoire et de salon. Il était encore un peu tôt pour ces demoiselles. Certaines, torse nu, faisaient leur toilette à l'aide de bassines. D'autres s'épilaient à tour de rôle, jouaient aux dés ou s'exerçaient au luth. Celle qui l'avait introduite se planta au milieu de la pièce :

– Quelqu'un a connu une nommée Orchidée Sauvage ? demanda-t-elle très fort, de manière à couvrir le brouhaha.

Deux d'entre elles levèrent le nez. On envoya la visiteuse dans une chambre à l'étage, où dormait celle qui avait été paraît-il la plus proche amie de sa « nièce ».

– Mimosa ! cria l'une des filles. Quelqu'un pour toi !

Après avoir gravi les marches d'un escalier de bois, madame Première entrouvrit un lourd rideau qui fermait une alcôve. Le réduit était principalement meublé d'un lit. Une figure chiffonnée émergea d'entre les draps. Des yeux vagues contemplèrent la nouvelle venue.

– J'ai vu bien des perversions, dit la dormeuse, mais une dame comme vous dans la chambre d'une fille comme moi, jamais. Laissez-moi un instant pour me décrasser. En principe, je ne reçois pas à cette heure-ci. Je veux bien faire une exception parce que vous êtes une cliente exceptionnelle. Ça me changera.

Madame Première se demanda un instant de quoi elle parlait. Un éclair traversa son esprit, y laissant un sillage de fumée qui lui fit écarquiller les yeux.

– Je suis une tante d'Orchidée Sauvage, se hâta-t-elle d'expliquer tandis que la prostituée cherchait ses pantoufles sous le lit. On m'a dit que vous l'aviez bien connue.

Mimosa s'assit sur le lit pour enfiler ses souliers.

– C'est de l'histoire ancienne, répondit-elle. À peine si je me souviens à quoi elle ressemblait, à présent. Je l'aimais bien, pourtant.

La fille s'étant tue, madame Première devina qu'elle avait avec la disparue des souvenirs de complicité. C'était une corde qu'il fallait chauffer. Elle s'efforça de l'émouvoir.

– Je sais que l'enquête n'avait abouti à rien, à l'époque. Mais l'actuel sous-préfet m'a promis qu'il allait faire son possible pour élucider cette énigme – et je me suis laissée dire que ses possibilités n'étaient pas minces.

– Pour quoi faire ? rétorqua la fille avec un haussement d'épaules désabusé. Qui s'en soucie ? Une prostituée disparaît, ça n'intéresse personne. Ce n'est pour ainsi dire qu'une péripétie de notre métier. Nul magistrat ne va se pencher longtemps sur la question. Pas les magistrats ordinaires, en tout cas.

Madame Première était assez de son avis. Mais Ti n'avait rien d'un magistrat ordinaire.

– Je sais bien, répondit-elle, mais il est comme ça : il aime mettre de l'ordre dans les vieux dossiers, même si tout le monde s'en fiche. C'est son passe-temps.

Mlle Mimosa lui jeta un drôle de regard. Madame Première se demanda si elle ne venait pas de ruiner sa couverture.

– Qu'avez-vous dit que vous vouliez savoir ? grogna son hôtesse. Vous êtes bien habillée, pour la tante d'une fille comme nous.

– Je ne l'ai pas bien connue, s'empressa de répliquer Mme Ti. J'étais surtout proche de sa mère. Quel genre de personne était Orchidée Sauvage ?

– Le genre à n'avoir pas trop de soucis à se faire pour remplir son bol de riz, du moins pour les dix années qu'elle avait devant elle, dit la prostituée avec envie. Elle n'avait aucune peine à se donner pour attirer les hommes : ils venaient à elle comme les bonzes à l'office du soir. C'était la plus belle fille de cette maison, l'une des deux ou trois beautés de tout le quartier, sûrement. Elle avait ce que les gens bien appellent une « distinction naturelle ». Bien faite. Un port de reine. Accessible, mais pas offerte. Nous, les hommes nous payent pour nos services. Elle, ils la remerciaient d'avoir bien voulu leur accorder un moment. Ils se sentaient honorés, fiers, rassurés. En plus, elle avait la tête sur les épaules. Les derniers temps, elle s'était trouvé un protecteur qui faisait pleuvoir les lingots dans son escarcelle.

Madame Première fut contente de l'entendre évoquer ce sujet, qui figurait au nombre des points sur lesquels Ti lui avait recommandé de se renseigner.

– Savez-vous de qui il s'agissait ?

– Eh non, dommage pour moi ! Orchidée Sauvage était très discrète sur le sujet, et lui aussi. Il l'envoyait toujours chercher par une voiture de louage, à l'entrée du quartier, et elle revenait de même. Ce qui est sûr, c'est qu'il était généreux. Regardez : c'est une bague qu'elle m'a donnée. Elle l'avait reçue de lui, quelques semaines avant de disparaître.

Elle tendit la main. « Tantine » jeta un coup d'œil au bijou, qui lui parut fort coûteux.

– Elle devait avoir trouvé une mine d'or pour vous faire un tel cadeau !

La fille parut éprouver une certaine gêne.

– Eh bien, elle ne me l'a pas donnée à proprement parler. C'était dans son coffret. Comme elle ne revenait pas, nous nous sommes partagé le contenu, avec les copines. Vous n'avez pas d'intentions à ce sujet, j'espère ?

Madame Première se hâta de la rassurer : elle désirait seulement évoquer le souvenir de la disparue, au nom de leur lien de parenté.

– Ah, mais je suis bête ! s'écria Mimosa. Si vous connaissiez Orchidée Sauvage, ce vieux machin va vous intéresser !

Elle tira une boîte de dessous le lit. Après y avoir farfouillé un moment, elle en sortit un rouleau de papier épais fermé par un ruban rouge. L'ayant déroulé, elle le tendit à sa visiteuse. C'était un beau dessin à l'encre noire. Il figurait une jeune femme. Si sa représentation avait ne fût-ce qu'une parcelle de fidélité, il s'agissait d'une véritable beauté, dont la bouche s'arquait en un discret sourire, dévoilant une rangée de dents parfaites.

– On la reconnaît bien, dit madame Première en espérant qu'il s'agissait de la personne en question.

Le style du portrait lui rappela quelque chose. Se pouvait-il qu'on ne lui montrât plus que des œuvres de Zao Zao, ces derniers temps ? Elle le retourna et découvrit au revers le tampon du maître à l'encre rouge : un petit carré dans lequel étaient inscrits les caractères signifiant « Sûreté du Trait ».

– C'est beau, n'est-ce pas ? dit la fille avec un regard en dessous. Vous pouvez le prendre, si vous avez une pièce d'argent sur vous.

Madame Première avait serré dans sa ceinture le reliquat des sommes extorquées à Tao Gan. Elle remit la pièce à la prostituée, qui l'examina avec une expression de plaisir suggérant qu'elle avait gagné sa journée. L'épouse du magistrat referma le rouleau, qu'elle coinça dans le cordon de sa robe.

– Ma nièce a disparu bien brutalcmcnt. N'avait-elle rien dit qui donne une idée dc cc qui lui cst arrivé ?

Mimosa, toute à son ravissement, fit « non » de la tête.

– N'était-elle pas en conflit avec un souteneur qui aurait pu lui vouloir du mal ?

Nouvelle dénégation muette. Mimosa s'arracha à la contemplation de son butin pour le ranger dans une bourse cachée sous son matelas.

– N'a-t-elle pas réapparu par la suite, sans qu'on ait pris la peine d'en informer le tribunal ? Elle aurait pu aller s'installer dans un autre district...

– Vous croyez qu'elle m'aurait laissé cette bague, si elle avait refait surface ? demanda la fille, qui se demandait visiblement si elle avait affaire à une sotte.

Il était certes frappant qu'elle eût laissé en plan son

logement et ses biens, même ceux auxquels elle tenait le plus. Cet état de fait n'engageait pas à l'optimisme. L'épouse du magistrat voulut savoir si Orchidée Sauvage était enceinte au moment de sa disparition. Elle n'avait apparemment rien dit à ce sujet, et Mimosa n'en avait aucune idée ; avec les amples vêtements en usage sous les Tang, il était difficile de s'en rendre compte avant la fin du cinquième mois.

Madame Première, assise sur un coin de drap qui lui avait semblé à peu près propre, se leva pour partir. Prise à son rôle de tatie, elle baisa la fille au front pour la remercier d'avoir bien voulu évoquer une dernière fois la disparue. Puis elle quitta l'alcôve, laissant la prostituée interloquée, avachie sur son lit défait.

Elle retrouva avec satisfaction l'air pur et sain de l'extérieur, légèrement parfumé par les eaux du lac et par les buissons qui poussaient sur ses berges. Elle se dit que la réputation d'horreur de ces lieux chez les dames de la bonne société était plutôt surfaite. Il n'y avait pas là de quoi fouetter un chat, à cette heure du jour tout du moins. Ce qui la navrait le plus était le manque de soin avec lequel était tenu l'établissement ; un bon coup de balai eût été plus utile qu'un effort de moralité.

Ti lui avait confié un dernier point à vérifier : y avait-il dans ce quartier un endroit où le cadavre aurait pu être conservé au sec durant trois ans ? Elle ne vit autour d'elle que des maisons plutôt basses, dont les caves, si elles existaient, devaient être fort humides, étant donné la proximité du lac. Elle n'y aurait pas même entreposé ses réserves de fruits pour l'hiver. Si les lieux semblaient mal se prêter à la conservation d'une momie, ils étaient radicalement contraires à son élaboration, si elle se fiait aux critères énoncés par le contrôleur des décès. Elle monta dans la première chaise libre et se fit reconduire au yamen.

Elle sentait contre sa hanche le rouleau de papier sur lequel l'artiste avait immortalisé les traits rayonnants de la courtisane. Ce portrait pouvait vouloir dire deux choses : soit Zao Zao était lui-même son amant, soit Pei avait fait peindre sa maîtresse comme ses épouses. En tout cas, cette pièce à conviction désignait ces deux hommes comme les meilleurs candidats au titre de mystérieux admirateur de la courtisane. Il était assez dans le genre du peintre que de cultiver le secret. Après tout, elle ne lui connaissait pas de liaison galante. Elle avait entendu parler de ces individus si imbus de leur propre personne qu'ils préfèrent la fréquentation des filles publiques à celle des dames respectables : elles n'empiétaient pas sur leur existence et ne passaient auprès d'eux que le temps qu'ils souhaitaient. Pour beaucoup d'hommes, la femme idéale était une prostituée. Cela expliquait peut-être qu'un si grand nombre d'entre eux se plussent à délaisser leur foyer pour ces lupanars au bord de d'eau.

Tandis qu'approchaient les hautes portes du yamen, elle songea à l'ingratitude de ceux à qui des compagnes aimantes consacraient leur existence sans en recevoir aucun remerciement. Les demoiselles étaient nourries de contes et de poèmes où l'amour triomphait le plus souvent ; et même s'il menait les amoureux à leur perte, du moins avait-il le mérite d'avoir existé. Il en allait tout différemment de l'union conjugale à laquelle elles étaient vouées sans que quiconque eût pris la peine de les consulter. Le mariage était un malentendu tragique entre deux personnes qui n'avaient guère de chances de se comprendre, deux êtres que leur éducation avait tout fait pour éloigner plus encore que la nature ne les y avait disposés. Elle comprit alors que c'était à elle-même qu'elle était en train de penser.

XX

Madame Première impressionne son mari ; elle surprend des meurtriers.

Sitôt rentrée au yamen, madame Première relata à son mari son entretien dans le quartier des saules. Rien d'étonnant ou d'inhabituel à signaler chez cette courtisane. Orchidée Sauvage avait des collègues avec qui elle s'entendait bien, des clients réguliers, et rien n'avait laissé prévoir qu'elle se diluerait dans l'air de Han-yuan telle une fumée d'encens dispersée par le vent. Elle avait eu un protecteur officiel, l'un de ces riches bourgeois qui s'attachaient les services exclusifs d'une prostituée cotée, tant pour leur plaisir que pour leur réputation. Seul le fait que ce protecteur ait pu être Pei ou Zao présentait de l'intérêt ; encore n'en avaient-ils pas la moindre preuve.

Ti fut impressionné par le nombre d'informations qu'elle avait collectées. Et une représentation de la disparue, en plus ! Impossible de se le cacher : il n'aurait pas fait mieux. Il commençait à se demander si les services de police n'étaient pas fermés aux dames pour la simple raison qu'elles étaient plus habiles que les inspecteurs dans tout ce qui touchait au renseignement. Les talents d'une femme *lambda* telle que la sienne faisaient de ses lieutenants, qui pourtant n'étaient pas manchots, deux gamins incapables et bornés. Il leur restait l'avantage du muscle, une qualité certes utile, mais non décisive. Si Ti s'était laissé aller à sa pente naturelle pour la finesse et les aptitudes intellectuelles, il aurait renvoyé ces bons à rien aux vertes forêts dont il les avait tirés, pour ne plus employer que des seconds en robes à motifs de camélias. Heureusement pour ses lieutenants, son autre pente naturelle, celle qui le portait à la misogynie, l'en empêchait totalement.

Il était temps pour l'épouse du magistrat de courir à sa dernière séance de pose. Elle désirait emmener la Deuxième pour la présenter à l'artiste, bien qu'elle se demandât secrètement ce que le pauvre homme allait pouvoir tirer de ces traits empâtés par de multiples grossesses qui avaient été autant d'excuses pour se goinfrer. Mais son métier n'était-il pas d'opérer des miracles à partir de pas grand-chose ?

Un autre équipage attendait devant le perron lorsqu'elles parvinrent à la résidence du maître. On leur apprit que ce dernier était occupé avec une autre cliente. Il convenait de respecter la transe inspirée de l'artiste, aussi abandonnèrent-elles leur palanquin officiel pour aller faire un tour dans le parc. Madame Deuxième, dont c'était la première visite, fut ébahie par la somptuosité des lieux.

– Voilà un endroit idéal pour élever des enfants ! s'écria-t-elle avec enthousiasme. Ils ont tout l'espace nécessaire pour courir, et on ne risque pas de les perdre.

Madame Première se demanda quelle tête ferait Zao si une armée de bambins criards s'égaillait parmi ses buissons taillés à la serpe, sur ses rochers factices ou dans ses allées de sable qu'un jardinier ratissait chaque matin avec un soin jaloux.

Elles s'assirent sur un banc en bois, à l'ombre du toit qui faisait une sorte d'auvent. La Deuxième s'était tue ; sa compagne supposa qu'elle comptait mentalement combien d'enfants on pouvait élever dans une demeure pareille, où – ô honte ! ô scandale ! – pas un seul ne vivait.

Un léger murmure attira son attention. Une fenêtre était entrouverte. Dans la pièce, deux personnes discutaient de plus en plus fort. Elle perçut d'abord les aigus d'une voix de femme, puis les graves plus feutrés d'un homme qui lui répondait. Ce fut ce dernier qui prononça les premiers mots qu'elle pût comprendre :

– Je souhaite simplement vous faire remarquer qu'une telle suite d'accidents n'est plus crédible. Vous allez nous attirer des ennuis à tous deux. Imaginez qu'on apprenne à quels écarts de conduite je me suis laissé aller ! C'en serait fini de moi !

L'esprit de madame Première passa aussitôt de la curiosité à l'inquiétude. De quels accidents parlait-on ? Cela avait-il un rapport avec la chute de cheval qui avait failli coûter la vie à son mari ?

– De quoi vous plaignez-vous ? rétorqua l'interlocutrice. Vous avez été grassement payé, il me semble ! Peu de gens peuvent se vanter d'avoir touché de telles sommes pour une tâche si simple. C'est de l'argent facilement gagné.

Son interlocuteur paraissait excédé.

– Aucune somme n'est assez importante si elle doit m'apporter le déshonneur. J'ai fait ce que vous avez voulu, jusqu'ici. Mais cela passe les bornes. Votre mari m'arrachera les yeux s'il l'apprend, et vous savez que ce ne sont pas des mots en l'air ! Je n'ai aucune intention d'assumer la gravité de vos actes, de vos mensonges, de votre démence !

– Dites donc ! s'écria la femme. Nous sommes liés par un pacte, ne l'oubliez pas ! Cela n'a pas eu l'air de vous gêner, tant qu'il ne s'agissait que d'argent ! Vous n'avez guère pleuré la disparition de quelques beaux visages : il en faut davantage pour émousser votre avidité !

– Du moins ne suis-je pas obsédé par la mort des gens comme vous l'êtes ! répliqua l'homme.

La première Mme Ti sentait ses cheveux se raidir sous son double chignon. On parlait d'assassiner des gens ! Dans quel piège, dans quel antre du mal était-elle encore tombée ?

– Je dois vous quitter, à présent, dit l'homme. J'ai cette dinde de sous-préfète à terminer.

Madame Première comprit qu'il s'agissait de Zao en même temps qu'elle était mortifiée d'entendre de quelle façon il parlait d'elle. Ce qui suivit l'horrifia plus encore :

– Au moins, vous n'aurez pas à lui faire subir aujourd'hui ce genre d'accident, dit la femme, dont la voix se teintait d'amertume. Elle s'en ira tout à l'heure avec son portrait retrouver un mari aimant.

Elle fut atterrée de voir à quel point on se trompait sur sa personne : elle n'était pas une dinde, et son époux ne répondait certainement pas à la définition du mari aimant. Les voix s'éteignirent. Les comploteurs avaient quitté la pièce. Madame Première se leva précipitamment, entraînant sa compagne par la main : elle voulait arriver au seuil de la maison avant que l'inconnue n'eût disparu, afin de voir de qui il s'agissait.

Elles eurent beau courir le long des sentiers sinueux qui traversaient les parterres, elles parvinrent dans l'allée centrale juste à temps pour apercevoir le palanquin de la visiteuse qui franchissait le portail. Zao Zao considéra d'un œil peu approbateur son modèle, essoufflée et le front moite.

– La séance est terminée ? parvint-elle à articuler en tentant de recouvrer sa dignité mise à mal.

Le peintre se contenta de hocher la tête, ce qui ne faisait pas le compte de sa visiteuse.

– Qui était-ce ? demanda-t-elle carrément, sans grand espoir de recevoir une réponse.

– Dame Yin, l'épouse de Pei Hang, dit l'artiste d'une voix morne.

– Oh... fit Mme Ti. Vous avez enfin terminé son portrait ?

– Si seulement ! Je crains de n'en avoir pas encore fini avec cette... Enfin !

Après avoir poussé un profond soupir, il parut subitement s'apercevoir de la présence de la Deuxième, qui lui souriait d'un air à la fois ravi et ému. Madame Première fit les présentations. À sa grande déception, il ne parut pas effrayé par l'ampleur de la tâche. Elle se rendit compte qu'elle avait eu la naïveté de prendre pour argent comptant les compliments qu'il lui avait prodigués dans le pur souci commercial de la mettre dans de bonnes dispositions.

Zao les conduisit à l'intérieur. Madame Première retrouva son fauteuil à la place exacte où elle l'avait laissé. C'était leur dernière séance. Elle n'aurait probablement plus d'autre occasion de s'expliquer avec lui. Il fallait absolument écarter les gêneurs. Assise sur un petit pliant, la Deuxième les observait comme si elle avait été au spectacle.

– Vous allez vous ennuyer, lui dit Mme Ti. Ne voulez-vous pas retourner vous promener dans le jardin ?

L'épouse secondaire répondit qu'elle se sentait très bien là. Zao Zao, qui ne devait pas aimer travailler en public, frappa dans ses mains, provoquant l'apparition instantanée d'une servante.

– Une collation vous attend dans le grand salon, annonça-t-il. Aimez-vous les beignets de crabe à la menthe sauvage et au miel ?

L'éclair de convoitise qui anima tout à coup la face de la Deuxième montra nettement qu'elle les adorait. Elle se leva de son siège comme si un cerf-volant l'avait emportée, et quitta la pièce en moins de temps qu'il ne faut pour le dire. Madame Première laissa au maître le loisir d'accomplir son travail. Lorsqu'elle estima que la séance était assez avancée, elle se décida à faire allusion à ce qu'elle avait entendu.

– Je sais tout, dit-elle.

– Plaît-il ? fit le peintre, sans cesser d'affiner les reflets dont il était en train d'agrémenter le double chignon.

– Je sais ce que vous avez fait, reprit-elle, décidée à prêcher le faux pour savoir le vrai, une technique qui marchait assez bien, en général, avec les enfants de ses compagnes, lorsqu'il s'agissait de déterminer qui d'entre eux avait fait une bêtise. Je sais que vous êtes un criminel. Que vous causez des accidents mortels. Que vous tuez des gens.

Zao Zao posa son pinceau parmi ses pierres à encre et la dévisagea d'un air intrigué.

– Peut-on savoir ce qui vous a amenée à cette intéressante conclusion ? demanda-t-il.

Madame Première dut produire un énorme effort pour réprimer le tremblement qui menaçait de s'emparer de tous ses membres. Elle était nerveuse. Zao ne niait pas. Elle discutait avec un assassin. Elle fut persuadée que la lueur qui s'était allumée dans ses yeux était celle du crime. Non seulement il avait enterré quelqu'un dans son beau parc, mais ce n'était là que l'une de ses nombreuses victimes. Elle ressentit l'impérieux besoin de continuer à parler, que ce fût pour dissimuler son trouble ou pour contenir la bête féroce qui menaçait de se jeter sur elle d'un instant à l'autre.

– Je vous ai entendus, tout à l'heure, vous et votre complice.

– Mon complice ? demanda-t-il.

C'était à présent de la surprise qu'elle lisait dans son regard.

– Dame Yin. Mon mari n'aura aucun mal à lui faire avouer vos forfaits. Vous êtes perdus.

À son grand étonnement, l'abominable personnage sourit au lieu de se jeter à ses pieds pour implorer sa mansuétude.

– Vous avez raison, dit-il en faisant un pas vers elle tandis qu'elle se raidissait sous l'effet d'une terrible appréhension. Je suis un criminel, et voici l'objet du délit.

Il s'approcha d'un meuble et ôta, en quelques gestes précis, les morceaux de soie qui recouvraient tous les dessins alignés là. Il en saisit deux au hasard et les lui montra. C'était deux portraits inachevés de dame Yin. L'un était taché d'encre, l'autre déchiré. Il les laissa tomber au sol et en choisit au hasard un troisième, qui était brûlé en son milieu. Le quatrième était barré d'une grand-croix en diagonale.

– Voilà les corps, dit-il. Certains ont été détruits par moi, les autres ont subi les foudres de dame Yin en personne. Elle me paye pour qu'aucun portrait d'elle ne sorte de mon atelier. Cet après-midi, je lui ai fait remarquer qu'une telle suite d'accidents sur une même œuvre, de si grands retards dans la livraison, allaient finir par nuire à ma réputation.

Tout s'éclairait dans l'esprit de madame Première au fur et mesure que croissait son embarras.

– Mais... pourquoi ? balbutia-t-elle.

Zao Zao leva les yeux au ciel. Il prenait visiblement l'épouse de Pei Hang pour une folle bonne à enfermer.

– Dame Yin est un peu perturbée. Elle est convaincue que leurs portraits ont porté malheur aux précédentes compagnes de son mari. Savez-vous qu'il les expose dans son salon ? Elle les a sans cesse sous les yeux, cela la mine. Mais elle est riche, elle a donc les moyens de sa lubie. Seulement cette situation ne peut durer indéfiniment : il arrivera bien un jour où Pei Hang se lassera de m'envoyer sa femme pour un travail jamais fini.

Zao Zao reprit son pinceau et se concentra de nouveau sur son œuvre, comme si rien d'important ne s'était passé. Il devait estimer que c'était la meilleure attitude à adopter : sa visiteuse ne pouvait s'abaisser à lui présenter des excuses, et lui-même préférait sans doute qu'on fît comme si le soupçon qu'il ait pu être un assassin n'était jamais né dans l'imagination de quiconque.

Tandis qu'elle s'efforçait de sourire en dépit du lamentable incident, madame Première réfléchissait à ce qu'elle venait d'apprendre. Si dame Yin se débrouillait pour payer le peintre afin que son portrait ne soit jamais livré, c'était que cette œuvre devait revêtir une immense importance à ses yeux. Elle avait dû se convaincre que son mari, qu'elle prenait pour un tueur, ne s'en prendrait pas à elle tant que le tableau resterait inachevé. Ce n'était pas folie ; plutôt de la terreur à l'état pur. Elle se raccrochait à n'importe quoi pour croire en ses chances de survie. Si un mage lui avait conseillé de faire brûler de l'encens pour chasser les mauvais instincts dont elle croyait son mari possédé, nul doute que leur maison eût été enfumée d'un bout à l'autre.

La voix du maître la tira subitement de ses pensées :

– Voilà. Je crois qu'il est terminé autant qu'il peut l'être. Voulez-vous y jeter un coup d'œil ?

Elle se leva de son fauteuil, dépliant avec peine ses muscles engourdis par l'immobilité. L'appréhension qu'elle éprouvait en s'approchant de l'œuvre se dissipa lorsqu'elle y posa les yeux. La femme qui la contemplait était fort belle, et pourtant elle n'eut aucune peine à se reconnaître. Elle comprit à quoi tenaient le génie du peintre et l'engouement de ses clients : il savait tirer le meilleur parti de son modèle, le faire paraître beau sans l'enjoliver ouvertement. Il y avait dans son trait quelque chose de charmant, de touchant, d'adorable, qui survivait à tous les sujets. Il aurait rendu aimable le plus laid des hommes, par le seul traitement de l'encre. Elle n'avait pas l'air outrageusement fardée. Le peintre n'avait pas eu besoin d'artifices pour créer la merveille. Elle eut le sentiment de tenir entre ses mains ce que les lettrés appelaient une œuvre d'art : un objet aussi parfait, aussi élevé qu'un poème de maître, qu'un morceau de luth ou que la lame d'un sabre mille fois trempée ; le travail d'un artisan sublimé par l'inspiration, l'une des rares choses capables de faire oublier aux hommes leur condition de mortels, la seule qui traversât les siècles sans altération, qui puisse dépasser les frontières de la culture, du langage, des habitudes. C'était bien de l'art. Elle se sentit confuse d'avoir été associée à sa conception, dont le résultat excédait de loin les limites de son humble personne.

Il lui fallut un moment pour redescendre sur terre et revenir aux centres d'intérêt qui l'avaient conduite ici.

– Vous n'avez pas oublié d'y apposer votre cachet ? demanda-t-elle d'une voix qui dut paraître bien maussade à l'auteur, au regard de l'œuvre exquise qu'il venait de produire.

Il retourna la feuille. Le petit carré à l'encre rouge figurait dans un angle. Il s'agissait bien de la signature apposée sur le portrait de la courtisane. Elle tira de sa manche les lingots représentant le montant dû, et Zao s'absenta pour aller chercher le reçu.

Comme elle faisait les cent pas dans la pièce, toute à sa confusion, madame Première remarqua sur le sol, près de la porte ajourée, un petit bout de papier froissé, couvert d'une écriture en pattes de mouche. Les pas de Zao se firent entendre dans le couloir. Mue par l'intuition, elle fourra à tout hasard le papier dans sa manche.

XXI

Madame Première visite un grenier ; elle change de vie.

Une fois seule dans sa chambre du yamen, madame Première déplia le bout de papier ramassé chez Zao et le posa sur une table, où elle prit le temps de le lisser soigneusement pour le rendre lisible. Ce qu'elle y lut la fit rougir de confusion.

« Je t'aime et t'aimerai toujours en dépit de tout ce qui nous sépare. Ne pleure pas mon absence, console-toi et résous-toi à vivre la vie que l'on t'a imposée. Te revoir a été la seule joie au milieu des ténèbres où je vis. Oublie-moi, sois heureuse. Jamais tu ne quitteras mes pensées. »

La déclaration lui parut magnifique. Jamais on ne lui avait écrit de si belles choses. Elle en fut tout émue, oubliant que seul un mécréant pouvait avoir l'audace d'adresser un tel billet à une femme mariée. Il y avait certes là un grand mépris pour son statut d'épouse fidèle, pour sa rigueur morale, pour son honneur. Au second examen, la honte remplaça l'exaltation, comme si elle avait cédé aux avances d'un soupirant et le regrettait une fois l'extase passée.

Comment ne s'était-elle pas aperçue du tendre sentiment que nourrissait le peintre à son égard ? Ti avait bien eu raison de craindre pour sa pudeur : il serait furieux si ce billet venait à sa connaissance, il tempêterait, il en ferait une crise terrible... Elle décida de le lui montrer tout de suite.

Lorsqu'elle surgit dans la chambre de son époux, ce dernier leva les yeux du document qu'il était en train de consulter. Il était sur le point de lui demander comment s'était passée son ultime séance de pose quand il découvrit l'état d'excitation de sa moitié. Elle lui tendit le morceau de papier :

– Maître Zao s'est arrangé pour que je trouve ceci chez lui. Je crois que vous serez édifié par son contenu. Je vous demande d'ores et déjà pitié pour ce misérable. Il se sera égaré, à force de contempler mes traits.

Après avoir lu, Ti considéra un moment le billet avec incrédulité, puis le retourna.

– C'est incroyable, murmura-t-il entre ses dents.

Madame Première acquiesça, toute à son rôle d'épouse à la vertu irréprochable.

– Je vous supplie de croire que je n'ai rien fait pour exciter sa passion coupable, ni pour l'encourager dans ses assiduités.

– Je le crois volontiers, répondit le juge. D'autant plus que ce billet n'est pas de lui. Regardez : il est signé d'un certain Liu Ngai au dos. Ce nom ne vous rappelle-t-il rien ?

Elle chercha dans sa mémoire. L'image d'une enseigne à l'effigie d'un cormoran s'imposa à son esprit. Le fils des aubergistes du lac, l'apprenti disparu, se nommait ainsi.

– Votre soupirant est mort depuis un an ! dit Ti.

Vous vous faites courtiser par un spectre ! Je vais avoir du mal à passer ma jalousie sur quelqu'un de tangible !

Madame Première ne savait que penser. Elle n'avait jamais rencontré ce garçon.

– Je ne comprends pas. Ce papier était à mes pieds. Je n'avais aucune raison de croire qu'il n'était pas pour moi.

– N'y avait-il pas quelque autre femme dans la maison, à qui il ait pu être destiné ?

À part les servantes et la Deuxième, à qui elle ne pouvait croire qu'un homme sensé songeât à adresser de si brûlantes déclarations, elle ne voyait pas.

– Dame Yin venait de partir ! s'écria-t-elle soudain. Pensez-vous que Pei Hang soit de nouveau cocu ? S'il conçoit le moindre doute à ce sujet, elle est perdue !

Ti était songeur. Il pria sa femme de lui décrire avec précision de quelle manière ce billet était venu en sa possession, dans quelle pièce, près de quels meubles. Lorsqu'elle le lui eut dit, il se fit plus pensif encore. Il n'y avait que deux explications possibles à la présence d'un mot rédigé par un homme disparu depuis douze mois : soit le papier était tombé après que quelqu'un l'eut tiré d'une boîte où il le conservait, peut-être avec d'autres affaires appartenant au défunt ; soit ce dernier était vivant, assez, en tout cas, pour être en mesure de composer des déclarations enflammées à l'intention des dames de passage. Dans ce cas, il était logique de penser qu'il était venu aujourd'hui même dans cette demeure. De là à imaginer qu'il y résidait continûment, il n'y avait qu'un pas. Quel intérêt pouvait avoir un apprenti en peinture à se faire passer pour mort, ce qui le contraignait à vivre en reclus dans sa propre ville ? Le papier ne semblait pas avoir été jauni par le temps, mais il était si froissé qu'on ne pouvait établir avec certitude qu'il fût récent. Quant à la présence de Liu Ngai dans cette maison, Ti commençait à se forger à ce sujet une idée extravagante. Si ses raisonnements se confirmaient, il allait devoir agir. Des événements extraordinaires se produiraient sous peu.

Il émergea soudain de ses pensées. Sa femme se tenait devant son lit, cherchant à lire sur son visage les réponses aux innombrables questions qu'elle se posait. Il lui parut urgent de la protéger malgré elle.

– Je ne veux plus que vous traîniez dans des endroits dangereux où vous n'avez que faire, déclara-t-il, et cela s'applique spécialement à la résidence de ce peintre, qui est suspect dans une affaire de cadavre dissimulé à la justice.

Madame Première baissa la tête, moins par humilité que pour lui cacher la contrariété qui marquait ses traits. Elle se promit à l'instant d'user de tous les moyens de rétorsion à sa disposition. Si Ti la privait de son loisir préféré, il devait s'attendre à voir disparaître les mille petites attentions auxquelles il était habitué. On allait désormais se conformer au strict régime de riz et de tisanes préconisé par le médecin.

Elle remarqua une feuille qui traînait sur la table de nuit. Ti suivit son regard.

– Wen est passé tandis que vous jouiez les aventurières dans les faubourgs huppés, dit-il. Il m'a prescrit de nouvelles potions. L'imagination de cet homme n'a pas de limites lorsqu'il est question de pharmacopée. Auriez-vous la bonté d'aller commander tout ça chez l'apothicaire ? Un peu d'air frais vous fera le plus grand bien : vous avez une mine froissée.

Ce fut en quittant la chambre, l'ordonnance à la main, qu'elle s'aperçut qu'il avait totalement omis de s'enquérir du portrait qu'elle était censée avoir rapporté de chez le peintre. « Un mari aimant », avait dit dame Yin. On était loin du compte !

Elle était perdue dans ses réflexions quand elle s'installa dans le palanquin du tribunal, se contentant de lancer « apothicaire Tchang » au chef des porteurs. Son animosité ne l'avait toujours pas quittée lorsqu'ils longèrent la rue sur laquelle ouvrait la demeure des Pei. Ce fut donc dans un esprit dévasté par la contrariété que jaillit brusquement un éclair de lucidité, tandis qu'elle balayait du regard le paysage.

Elle avait gardé en tête la recommandation faite par son mari lorsqu'elle s'était rendue dans le quartier réservé : chercher un endroit où le corps d'Orchidée Sauvage aurait pu se momifier ; un endroit tout à fait sec et aéré, voire exposé aux vents. Son regard ne pouvait se détacher de la tour qui surplombait la résidence Pei, en plein dans son champ de vision.

Elle cria aux porteurs de s'arrêter immédiatement. Les quatre hommes déposèrent leur charge. Elle s'extirpa de l'équipage sans quitter la tour des yeux, le pas hésitant, comme si elle avait été soûle, ou comme si une apparition fantastique surgie du ciel lui avait fait perdre le sens de l'équilibre.

Elle eut la certitude d'avoir trouvé ce qu'ils cherchaient depuis le premier jour. Son mari aurait compris depuis longtemps si sa fracture ne l'avait obligé à garder la chambre. Les récits que lui avaient faits ses lieutenants étaient de trop pâles reflets de la réalité pour lui permettre de déchirer le voile qui recouvrait leurs yeux. Quelle sotte elle avait été ! Dire qu'elle s'était rendue dans cette maison et qu'elle n'avait rien vu ! Ses talents d'enquêteuse lui semblaient désormais pitoyables. D'un autre côté, que penserait Ti si elle se trompait une nouvelle fois, la troisième rien que pour cette seule journée ? Elle ne fut plus si sûre, tout à coup, d'avoir résolu l'énigme de la momie. Un impérieux besoin de vérifier ses doutes avant de les partager avec lui s'imposa à elle. Quelle victoire, alors, lorsqu'elle lui servirait la solution sur un plateau ! Il lui serait difficile de maintenir son interdiction de s'intéresser aux enquêtes judiciaires.

D'un pas résolu, elle se dirigea vers le portail des Pei et frappa quelques coups fermes à l'aide du marteau cloué sur une plaque de bronze. La servante qui lui ouvrit l'informa de ce que dame Yin faisait la sieste. Bouton d'Or était indisponible, elle aussi. Madame Première poussa sans hésiter le battant afin de pénétrer dans la cour. Elle se déclara tout à fait disposée à attendre que la maîtresse de maison sortît de son sommeil. Elle recommanda qu'on ne la réveillât surtout pas : il suffirait de la prévenir de sa présence quand elle ouvrirait les yeux, elle n'était pas pressée.

La servante la conduisit dans le salon de réception où les portraits des défuntes semblaient la contempler depuis l'au-delà. Elle nota que le plus récent, celui de dame Hue, avait été ôté. Le retour de celle-ci sous la robe safran d'une nonne au crâne rasé, sans parler du divorce immédiat qui s'en était suivi, avait sans doute disposé son mari à tirer un trait sur cette union. Elle en conclut que le cher époux avait préféré savoir sa femme en fuite ou morte plutôt que de la voir revenir à Han-yuan pour crier à la face de ses habitants, par sa seule attitude, combien son mari lui répugnait. À sa façon, elle avait fait bien pire que les deux précédentes avec leurs infidélités réelles ou supposées.

Une fois que la servante eut apporté le thé que les

lois de l'hospitalité engageaient à offrir aux visiteurs, Mme Ti sut qu'elle bénéficiait d'un bon moment avant qu'une ou l'autre des compagnes de Pei Hang se décidât à remplir ses devoirs d'hôtesse. Elle tendit l'oreille. Nul bruit particulier. Elle profita de ce qu'on l'avait laissée seule pour se diriger vers le flanc ouest du bâtiment, là où se dressait la tour. Elle sortit dans une courette intérieure pour se repérer. Ayant aperçu la base de l'édifice, elle s'y rendit. Le pied de la tour donnait sur une promenade couverte. Une porte solide, munie d'un gros cadenas, en barrait l'accès. Un rapide examen lui permit de s'apercevoir que la serrure était ouverte. Elle poussa le battant et vit une échelle conduisant à une trappe. Elle entreprit d'en gravir les degrés, malgré sa robe trop longue, qui n'était pas la tenue idéale pour aller explorer des greniers. Une fois en haut, elle souleva la trappe et se hissa sur le plancher.

Elle se trouvait dans une pièce de forme hexagonale, percée de six petites fenêtres ouvertes à tout vent. Dans un angle, une seconde échelle menait à l'étage supérieur, probablement situé sous le toit. Madame Première perçut les accents d'une chanson fredonnée tout bas, sans qu'elle pût savoir d'où venait la voix. Plusieurs lits d'une personne, en bois, étaient rangés contre les murs. Tous sauf un étaient recouverts de ce qu'elle crut être un tas de vieux chiffons. À mieux y regarder, cela ressemblait davantage à un drap étalé sur un objet longiligne. L'image de sa grand-mère, allongée sur son lit de mort, telle qu'elle l'avait vue, à l'âge de dix ans, dans la chambre mortuaire, surgit de sa mémoire. Elle se sentit subitement incapable du moindre geste. Au prix d'un effort surhumain, elle avança vers l'un des lits. Plus elle approchait, plus elle était confortée dans son appréhension macabre. Elle saisit entre deux doigts l'extrémité du tissu et le souleva lentement. Une main noirâtre apparut tout d'abord, puis une tête, sèche et fripée, puis un corps entier. C'était une femme – du moins cette chose, dont les formes s'étaient affaissées, était-elle vêtue d'habits féminins. Les longs cheveux, d'une propreté parfaite, avaient été peignés avec soin ; on les avait noués en un chignon élaboré, retenu par un ruban tout neuf. La robe d'épais taffetas était plutôt en bon état, hormis une déchirure au niveau de la poitrine, du côté gauche. Son poignet et son cou étaient ornés de bijoux. La dépouille reposait sur une couche de gros sel, dont des grains s'étaient éparpillés un peu partout sur ses vêtements.

Un bruit la tira de l'apathie où l'avait plongée cette vision d'horreur. On avait posé le pied sur le dernier barreau de l'échelle. Cette personne s'apprêtait à descendre de l'étage supérieur. Elle serait là dans un instant. Madame Première ne se sentait pas la force de se faufiler par la trappe pour s'enfuir. Tout juste put-elle se rencogner dans un angle de la pièce.

Elle aperçut un chausson se poser sur un second échelon, puis sur les suivants ; le bas d'une jolie robe ; une femme, qui chantonnait doucement. Elle portait un coffret et se tenait au montant de l'échelle de son bras libre. Madame Première ne pouvait encore distinguer son visage. Une fois sur le plancher, l'inconnue se dirigea vers le lit dont Mme Ti avait repoussé le drap. Elle vit alors Bouton d'Or se pencher sur la momie sans prêter la moindre attention à l'intruse qui l'observait.

– Non, non, non, dit la concubine du ton dont on

gronde un enfant, il n'est pas temps d'aller se promener. Il faut dormir, maintenant.

Elle recouvrit le cadavre et s'approcha d'un autre, dont elle ôta le linceul. Ayant ouvert son coffret, elle en sortit un lourd collier en perles de verre multicolores. Elle enleva la chaîne d'or que la momie portait au cou et la remplaça par le bijou qu'elle venait de choisir.

Madame Première n'en pouvait plus : elle ne tenait plus sur ses jambes. Le spectacle de la folie et de ses tristes conséquences était trop pénible. Elle fit un pas en direction de la trappe, décidée à quitter cet endroit coûte que coûte, même s'il fallait se battre au corps à corps avec une démente dont la fureur décuplerait les forces.

Une latte du plancher émit un craquement sinistre lorsqu'elle y posa son pied. Elle se figea de nouveau, les yeux rivés sur Bouton d'Or. Celle-ci tourna lentement la tête de son côté. Son regard passa sur elle sans paraître la remarquer. Elle n'avait d'intérêt que pour les défuntes. Sa crise de délire l'empêchait de porter aucune attention à ce qui ne faisait pas partie de son jeu macabre. Peut-être voyait-elle les mortes comme des vivantes et les vivantes comme des mortes. Ces femmes n'avaient dû commencer à exister véritablement pour elle que le jour où elles avaient pénétré dans l'autre monde en même temps qu'elles entraient dans le sien.

Puisque nul ne lui barrait le passage, madame Première s'accroupit devant la trappe, saisit les montants de l'échelle de ses mains fébriles, et tâcha de descendre sans se laisser tomber en bas. Ses doigts serraient le bois, rendant ses articulations douloureuses. Une terrible envie d'éclater en sanglots menaçait de la submerger. Elle se retrouva sur le dallage sans savoir comment elle était parvenue à accomplir cet exploit. Elle se tint quelques instants à la paroi pour reprendre haleine. Comme une somnambule, elle longea la promenade couverte et traversa la courette par laquelle elle était arrivée, bien qu'elle fût incapable de raisonner clairement sur le chemin à prendre. Son seul désir était de fuir ces lieux aussi vite que possible. Après une suite de corridors qu'elle parcourut sans rien en reconnaître, elle aboutit dans une vaste pièce qu'elle crut être le salon de réception. Elle ne s'était pas encore rendu compte de son erreur lorsqu'un homme, assis dans un fauteuil, leva les yeux sur elle.

– Quelle délicieuse surprise ! dit Pei Hang d'une voix qui ne trahissait rien d'autre qu'une parfaite urbanité. À qui ai-je l'honneur ?

Madame Première bredouilla qu'elle était l'épouse principale du sous-préfet et recula pour sortir. Pei Hang fronça les sourcils avec perplexité.

– L'épouse de mon magistrat erre à travers les pièces de ma maison ? Vous êtes venue rendre visite à ma chère Harmonie, sans doute.

Elle approuva du menton, tâchant de faire le moins de gestes possible, comme si elle s'était trouvée devant un serpent prêt à mordre. L'idée qu'elle n'était plus invisible, qu'elle existait pour un habitant de cette maison, l'effrayait. Elle aurait voulu s'en aller sans s'adresser à quiconque. Elle aurait voulu n'être jamais venue. Elle regrettait à présent d'avoir vu ses intuitions confirmées de manière aussi magistrale.

– Puis-je quelque chose pour vous, aimable apparition ? demanda Pei de sa voix suave.

Elle eut soudain l'impression atroce que le collectionneur s'était réveillé en lui. Il la dévisageait bizarrement. Elle heurta un meuble, provoquant la chute d'un objet qui frappa le sol avec un tintement métallique. Pei s'approcha pour le ramasser. C'était une épingle à cheveux de belle facture, dorée, ouvragée. Dans les mains du riche propriétaire, cela avait plutôt l'air d'une arme capable de provoquer la mort d'un homme – ou d'une femme. Que savait-il au juste de ce qui se tramait chez lui ? On ne pouvait guère jouer à la poupée avec des cadavres dans ses combles sans qu'il fût au courant. Elle avait devant elle un être si dépourvu de moralité qu'il n'avait pas dénoncé les agissements de la folle qui sans doute avait tué par jalousie chacune des femmes ayant partagé sa couche.

Avec une grande douceur, Pei passa la main sur le double chignon de la visiteuse. Puis, d'un geste vif, il y piqua l'épingle d'or.

– Cadeau, dit-il. Il manquait à un beau visage comme le vôtre un ornement digne de lui. Savez-vous que l'on parle beaucoup de vous, en ville ? Il paraît que l'on vous voit partout, et dans les lieux les plus incongrus. Que voulez-vous, les gens n'ont que cela à faire : papoter.

Elle le regarda bouche bée.

– Vous êtes une rareté, dans votre genre, reprit-il. Une femme d'une curiosité extrême. On vous dit capable de toutes les audaces. Êtes-vous vraiment capable de toutes les audaces, dame Ti ?

Elle le regardait fixement, sans qu'aucune réponse pût franchir ses lèvres.

– Pensez-vous que votre mari serait enclin à vous céder à un autre, si une bonne occasion se présentait ? lâcha-t-il soudain, comme s'il songeait à faire l'acquisition d'un nouveau cheval pour son écurie.

– Je ne sais pas... répondit-elle à mi-voix. Je dois m'en aller !

– Que cherchiez-vous, madame la sous-préfète ? demanda Pei Hang sans se départir de son étrange sourire. Qu'y a-t-il de si intéressant chez moi qui vous pousse à fréquenter mon idiote d'épouse ? Une femme comme vous ne vient pas chez les gens pour prendre le thé avec une tête vide qui n'a que la haine à la bouche. Vous ne voudriez pas me nuire, n'est-ce pas ? Je suis sûr que votre époux serait disposé à vous céder contre une belle somme. Il ne vous voit plus, je pourrais le parier. Depuis combien d'années êtes-vous mariés ? Vous faites partie des meubles. On est toujours prêt à se séparer d'un beau meuble, pourvu qu'on vous en offre un prix avantageux. Je sais que vous n'avez pas d'enfant. Rien ne s'oppose à votre changement de statut. D'ailleurs, cela me plaît. L'absence d'enfant. Voyez-vous, nous avons un point commun : je ne peux pas en avoir, moi non plus. Peut-être ai-je trouvé l'âme sœur, après tout ? Celle que les dieux me destinaient. Et si vous ne l'êtes pas, du moins vous empêcherais-je, en vous prenant chez moi, de raconter partout ce que vous croyez savoir, que vous savez peut-être, que je crois que vous savez...

Tout en parlant, il passait doucement sa main sur ses joues, ses épaules, ses bras. Elle se sentait comme une souris prise au piège d'un reptile qui l'hypnotisait. Ses membres étaient languides. Eût-elle eu une chance de s'enfuir, elle ne l'eût pas saisie. Il suffisait à cet homme de la déshonorer, là, tout de suite. Son mari braverait-il le scandale public pour obtenir vengeance ? Ou accepterait-il plus simplement de se séparer d'elle, épouse faible et coupable, contre un fort dédommagement ? De l'abandonner à son suborneur ?

Et, après tout, cela ne valait-il pas mieux pour elle ? Était-elle si heureuse, dans ces yamens humides, environnée de gens qu'elle n'avait pas choisis et d'enfants qui l'appelaient « mère » alors qu'ils n'étaient pas les siens ? N'avait-elle pas de meilleures chances de toucher au bonheur dans les bras de cet homme, qu'elle obsédait visiblement ? Depuis quand n'avait-elle pas senti qu'on s'intéressait à elle pour ce qu'elle était ?

– J'ai perdu mon temps à courir après ces jeunes filles belles mais stupides, aux mœurs légères, reprit Pei, qui subodorait son débat intérieur. Une femme mûre et intelligente, éminemment intelligente, décidée, capable de partager ma hauteur de vue, voilà ce qu'il me faut. Songez à la vie que vous auriez auprès de moi. Je suis infiniment plus riche que votre fonctionnaire de mari. Je possède en particulier une très belle résidence à la campagne. Et si elle ne vous plaisait pas, nous en ferions bâtir une autre à votre goût. Qu'a-t-il à vous offrir, votre petit juge ? À part la monotonie d'une vie commune que rien ne peut plus déranger, le mépris venu avec les ans, l'indifférence, que sais-je encore ? Réfléchissez-y : je suis sûr que c'est vous qui viendrez à moi.

La respiration de madame Première était oppressée. Un obstacle se dressait néanmoins entre eux et ce tableau idyllique.

– Et votre Première ? Dame Yin ? murmura-t-elle presque imperceptiblement.

Pei Hang eut un sourire méchant qui, au grand effroi de madame Première, ne rendait pas son visage moins séduisant.

– Vous avez remarqué que celles qui me déplaisent ne durent pas longtemps, dans cette maison. Je l'enverrai dans l'une de mes propriétés. Au pire, il peut lui arriver malheur. Je n'ai pas eu de chance, avec mes compagnes... jusqu'à aujourd'hui.

Il lui inspirait un mélange de peur et de fascination qu'elle n'avait jamais ressenti auparavant. Ce sentiment nouveau l'enivrait. Madame Première ferma les yeux. Elle sentit le souffle de Pei Hang courir sur son cou, remonter sur son menton, sur ses lèvres. Elle eut l'impression d'avoir déjà changé de vie.

XXII

Madame Première échappe à un sort délicieux ; des morts traversent la ville.

Une suite de claquements parvint aux oreilles de madame Première, bientôt suivis d'appels répétés :

– Seigneur ! Seigneur ! criait-on dans le corridor.

Elle s'écarta prestement de Pei Hang tandis qu'une servante surgissait sur le seuil de la pièce.

– Qu'y a-t-il ? lança le maître de maison, fâché d'avoir été dérangé.

– On demande à voir l'épouse du magistrat ! dit la servante, les yeux baissés.

Sa voix trahissait un affolement qu'elle peinait à maîtriser.

– Plus tard ! cria Pei Hang. Renvoyez cette personne !

– C'est que, seigneur, il ne s'agit pas d'une personne. Il y a là un lieutenant du sous-préfet, accompagné d'un groupe de sbires armés jusqu'aux dents.

Pei Hang se crispa. Madame Première sentit un frisson lui parcourir l'échine. Sans un mot, elle se dirigea vers la porte, sous le regard de Pei, abîmé dans de sombres pensées.

– Réfléchissez à ce que je vous ai dit, lui recommanda-t-il avant qu'elle ne franchît le seuil.

Elle marqua un temps d'arrêt, ôta l'épingle en or de son chignon et la déposa sur le guéridon le plus proche. Puis elle emboîta le pas de la servante, qui la précéda à travers le dédale des corridors menant à la cour d'honneur.

Tsiao Taï se tenait au milieu d'une petite troupe de sbires à la mine peu avenante. Il lui demanda de ses nouvelles sur un ton embarrassé. Il paraissait surpris de la voir sur ses deux pieds. Elle acquiesça machinalement, bien que la réponse exacte eût été plus compliquée à formuler. Le lieutenant fit signe à son contingent de se replier. Ce ne fut qu'en remontant en palanquin qu'elle se demanda comment on avait eu l'idée de venir la chercher là et la raison de l'inquiétude qu'elle sentait chez l'homme de main de son mari. Les sbires l'escortèrent jusqu'au yamen, puis Tsiao Taï l'accompagna jusqu'à la chambre où reposait le magistrat.

– Alors ? demanda ce dernier lorsqu'il les vit entrer. Avions-nous raison ?

– Jusqu'à un certain point, répondit son bras droit. Elle était bien là où vous aviez dit. Mais en meilleur état que prévu, comme vous pouvez en juger.

Ti la considéra avec compassion. Il tapota les draps à côté de lui pour l'inviter à s'y asseoir. Madame Première avait l'air à bout de forces.

– Je devine que vous avez vécu une expérience déplaisante, dit le juge. Racontez-moi ça.

– Non, dit-elle : vous, racontez-moi comment vous m'avez retrouvée. Les porteurs du palanquin vous ont averti ?

Ti eut un sourire désabusé. Il se tourna vers Tsiao Taï, qui répondit à sa place :

– Ils vous ont attendue un long moment. Comme vous ne reveniez pas, ils ont pris leur mal en patience de la façon la plus agréable. Nous les avons découverts à la taverne, en train de se partager quelques flacons de vin bon marché.

Madame Première fit un geste d'incompréhension. Ti reprit la parole.

– Vous étiez censée me rapporter mes potions. Ne vous voyant pas revenir, j'ai utilisé les ressources de mon esprit, fort sollicité, ces temps-ci, pour essayer de comprendre où vous aviez bien pu passer. J'ai parcouru mentalement le chemin qui mène de ce palais à l'officine de l'apothicaire Tchang. L'itinéraire le plus court, celui que les porteurs avaient dû emprunter pour se fatiguer le moins possible, vous faisait prendre la rue de la maison Pei. Je me suis dit qu'un élément de l'enquête avait dû vous revenir à la vue de cette grosse bâtisse et que vous aviez pu y entrer – sans prévenir, quelle inconscience ! – afin de mettre en œuvre vos remarquables talents d'enquêteuse. Je parle ici au figuré, ces talents ayant bien failli entraîner votre perte, vu le temps que vous avez passé enfermée dans cette demeure du diable.

Madame Première regarda par la fenêtre. La lumière du jour faiblissait nettement. Elle avait dû perdre la notion du temps sous le coup des émotions. Elle était restée chez Pei beaucoup plus longtemps qu'elle ne l'avait cru ou ne l'aurait voulu.

– Ma femme, seule, chez ce mauvais sujet qui a la fâcheuse habitude d'assassiner ses compagnes... Hum ! Je me suis inquiété.

Elle fut presque contente d'apprendre que son mari,

en dépit de sa froideur habituelle, était encore capable de se préoccuper de son sort. Elle était certaine, cependant, qu'il ignorait absolument la nature du danger qu'elle avait couru.

– Ce n'est pas lui qui les a tuées, dit-elle. Il y a là-bas une pièce pleine de cadavres. C'est sa concubine, la coupable. Je crois qu'il se contente de la protéger.

Elle s'apprêtait à faire un récit complet de son voyage au bout de l'horreur quand le juge leva la main pour l'interrompre. Il lança l'ordre à Tsiao Taï de réunir de nouveau les sbires et de courir chez Pei arrêter toute la maisonnée, avant que quiconque n'ait la mauvaise idée de s'enfuir. Il ne tenait pas à récupérer ses témoins un à un sur toutes les routes de la province.

Une fois le lieutenant parti exécuter les ordres, madame Première put reprendre le fil de sa relation. Elle commença par se servir une tasse du thé bien fort que l'on prenait soin de renouveler toutes les deux heures à l'intention de son mari. Elle lui expliqua enfin ce qu'elle avait vu. La tour des Pei. L'étage aux momies posées sur un lit de sel, sous les fenêtres ouvertes. Bouton d'Or était folle à lier. Elle avait assassiné des femmes, les avait entreposées dans cet endroit discret et jouait à la poupée avec leurs restes. Ti était perplexe.

– Je vous assure que je ne me trompe pas ! dit-elle avant d'ingurgiter une nouvelle rasade de thé tiède.

Il lui demanda si elle avait pu se faire une idée de la façon dont étaient mortes ces malheureuses. Elle n'en savait rien, si ce n'est que le vêtement de l'une d'entre elles portait une déchirure du côté gauche.

– Est-ce là ce qui vous a retenue si longtemps ?

demanda-t-il comme s'il avait su qu'elle lui taisait la partie la plus déconcertante de son aventure.

Il fallut bien lui révéler, ne fût-ce que de façon sibylline, qu'elle était tombée sur Pei en cherchant la sortie, ce qui l'avait beaucoup retardée.

– C'est bien ce que je pensais, dit Ti. Il fallait qu'une chose comme celle-ci se soit produite. Après ce que vous aviez vu, vous aviez peu de chances d'en sortir vivante. Il a tenté de vous assassiner, n'est-ce pas ?

Madame Première acquiesça du menton.

– Il s'est permis de poser les mains sur moi. Si Tsiao n'était pas arrivé, je ne sais ce qu'il serait advenu.

Elle s'en faisait néanmoins une idée. Mais la crainte de voir son mari deviner son infidélité, fût-elle demeurée à l'état de projet, lui donnait une mine propre à le laisser croire qu'elle avait risqué sa vie.

– Le scélérat ! s'exclama Ti. S'en prendre à une faible femme ! C'est au reste sa spécialité !

– Je vous dis qu'il n'est pas notre meurtrier, répéta sa Première.

– J'ai toutes les raisons de penser le contraire, la contredit Ti. Allez vous reposer, à présent. Priez vos compagnes de vous faire chauffer un bain. Vous avez bien besoin de vous détendre, cela vous aidera à oublier ces abominations et leur ignoble auteur.

Elle se demanda si cette obstination à voir en Pei le responsable de ces meurtres ne trahissait pas un soupçon quant à sa conduite avec cet homme. Elle préférait rester auprès de lui, s'il le lui permettait. Elle était anxieuse de connaître le développement de cette affaire et n'avait aucune envie d'aller tremper dans un bain qui ne faisait nullement partie de ses préoccupations du moment.

Ils passèrent une petite heure en tête à tête, chacun perdu dans ses pensées. Lorsque Tsiao Taï réapparut, il avait la mine grave.

– Comment M. Pei a-t-il pris son arrestation ? demanda Ti. Tu l'as saisi au collet ?

Tsiao déglutit péniblement, comme s'il s'apprêtait à avouer à son patron qu'il s'était montré au-dessous de la tâche. Il faisait la tête d'un homme qui ne croit pas encore lui-même ce qu'il vient de voir.

– Cela n'a pas été possible, noble juge. Les sbires sont en train de ramener les autres pour les enfermer. Mais Pei nous a échappé, en quelque sorte. Je me suis dépêché de rentrer vous l'annoncer : il était mort à notre arrivée.

Le juge Ti eut un tel sursaut qu'ils crurent qu'il allait se lever malgré sa jambe cassée.

– Mort ! répéta-t-il. C'est une insulte à la face de notre justice ! Aucun prévenu n'a le droit de se soustraire ainsi à mes verdicts. La mort, c'est moi qui décide s'il convient de la donner ! Quelle honte ! Voilà une lâcheté dont je ne l'aurais pas cru capable !

Tsiao Taï paraissait de plus en plus embarrassé.

– C'est aussi qu'il ne se l'est pas donnée lui-même, noble juge. Votre Excellence établira cela mieux que moi, mais j'ai des raisons de penser qu'il a été tué.

Cette nouvelle parut accabler le magistrat. D'une part parce qu'il ne l'avait pas prévue, d'autre part parce que son enquête venait de rebondir : il allait à présent falloir identifier l'assassin de l'assassin. Cette ronde infernale aurait-elle jamais de fin ?

– Tout le monde va devoir s'y mettre, annonça-t-il. Nous risquons de dormir peu, cette nuit. Je veux absolument éclaircir ce cas au plus vite.

Il envoya Tsiao chercher deux moellons solides et

trois hommes musclés. Son lieutenant revint, suivi de Ma Jong, d'un serviteur et de Tao Gan, qui se demandait ce qu'on lui voulait. Ils passèrent les gros bâtons sous un fauteuil, les fixèrent à l'aide de cordes. Puis ils aidèrent le magistrat à s'y asseoir. Sur un ordre du sergent Hong, les quatre hommes soulevèrent leur patron et entreprirent de lui faire parcourir les couloirs qui le séparaient de la grande cour.

Le personnel de Pei venait d'y être réuni au complet. Maîtresses et serviteurs se tenaient dos au mur, en rang d'oignons, la mine déconfite. Seule Bouton d'Or souriait. Elle n'avait pas du tout l'air de savoir où elle était ni ce qu'elle y faisait. Madame Première se dit que tout changement dans ses habitudes devait la plonger dans cet état d'hébétude ahurie. Cela expliquait qu'il ait été si aisé d'obtenir ses confidences lors de l'interrogatoire qu'elle lui avait fait subir.

Ti fit poser son fauteuil devant l'attroupement.

– Qui a tué Pei ? demanda-t-il d'une voix autoritaire. Que le coupable avoue tout de suite, ou vous serez tous torturés à la prochaine audience. Vous le savez, la loi m'autorise à vous faire subir les pincettes ou à vous rouer de coups de bambou jusqu'à ce que la vérité apparaisse. Et n'essayez pas de faire porter la faute sur cette pauvre folle, ajouta-t-il en désignant la concubine. Je sais fort bien qu'elle est incapable d'assassiner quiconque.

Un silence pesant retomba sur la cour du yamen. Au bout d'un moment, dame Yin s'agenouilla.

– C'est moi, noble juge. Je ne désire pas nier. Mon mari n'a eu que ce qu'il méritait.

Ti parut surpris. Il était difficile de voir en cette douce jeune femme, certes un peu exaltée, la meurtrière d'une brute qui avait déjà envoyé dans l'autre monde au moins deux de ses épouses légitimes. Si la loi permettait à Ti de torturer qui il voulait, elle lui interdisait en revanche d'interroger un prévenu autrement que dans son tribunal et en public.

– Faites résonner le gong ! lança-t-il. Je vais siéger en dépit de l'heure tardive.

La loi ne précisait pas, cependant, à quelle heure devaient se tenir les audiences. Il dicta en hâte une liste de témoins qu'il souhaitait qu'on allât chercher au plus vite. Il fit conduire l'ensemble de ses prisonniers à l'intérieur du prétoire, dont chaque issue fut gardée par deux sbires armés de gourdins. On se contenta de frapper faiblement le gong, si bien que nul citoyen de Han-yuan ne se présenta tout d'abord.

Tandis que Ti se faisait porter derrière sa table de justice, les trois momies de la tour Pei traversaient la ville aux flambeaux, à l'intérieur de cercueils en bois brut réquisitionnés chez le charpentier le plus proche. Les curieux qui virent passer cette étrange procession nocturne se mirent à la suivre. Ils furent tout étonnés de constater qu'une séance se préparait au yamen. Aussi le public était-il fourni lorsque Ti fut prêt à présider les débats. Au lieu de déclarer l'audience ouverte, il se fit amener dame Yin, si près que nul n'entendit ce qu'ils se dirent. Il sembla à madame Première, postée derrière son rideau, que son mari faisait des recommandations à la jeune femme.

Il attendit encore quelques instants, l'œil fixé sur la porte. Quand enfin la nonne bouddhiste parut sur le seuil, il abattit son marteau pour réclamer le silence et pria son capitaine des sbires de la faire approcher.

Dame Hue vint s'agenouiller devant l'estrade. Elle n'avait pas quitté sa robe safran, ce qui laissait supposer que sa vocation monastique n'avait pas été ébranlée par son retour chez ses parents.

– Je supplie Votre Excellence de me permettre de regagner mon couvent, déclara-t-elle d'emblée. C'est là que doit se dérouler ma vie, dorénavant.

– Vous irez vivre où vous voudrez, répliqua Ti. Mais, auparavant, je vous demande de bien vouloir répondre à mes questions avec franchise et honnêteté, sans rien dissimuler.

– Je crains de n'avoir rien à dire, murmura la nonne, ce qui indiqua au juge que les bouddhistes les plus convaincus pouvaient parfaitement mentir.

– Laissez-moi le soin d'en juger, si vous voulez bien. Je vais vous faciliter la tâche : je vais vous dire comment les événements primordiaux de votre vie se sont déroulés, vous m'interromprez si je me trompe. Sommes-nous d'accord ?

La bonzesse lui jeta un regard plein d'étonnement, mais fit « oui » de la tête.

– Il y a quelques années, vos parents vous ont mariée à un homme dont tout le monde savait qu'il avait tué ses deux épouses précédentes à coups d'épée, sous prétexte d'adultères qui n'ont jamais été clairement établis. Il est facile d'imaginer que vos rapports n'ont guère été empreints de la plus grande cordialité. Vous avez néanmoins tenu votre rôle aussi fidèlement que possible, acceptant même de vous faire portraiturer par Zao Zao pour satisfaire une petite lubie de votre mari. Les seules incartades que vous vous permettiez consistaient à vous rendre au temple bouddhiste de Han-yuan, en cachette de votre époux, qui est, lui, un fervent taoïste. Vous vous êtes ainsi accommodée de votre sort jusqu'au jour où, il y a trois ans, vous avez découvert, dans la tour qui domine la résidence, des cadavres à l'état de momies, revêtus d'habits féminins. Vous vous êtes dit, alors, que votre mari était un fou dangereux dont l'assassinat de ses épouses n'était que le moindre des crimes. Craignant dès lors pour votre vie, incapable de continuer d'habiter sous son toit, vous vous êtes enfuie sans avertir personne. Vous avez rejoint le couvent, d'où vous n'êtes sortie qu'à mon appel. Suis-je dans le vrai ?

La nonne le regardait avec effarement.

– Comment avez-vous fait, noble juge ? Je n'en ai pas même parlé à mes parents !

– Pourquoi n'avez-vous pas dénoncé Pei Hang, plutôt que de vous cacher ? demanda Ti.

Il régnait dans la salle un silence de mort. Chacun était suspendu aux lèvres de la religieuse. D'une voix faible, elle expliqua qu'elle n'avait pas songé un seul instant à faire appel à la justice. D'abord parce qu'elle ne savait pas comment s'y prendre : elle s'y connaissait mieux en rites bouddhiques qu'en procédure judiciaire. Ensuite parce que Pei était un homme puissant, qui avait déjà réussi à se tirer sans trop de mal du meurtre de deux épouses. En outre, il était connu pour poursuivre de sa vindicte impitoyable ceux qui s'opposaient à lui en quelque manière : elle avait craint pour sa famille. Enfin, il lui inspirait une terreur insurmontable. Elle avait tout juste trouvé la force de disparaître sur-le-champ, sans réfléchir ni rien emporter. Il lui aurait fallu, pour s'opposer à lui, des ressources de courage et de fermeté dont elle ne disposait pas.

Ti comprenait assez bien l'état d'esprit dans lequel cette découverte l'avait plongée. Bien que sa vie eût changé du tout au tout depuis lors, l'évocation de ce douloureux passé la troublait encore vivement. Il changea de sujet pour lui permettre de se calmer.

– Votre retour dans votre famille s'est-il bien passé ? demanda-t-il.

– Je ne crois pas que Votre Excellence imagine ce que c'est que de revenir chez soi et d'accompagner ses parents sur sa propre tombe, qu'ils ont aménagée avec soin.

– Ah, oui ! Il faudra d'ailleurs qu'ils me rendent le corps de la pauvre fille qui y est inhumée.

Il pria le scribe de noter cela et remercia la nonne, qui s'en fut chercher une place dans la salle, à présent comble. Ti fit appeler la veuve Pei, qu'on alla chercher au milieu de ses serviteurs apeurés. Il la considéra quelques instants, agenouillée devant lui, avant de prendre la parole.

– Vous l'aurez compris, je pense, dame Yin : le démon noir, au corps sec comme du bois, que vous avez vu se déplacer la nuit dans votre demeure n'était pas votre mari sous une apparence démoniaque. Il est avéré que Bouton d'Or, sa concubine, avait pris l'habitude de s'amuser avec les momies. Je pense qu'elle en a sorti une de son grenier pour la promener à travers la maison. Pei l'aura surprise et se sera emporté contre elle : une telle inconséquence pouvait être dangereuse pour lui comme pour elle. Afin de lui donner une leçon, il a souhaité la priver d'un de ses jouets. Ce que vous avez vu, à la lumière de la lune, c'était votre mari qui emportait la momie à l'extérieur. Si vous avez cru voir ses cheveux irradier de la lumière, c'est qu'ils étaient saupoudrés du sel servant à la conservation des chairs.

Dame Yin le regardait de ses yeux écarquillés. Ce récit était si loin de ce qu'elle s'était imaginé qu'elle semblait encore incrédule.

– Cette nuit-là, poursuivit-il, Pei Hang a enveloppé

l'un des cadavres dans une pièce de tissu. Il a sellé l'un de ses beaux chevaux et s'est rendu à la porte sud de la ville. Il lui a été facile de soudoyer les plantons de service pour se faire ouvrir malgré le couvre-feu. Il a chevauché jusqu'aux bois les plus proches, et a déposé la pauvre dépouille sur une souche creuse, sans se soucier de ce qui allait lui arriver : seule lui importait la punition qu'il était en train d'infliger à Bouton d'Or dans l'espoir de lui faire comprendre que, même chez un homme aussi dénué de moralité, il y avait des règles à respecter et des limites à ne pas franchir.

Le public restait silencieux, horrifié par l'évocation du monstre transportant un cadavre desséché à travers les rues de la ville endormie.

– À présent, reprit Ti, dites-moi ce qui vous a déterminée à tuer votre mari ? Pourquoi aujourd'hui plutôt qu'hier ? Que s'est-il passé qui ait changé la donne entre vous ?

Madame Première frémit derrière son rideau. Ce qui allait se dire à présent risquait d'avoir pour elle-même d'horribles conséquences. Elle venait tout à coup de comprendre ce qui avait changé la donne entre les deux époux : c'était elle.

XXIII

Le juge Ti décrit un personnage abominable ; madame Première en débusque un autre.

Dame Yin était agenouillée devant la table de justice. Elle leva les yeux vers le juge, qui l'encouragea du geste. Elle prit une profonde inspiration avant d'élever la voix :

– La misérable personne qui se tient devant vous reconnaît avoir provoqué la mort de son mari, le propriétaire Pei.

Le public, qui n'était au courant de rien, poussa une exclamation à l'idée que le puissant notable avait succombé de la main d'une femme d'apparence si frêle.

– Racontez-nous comment les faits se sont produits, dit Ti.

– Une troupe de sbires venait de quitter notre maison. Inquiète, je suis allée trouver mon époux dans ses appartements privés. Il était dans un état second. Il a saisi son épée et s'est approché d'un air menaçant. Une épingle à cheveu en or était posée sur un guéridon. Je m'en suis emparée et m'en suis protégée alors qu'il bondissait sur moi. Elle s'est enfoncée dans sa poitrine.

Un murmure parcourut la salle.

– Dans ce cas, il s'agit d'un simple accident, conclut le juge Ti, chez qui ce récit ne semblait susciter ni surprise ni doute. Vous n'êtes pas coupable de meurtre. Vous avez seulement défendu votre vie qui, si l'on en juge d'après les méfaits précédents de votre époux, était indéniablement menacée. On ne saurait définir dans votre geste ce qui participe de l'accident ou de la légitime défense. Je vous relaxe de toute charge et vous renvoie chez vous ainsi que vos domestiques. Nous retiendrons seulement la concubine Bouton d'Or, bien que son état mental rende problématiques d'éventuelles poursuites pour non-dénonciation d'assassinat.

Il autorisa dame Yin à regagner sa place, à la stupéfaction de l'assistance, qui n'avait jamais vu innocenter quelqu'un d'une accusation de meurtre avec une telle promptitude. Ti vit que le contrôleur des décès venait d'entrer. Il le fit approcher pour recevoir ses conclusions. Le médecin avait juste eu le temps d'examiner les trois momies à la va-vite.

– Les corps que je viens de voir sont ceux de trois jeunes femmes. Je pense qu'elles étaient enceintes, tout comme celle récupérée dans les bois la semaine dernière. Les décès remontent vraisemblablement à plusieurs années.

– Avez-vous une idée de ce qui les a causés ? demanda Ti.

– Oui, noble juge. Hormis celle de la forêt, qui a pu être étranglée, les autres sont mortes par le fer. Chacune des trois porte une plaie au niveau du cœur. J'y ai enfoncé une tige qui a pénétré assez profondément pour m'apporter la certitude que de telles blessures étaient mortelles. La largeur de l'ouverture correspond à la lame d'une épée. Les coups ont été assenés avec force et précision par une main experte dans le maniement des armes.

– Dans ce cas, dit Ti, je pense pouvoir déclarer cette affaire terminée. Pei Hang a non seulement assassiné ses deux épouses à coups d'épée, mais aussi plusieurs autres femmes avec qui il entretenait des relations charnelles. L'une d'elles, celle qui fut identifiée de manière erronée comme étant sa troisième épouse, dame Hue, est en fait une courtisane du nom d'Orchidée Sauvage, dont la disparition avait été signalée à ce tribunal par le chef du quartier réservé. Le meurtrier ayant déjà payé ses crimes de sa vie, il ne sera pas donné de suites judiciaires, sauf dans le cas où certains des cadavres inconnus seraient identifiés. Leurs familles auront alors la possibilité de réclamer réparation pour le préjudice subi. Étant donné que ces jeunes femmes n'appartenaient vraisemblablement pas à cette cité, puisqu'elles n'ont été réclamées par personne, ce cas de figure me semble néanmoins peu probable.

Bien que Ti eût fait sonner la fin de la séance, nul ne bougea, chacun désirant voir de quelle manière il allait quitter son estrade. Comme il fut soulevé avec son fauteuil par quatre paires de bras musclés, dont l'une appartenait à un gaillard que Tao Gan venait de soudoyer pour qu'il prît sa place, le public ne regretta pas d'être resté.

Le juge parcourut à nouveau les corridors, cette fois en sens inverse, pour regagner sa chambre. Quand il se vit calé contre ses coussins, un bol de potion aux herbes dans la main, sa jambe posée en hauteur, il s'aperçut que l'ensemble de ses lieutenants, flanqués de sa Première, attendait impatiemment au pied du lit.

– Eh bien ? dit-il. Tout est clair, je pense ? Quelque détail vous aurait-il échappé ?

En fait, la moitié de l'affaire leur restait incompréhensible.

– Comment saviez-vous que Pei était le coupable, et non Bouton d'Or ? demanda sa Première, vexée de s'être vu contredire une fois encore.

– J'en ai été certain à partir du moment où vous m'avez dit que le vêtement d'une des momies était déchiré au côté. Pei les a tuées de la même manière qu'on abat un cheval blessé. Si elles avaient été empoisonnées, j'aurais soupçonné Bouton d'Or. Mais l'usage de l'épée désignait son mari.

– Pourquoi a-t-il tué toutes ces malheureuses ? s'étonna Tsiao Taï. Sa conduite est inexplicable !

– Elle est inexplicable pour un esprit normal, mais le sien était passablement dérangé. Il se savait stérile, ses deux premières épouses ne lui ayant donné aucun enfant. Il était aussi d'une jalousie maladive qui le portait à la violence. Collectionneur jusqu'au fond de l'âme, il n'admettait pas qu'une de ses acquisitions le déçoive ou lui échappe, qu'il s'agisse de ses chevaux, de ses chiens, de ses portraits ou de ses compagnes. Elles lui appartenaient totalement. Lorsqu'il a soupçonné ses deux épouses de lui être infidèles, il a donné libre cours à sa colère et les a tuées. Lorsque la grossesse de ses maîtresses lui a démontré qu'elles le trompaient aussi, il en a fait de même. Mais, ces fois-là, rien ne l'obligeant à rendre le corps ou à signaler la disparition, il s'est contenté de les entreposer chez lui afin de s'éviter des problèmes avec les autorités.

– Voilà pourquoi la tour des Pei contenait une collection de poupées humaines enceintes ! s'exclama le sergent Hong avec une moue de dégoût.

– Il n'est bien sûr pas question d'ouvrir ces malheureuses pour s'en assurer, dit Ti. Elles seront inhumées aux frais du tribunal, avec tous les égards dus aux défunts, dans les prières et les fumées d'encens. Ce Pei s'offrait les plus fraîches jeunes filles de cette ville et les transformait en mannequins de chairs noircies. Ce serait risible si ce n'était tragique. Seule Bouton d'Or a véritablement été folle de lui, dans les deux sens du terme. Bien qu'elle n'ait pu supporter ces concurrentes tant qu'elles étaient en vie, elle leur a trouvé de l'attrait une fois mortes. Elle les parait des bijoux qu'elle avait à sa disposition. C'est ainsi que le corps de la courtisane Orchidée Sauvage s'est retrouvé avec le peigne et le pendentif abandonnés par dame Hue lors de sa fuite.

– Pourquoi Pei a-t-il attendu trois ans après cette disparition pour se remarier ? demanda Ma Jong, pour qui le célibat était une notion obscure.

– L'échec de ses mariages était connu de tous : il a préféré que le souvenir s'en estompe un peu. Par ailleurs, rien ne le pressait, puisqu'il se savait stérile : il ne se mariait pas pour perpétuer sa lignée. Il a attendu de pouvoir mettre la main sur une jouvencelle digne de sa collection, ce qui n'était pas facile, étant donné que les demoiselles de la bonne société sont claquemurées. Il aura peut-être vu chez maître Zao l'un des portraits de dame Yin dessinés par son apprenti.

– Ainsi donc, c'est lui qui a porté le corps de la courtisane dans la forêt ? supposa madame Première.

– À vrai dire, je n'en suis pas tout à fait sûr, avoua le magistrat. J'ai choisi cette hypothèse parce que ma jambe me faisait souffrir : j'avais hâte d'en terminer avec cette audience. Il est possible que Bouton d'Or ait voulu promener sa poupée préférée et se soit sentie incapable de la ramener. Je l'imagine très bien, en proie à l'une de ses crises, les yeux vagues, l'esprit dans les nuages, errant dans les bois après avoir oublié la momie desséchée sur la souche creuse dont elle lui avait fait un berceau.

– Puisque Votre Excellence a innocenté dame Yin, c'est elle qui va hériter, nota Tao Gan, qui ne perdait jamais de vue l'aspect financier de tout événement. J'aurais cru qu'elle serait horrifiée d'apprendre qu'elle avait vécu à proximité d'un tombeau. Elle m'a paru soulagée, au contraire.

– Elle a toujours été certaine que cette maison était un repère de fantômes, de toute façon, dit le juge Ti. Cette macabre découverte lui a plutôt démontré qu'elle n'était pas folle. Après un bon exorcisme appliqué par un régiment de prêtres taoïstes, tout cela ne sera plus qu'un mauvais souvenir, un cauchemar dont elle s'est enfin réveillée.

– Dame Yin s'est bien défendue, à l'audience, remarqua Tsiao Taï. Elle a eu la présence d'esprit de plaider la légitime défense. Cela lui a sauvé la vie.

– Oui, oui, quelle présence d'esprit, répéta Ti d'un air pensif. Sans moi, j'ignore si cette idée providentielle lui serait venue.

Il fut tout à coup évident pour les personnes présentes que c'était le juge qui la lui avait soufflée, juste avant l'ouverture de la séance : il avait pris soin de lui expliquer comment présenter les faits pour éviter l'inculpation. Sans doute avait-il estimé qu'une épouse était en droit de faire subir à son mari le sort qu'il lui réservait lui-même.

– Je vous avoue avoir du mal à croire qu'il l'ait

attaquée précisément comme nous étions sur le point de l'arrêter, leur confia Ti.

– S'il ne s'agit pas d'un geste de défense, pourquoi l'a-t-elle tué, et pourquoi aujourd'hui ? insista Tsiao Taï, au grand dam de madame Première, qui aurait préféré qu'on n'abordât pas ce sujet.

– Je l'ignore, répondit Ti. Une conversation qu'elle aura entendue juste avant, peut-être ? Il s'est dit tant de choses, dans cette maison, cet après-midi-là... Qu'en pensez-vous, ma chère, vous qui y êtes restée si longtemps, dit-il en se tournant vers sa Première.

Celle-ci indiqua du geste qu'elle s'en remettait au Ciel concernant les pulsions qui avaient pu s'emparer de l'esprit tourmenté de cette jeune fille. La moue que fit son mari suggéra qu'il était d'avis de ne pas creuser cette question.

– Je vais vous faire porter votre dîner, dit-elle en s'activant subitement.

Ti laissa reposer sa tête sur les coussins. Il avait hâte de s'abandonner à un sommeil réparateur, après les efforts qu'il avait encore dû déployer pour que cette journée s'achevât sur une victoire du droit. Autre chose, aussi, de plus profond, l'avait troublé plus qu'il ne pouvait l'admettre. Mais, cela, il préférait n'y pas penser. Il regarda sa Première s'affairer autour de lui pour préparer sa nuit. Il sentit, pour la première fois depuis longtemps, combien elle lui était précieuse. Il avait beau être moins possessif que ce fou de Pei Hang, il lui aurait été infiniment désagréable que son épouse principale lui fût ôtée, soit par les suites tragiques de sa témérité de tout à l'heure, soit d'une autre manière qu'il ne voulait même pas considérer.

– Au fait, dit-il. Je n'ai toujours pas vu ce fameux dessin.

Madame Première l'avait déposé sur un meuble à son retour de chez Zao. Elle le lui montra. Ti se répandit en compliments pour le parti qu'avait su tirer le maître des grâces dont son épouse était pourvue. Puis il fronça les sourcils comme il étudiait l'œuvre avec une plus grande attention.

– La pièce où vous avez posé est-elle spécialement vaste ? demanda-t-il. Ou oblongue ?

– Elle est plutôt petite, répondit sa Première.

– Y avait-il un réduit en face de vous ?

– Non. Il n'y a qu'une porte, une belle porte ajourée, sculptée dans un bois épais et percée de motifs compliqués.

– Comme c'est intéressant, murmura le juge Ti en lissant les poils de sa barbe.

Sa Première le pria de lui dire le fond de sa pensée.

– La personne qui a peint ceci n'a pas reproduit les détails les plus petits de votre visage. On a l'impression que le portrait n'a pas été peint à deux ou trois pas de vous, comme il est d'usage, mais de plus loin. Les grains de beauté manquent, voyez-vous. Le soin attaché à créer la ressemblance ne cadre pas avec cette omission.

Madame Première considéra de nouveau la peinture en se demandant à quelles conclusions bizarres l'absence de deux grains de beauté allait conduire son mari.

Au matin, après une nuit difficile, Ti refusa tout net que ses femmes se rendissent de nouveau chez Zao Zao pour quelque motif que ce fût. Sa Deuxième menaça de faire une crise de nerfs si l'on empêchait l'artiste de terminer son portrait. Ti adressa donc à ce dernier une convocation au yamen.

Une heure plus tard, le peintre s'inclinait devant le lit du magistrat, son matériel sous le bras. Ti lui expliqua qu'il allait désormais travailler dans une pièce contiguë à sa chambre : cette situation lui semblait mieux répondre aux impératifs de la décence. De toute façon, il ne supportait plus l'idée que ses épouses s'en allassent visiter les lieux de Han-yuan où s'étaient produits des drames sanglants. « Sûreté du Trait » s'abstint d'exprimer tout désagrément, tant d'avoir été contraint de se déplacer que vis-à-vis du soupçon porté sur une moralité qu'il voulait exemplaire. Il s'inclina de nouveau et se dirigea vers la pièce où l'attendait son modèle, sagement installé sur un fauteuil, face à la fenêtre.

Dès qu'il fut sorti, Ti fit signe à Tsiao Taï d'exécuter sur-le-champ les ordres qu'il lui avait donnés avant l'arrivée du visiteur. Ce que lui avait confié sa Première sur le billet, l'endroit où elle l'avait trouvé et la forme de l'atelier lui avait permis d'échafauder une théorie qu'il lui tardait de vérifier.

Une fois dans le couloir, le lieutenant se heurta à Mme Ti, qui semblait l'avoir attendu de pied ferme.

– Je sais où vous allez, dit-elle. Laissez-moi vous accompagner : je connais les lieux, je vous guiderai.

Tsiao Taï blâma intérieurement sa déplorable manie d'écouter aux portes. Bien qu'il rechignât à cette idée, elle parvint à le convaincre qu'elle ne faisait rien que son mari eût interdit, puisqu'il ne s'était pas exprimé sur le sujet, la question ne lui ayant pas été posée. Tsiao manquait de temps pour la polémique, aussi laissa-t-il l'épouse de son patron monter en croupe sur son cheval. Ce fut à la tête d'un petit détachement de sbires qu'ils traversèrent la ville et franchirent la porte monumentale en direction du faubourg où vivait maître Zao.

Une fois parvenus à l'entrée de la résidence, Tsiao Taï déploya sous le nez du portier l'ordre de perquisition dicté par le juge, dûment estampillé du sceau officiel de son tribunal. L'homme tenta bien de tergiverser, prétendant qu'il lui fallait l'autorisation de son maître, qui était sorti ; les sbires ouvrirent le portail à deux battants et la petite troupe investit les lieux sans plus de formalités.

Ils parcoururent l'allée arborée jusqu'au perron. Laissant deux gardes barrer la sortie, Tsiao Taï et les autres hommes suivirent madame Première à l'intérieur. Ils envahirent différentes pièces sous l'œil catastrophé des serviteurs, qu'ils envoyaient se regrouper dans la grande salle au fur et à mesure. Ils parvinrent enfin dans l'atelier du maître.

– C'est celle-ci ! dit madame Première en désignant la porte ajourée dont la présence avait tant intrigué son mari.

Son énorme serrure en bronze ouvragé à motif de dragon griffu était fermée à double tour. Tsiao Taï retourna dans le salon de réception demander la clé aux domestiques. On lui répondit que le maître ne s'en séparait jamais.

De retour dans l'atelier, Tsiao saisit une chaise qui lui semblait solide et entreprit d'enfoncer la porte. Des coups sourds se mirent à résonner à travers tout l'édifice, provoquant un mouvement de panique chez les serviteurs, soit qu'ils n'y comprissent rien, soit qu'ils devinassent trop bien ce qui se passait.

Tsiao Taï et ses hommes durent redoubler d'efforts pour faire céder le battant, taillé dans de gros morceaux de bois massif. Le pêne arracha enfin un pan du chambranle dans un craquement sinistre, et la porte s'ouvrit sur une alcôve sombre et profonde.

Le lieutenant du juge Ti fit un pas à l'intérieur, immédiatement suivi de madame Première, qui mourait d'excitation et de curiosité. Ils se trouvaient dans une pièce étroite dont l'unique fenêtre était munie de volets intérieurs. Les interstices laissaient filtrer de faibles rais de lumière. La première chose que fit Tsiao Taï fut de les pousser afin d'y voir plus clair. Il s'aperçut alors que l'ouverture était garnie d'épais barreaux, ce qui était étrange, les autres en étant dépourvues. Madame Première poussa un cri qui le fit se retourner brusquement. Les quatre murs étaient recouverts de peintures délicates représentant des oiseaux, des fleurs, des paysages imaginaires. Un visage de femme revenait souvent. C'était celui de dame Yin, aisément reconnaissable, de profil et de face. L'épouse du magistrat désigna un lit posé le long d'un mur. Un jeune homme hirsute, dont seule la tête dépassait des draps, les contemplait en clignant des yeux en raison de la clarté soudaine. Il tenait le tissu sous son menton, comme s'il avait craint qu'on ne s'en prît à lui. Madame Première s'approcha lentement et s'accroupit pour se placer à sa hauteur.

– Rassurez-vous, dit-elle d'une voix douce : vous êtes sauvé. Votre calvaire est terminé. Nous allons vous sortir d'ici. Pouvez-vous marcher ?

Il la regarda un long moment sans réagir. Il finit par ouvrir la bouche sur une suite de grognements inintelligibles.

XXIV

Le juge Ti reconstitue le parcours d'un criminel ; il voit ses efforts réduits à néant.

Resté seul dans sa chambre, Ti examinait quelques documents d'archives lorsque le grincement de la porte qui le séparait de la pièce attenante éveilla son attention. Il vit le battant pivoter avec lenteur sur ses gonds. Zao Zao apparut bientôt dans l'embrasure. Il n'avait pas la mine avenante. Ses traits étaient tendus. Avant de faire un pas de plus, il sortit de sa manche une lame effilée dont tout laissait croire qu'il comptait en faire mauvais usage.

Sans lui accorder le temps de frapper, Ti tira un couteau de sous un oreiller et le lança sur l'intrus. L'arme traversa la manche du peintre et se ficha dans le bois de la porte, à laquelle Zao se trouva cloué comme un insecte par une épingle. Il fit de violents efforts pour se libérer sans déchirer son vêtement, ce qui eût paru suspect après la découverte du magistrat assassiné. C'est alors que Ma Jong et Tao Gan surgirent du couloir. Ils se jetèrent sur Zao et arrachèrent sa manche du couteau. Sous l'effet de la surprise, celui-ci fut maîtrisé sans difficulté.

Une fois qu'ils l'eurent emmené vers la prison, sa nouvelle demeure, madame Deuxième entra à son tour, tout excitée.

– Ai-je bien joué mon rôle ? demanda-t-elle, ravie. J'ai attendu un bon quart d'heure, puis je l'ai abandonné sous un prétexte, ainsi que vous m'aviez recommandé de le faire.

Ti répondit qu'elle s'en était sortie à merveille. Il la pria de lui apporter son couteau, toujours fiché dans la porte derrière elle.

Tsiao Taï et madame Première ne furent pas longs à revenir de chez le peintre.

– On m'apprend que vous avez été victime d'un attentat ? s'inquiéta son épouse.

Il l'informa de ce que son cher artiste avait profité de sa présence entre ces murs pour troquer ses pinceaux contre un instrument autrement plus dangereux.

– Par tous les dieux ! s'écria-t-elle. Nous avons introduit le tigre dans la porcherie !

Ti, pour sa part, était plutôt satisfait d'avoir résisté à cette exaction en dépit de son handicap. Prévoyant une tentative de ce genre, il avait choisi de tout faire pour la provoquer, seul moyen de prendre l'avantage.

– Voyez-vous, j'étais convaincu depuis un certain temps que c'était ce Zao qui avait tenté de m'assassiner au retour du sanctuaire de la Princesse des nuages azurés. J'étais sûr qu'il n'hésiterait pas à terminer le travail à la moindre occasion. C'est pourquoi je me suis préparé à le recevoir, quelques couteaux cachés sous mon oreiller, mes lieutenants prêts à intervenir. Votre perquisition a-t-elle porté ses fruits ?

Ils lui résumèrent la découverte du jeune homme dans sa prison. Une fois le malheureux tiré de son lit et rassuré, ils l'avaient ramené au yamen, où les servantes s'efforçaient de lui rendre figure humaine. Il était aussi sale que ses vêtements, et nul ne l'avait rasé ou ne lui avait coupé les cheveux depuis un bon moment.

– Depuis un an, en fait, précisa le juge.

– Par contre il n'a pas pu nous dire son nom, dit Tsiao Taï.

– C'est Liu Ngai, bien sûr ! s'exclama Ti. Cet apprenti en peinture dont la disparition avait été signalée à mon prédécesseur !

Madame Première avait du mal à faire le lien entre l'auteur des délicats dessins de cormorans et l'être fruste qu'elle avait découvert dans un recoin dégoûtant.

– Je suis étonnée que ses parents ne nous aient pas indiqué qu'il était muet, dit-elle.

– C'est qu'il ne l'était pas ! répondit Ti. N'avez-vous pas compris ? Cet abominable homme qui se prétend artiste lui a coupé la langue pour qu'il ne puisse pas appeler au secours ! Et aussi pour lui montrer qu'il n'hésiterait pas à l'achever à la première incartade !

Madame Première eut un mouvement de recul. Elle ne s'était pas doutée que sa participation aux enquêtes de son mari serait une plongée dans un monde d'horreurs et de souffrances. Jamais plus elle ne pourrait voir leur ville de Han-yuan d'un œil serein. Il lui semblerait toujours que chaque bourgeois cachait un monstre vicieux, prêt à sauter à la gorge de victimes innocentes. D'abord ce propriétaire bien établi, et maintenant ce peintre admiré de tous... Elle commençait à croire que plus on montait dans la hiérarchie sociale, moins on hésitait à commettre les forfaits les plus atroces. Quant à son mari, il était surtout content d'avoir rendu à son assassin du temple de Bixia la monnaie de sa pièce.

– Si l'apprenti est toujours vivant, qui est le squelette trouvé dans le parc ? demanda Tsiao Taï.

– Un serviteur de la maison, sans doute, qui aura découvert le secret de son maître et aura tenté de le faire chanter. Zao vient de nous démontrer qu'il n'est pas à un meurtre près. Je supposais qu'on avait voulu m'empêcher d'enquêter en provoquant ma chute de cheval ; j'avais raison. Mais ce n'était pas de la découverte du corps momifié qu'il s'agissait.

Ti avait eu une autre raison de tendre un piège au peintre. La détention et la mutilation de l'apprenti, bien qu'odieuses, ne constituaient pas un motif de condamnation à mort. L'assassinat du serviteur retrouvé à l'état de squelette ne pourrait guère lui être imputé, pour peu qu'il s'obstinât à le nier malgré les coups de bambou. L'attentat dans la montagne aurait du mal à être prouvé, vu le nombre de gens qui avaient approché sa monture pendant la cérémonie d'anniversaire de la déesse. Seule une arrestation en flagrant délit permettait à coup sûr de lui infliger la peine capitale. Ti n'avait aucune intention de laisser son meurtrier s'en tirer à moindres frais. Il ne supportait pas l'idée qu'on pût sauver sa tête après avoir voulu attenter à ses jours. Il importait de bien faire comprendre aux malfrats de la région que toute initiative contre leur sous-préfet se solderait inévitablement par leur mise à mort dans des conditions atroces.

– Zao est peintre, mais il est surtout artiste en matière criminelle. J'ai tout lieu de croire qu'il est plus fort dans ce deuxième domaine que dans le premier. « Sûreté du Trait » est le rejeton d'une longue lignée de peintres fortunés : il portait sur ses épaules le poids de la réussite qu'on exigeait de lui. Son apprenti n'était rien, il avait tout à bâtir. Quel n'a pas dû être le désarroi du maître en constatant que l'élève était plus doué que lui ! L'idée lui est venue de s'approprier son travail. Il a fait reposer sa notoriété de portraitiste mondain sur les œuvres réalisées par Liu Ngai, notamment les fresques destinées aux tombeaux des nobles. Sa vraie patte, je l'ai contemplée au temple de la Terre-mère, lors de l'inauguration de cette effigie de mauvais goût. Les prêtres aiment les peintures chargées, et force m'a été de constater que Zao Zao a le tour de main pour les composer. Leur association a duré quelques années, ce qui a permis au jeune homme d'installer ses parents dans une relative aisance. « Sûreté du Trait » n'était réellement doué que pour les relations sociales. Ils formaient une bonne équipe. Seulement le véritable artiste a décidé un jour de mener sa propre carrière. Il voulait épouser dame Yin. Pour accéder à un statut qui lui permît de prétendre à la main d'une fille de la bourgeoisie, il lui fallait s'établir à son nom. Ses parents nous ont dit qu'il rêvait d'aller tenter sa chance à la capitale. J'imagine assez bien la scène : « Si tu veux aller à Chang-an, nous irons tous les deux ! » a dû répondre Zao, affolé. « Tu n'as pas compris, aura rétorqué l'autre : c'est pour m'éloigner de toi que je veux y aller. » Zao n'a pu se résoudre à n'être plus le brillant portraitiste que se disputaient les dames. Les commandes religieuses qu'il exécutait lui-même flattaient sa réputation, mais elles étaient trop rares pour lui permettre de vivre sur le pied auquel il s'était habitué. Il a assommé Liu Ngai, lui a tranché la langue et l'a enfermé en le menaçant de tortures s'il ne lui obéissait pas. Dès lors, le malheureux s'est résigné à portraiturer les clients au travers de la porte ajourée. L'esclavage est autorisé, mais dans des conditions que ce traitement ne remplit pas ! C'est parce qu'il ne voulait pas qu'on voie ce qu'il peignait que Zao refusait de travailler en public et ne montrait ses œuvres qu'une fois terminées.

– Nous avons trouvé chez lui une pièce pleine des portraits qu'il peignait lui-même, dit Tsiao Taï. Sans doute finissait-il par les remplacer par ceux de son apprenti avant de les livrer.

– Mais pourquoi s'en prendre à vous ? demanda madame Première.

– Parce qu'il savait que le squelette de sa victime allait être découvert, le propriétaire de sa résidence étant trop avare pour conduire convenablement cette affaire en justice. Zao Zao ne pouvait déplacer le corps de sa victime, parce qu'il ne se rappelait pas l'emplacement exact. Aussi n'a-t-il pu empêcher l'exhumation d'avoir lieu lorsque le paysan voisin a repris possession du terrain. Moi mort, l'enquête aurait attendu qu'un autre magistrat soit nommé. En fait, il y avait peu de chances que des investigations sérieuses soient jamais conduites. C'était compter sans mes facultés particulières, conclut Ti, qui avait totalement oublié la part que sa maisonnée avait prise à la résolution de cette énigme.

Madame Première était perplexe : Zao avait terminé son œuvre devant elle avant de la lui remettre.

– Il a exécuté devant vous un simple tour de passe-passe, répondit Ti. En fait, le portrait était déjà fini lorsque vous êtes arrivée. Il l'avait recouvert du sien, qu'il a barbouillé avant de saisir la feuille du dessous.

– Et les serviteurs ? demanda Tsiao Taï. Sont-ils

complices de leur maître, et par conséquent coupables ?

– Les serviteurs sont toujours coupables, affirma son patron. Mais ils ne sont pas intéressants. Je ferai distribuer quelques coups de bambou à ceux qui auront trempé dans la séquestration, cela suffira comme ça.

L'audience eut lieu le soir même. Ti, installé derrière sa table, fit amener le peintre, qui s'agenouilla sur le dallage.

– Maître Zao, déclara le magistrat, pour le meurtre de votre valet et pour les traitements barbares infligés à votre apprenti, je vous condamne à recevoir cent coups de bambou en place publique, sous une inscription proclamant votre état de bête sans foi ni loi. Pour les deux tentatives de meurtre sur ma personne, je vous condamne à subir ensuite la peine capitale sous sa forme la plus pénible, c'est-à-dire assortie de toutes les tortures préalables prévues par le code impérial. Conformément à la loi, il sera sursis à l'application de cette décision en attendant que l'Empereur paraphe votre condamnation, qui lui sera soumise par la Cour métropolitaine de justice.

La tête basse, Zao Zao fut ramené en cellule pour y attendre la mort, ce qui pouvait prendre six à huit mois.

Si les parents de Liu Ngai furent ébahis de retrouver leur fils, qu'ils croyaient avoir été assassiné par des bandits sur la route de Chang-an, ils le furent plus encore de voir chaque jour le palanquin du tribunal s'arrêter devant leur modeste restaurant. Madame Deuxième n'avait pas renoncé à faire achever son portrait. Ayant appris que le peintre incarcéré dans un cachot du yamen n'était pas la bonne personne, elle avait arraché à son époux la permission de se rendre là où demeurait le véritable artiste, dans une humble échoppe, sur les rives du lac. Le rescapé se fit un devoir de peindre aussi la Troisième, en remerciement du service insigne que lui avait rendu le sous-préfet. En fait, ce palanquin d'apparat ne fut que le premier d'une longue suite, le scandale ayant procuré à l'ancien apprenti une publicité inespérée auprès des plus riches bourgeois de Han-yuan.

L'un de ces beaux équipages lui amena un jour la seule personne qu'il désirât réellement voir. Il ne s'écoula pas plus d'un mois avant que ne fussent célébrées les noces du jeune peintre et de dame Yin, que son veuvage rendait libre d'épouser enfin celui qu'elle avait toujours aimé. Nul ne s'offusqua qu'elle s'abstînt de respecter les trois années de deuil imposées par la coutume : les notables de Han-yuan étaient pressés de voir s'effacer le souvenir de l'abominable meurtrier devant qui ils avaient fait tant de courbettes.

Ce fut à cette époque que parvint au tribunal le rapport d'examen de la condamnation. Ti, dont la jambe s'était ressoudée à la satisfaction du médecin, avait repris sa place à son bureau. Très surpris par la rapidité inhabituelle de cette réponse, le juge ouvrit le message adressé par la Cour métropolitaine. Il y trouva un texte revêtu du sceau impérial, le seul qui permît à un magistrat de faire périr un sujet de l'empire. Ce qu'il y lut le déconcerta. La peine de mort qu'il avait prononcée à l'encontre de Zao Zao était commuée en esclavage à vie par la grâce du Fils du Ciel. Le peintre était en outre appelé à la capitale pour y effectuer sa peine.

En d'autres termes, le palais souhaitait s'attacher

ses services ! On n'y craignait certes pas les assassins. À côté des mœurs en vigueur dans l'entourage de l'impératrice Wu, qui avait déjà expédié dans l'autre monde nombre de ministres, conseillers, hauts fonctionnaires, princes et ducs en tous genres, jusqu'à des membres éminents du clan de l'empereur Tang régnant, le pauvre petit meurtrier de son valet faisait figure d'ermite bouddhiste végétarien. Ses talents en matière d'art religieux, en revanche, allaient être fort prisés par les habitants de la Cité interdite, chez qui un excès de religiosité contrebalançait un goût prononcé pour les exécutions en série. Ti imagina sans peine les œuvres monumentales que Zao Zao allait pouvoir peindre pour orner les temples somptueux que l'Impératrice ne cessait de faire élever à travers sa capitale. Nul doute que sa réputation sulfureuse alimenterait aussi la chronique de la Cour. Mondain et dépourvu de scrupules, il y serait comme un poisson dans l'eau. Ti lui prédit une brillante carrière. Il fut pris d'une brusque nausée à la pensée que ses efforts pour condamner ce répugnant personnage avaient été anéantis d'un coup de tampon. Il quitta son bureau et s'en fut marcher de par la ville, mû par l'urgente nécessité de se changer les idées.

À trois rues du yamen, il croisa le palanquin de mariage de dame Yin, entouré de joueurs de tambourins et de trompettistes qui faisaient un raffut assourdissant. Ce joyeux spectacle lui rappela l'affaire Pei. Laquelle de ses jeunes épouses aurait-elle pu se douter que le palanquin écarlate censé symboliser son bonheur la menait en réalité vers une abominable fin ? Le rouge éclatant de ce bel équipage, c'était celui de leur sang.

Ti rentra au yamen à la nuit tombée. Dans la cour,

un cheval nerveux frappait le dallage de ses sabots ferrés. C'était un cadeau de toute la maisonnée. On avait utilisé une partie du magot amassé par Tao Gan, dans l'espoir de lui faire oublier le petit complot fomenté derrière son dos tandis qu'il était cloué au lit. Le bruit avait couru dans Han-yuan qu'il acceptait des pots-de-vin pour accommoder les plaignants ; lorsqu'il avait repris son poste, des gens s'étaient présentés avec des cadeaux, ce qui l'avait horrifié.

Il contempla l'animal avec attendrissement. Tous ses gens, ses lieutenants, ses épouses, l'aimaient bien, c'était indubitable. Il eût préféré, néanmoins, que l'on eût choisi une bête moins agitée. Celle-ci risquait fort de l'envoyer à bas la première fois qu'il la monterait. C'était le genre d'exercice susceptible de lui valoir un nouvel accident.

Une étrange idée lui vint tout à coup, qu'il eut du mal à chasser tout à fait de son esprit.

DU MÊME AUTEUR

Les Insulaires
Éditions de Septembre, 1990

Les Fous de Guernesey
ou les Amateurs de littérature
Robert Laffont, 1991

L'Ami du genre humain
Robert Laffont, 1993

L'Odyssée d'Abounarti
Robert Laffont, 1995
et « Pocket », n° 10074

Mademoiselle Chon du Barry
ou les Surprises du destin
Robert Laffont, 1996

Les Princesses vagabondes
prix François Mauriac de l'Académie française
Jean-Claude Lattès, 1998

La Jeune Fille et le Philosophe
Fayard, 2000

Un beau captif
Fayard, 2001

La Passion Belhomme
Une prison de luxe sous la Terreur
Fayard, 2002

Douze tyrans minuscules
Les Policiers de Paris sous la Terreur
Fayard, 2003

Les Nouvelles Enquêtes du juge Ti, vol. 1
Le Château du lac Tchou-An
Fayard, 2004
et « Points Policier », n° P1541

Les Nouvelles Enquêtes du juge Ti, vol. 2
La Nuit des juges
Fayard, 2004
et « Points Policier », n° P1542

Les Nouvelles Enquêtes du juge Ti, vol. 3
Le Palais des courtisanes
Fayard, 2004
et « Points Policier », n° P1600

Les Nouvelles Enquêtes du juge Ti, vol. 4
Petits meurtres entre moines
Fayard, 2004
et « Points Policier », n° P1832

Les Nouvelles Enquêtes du juge Ti, vol. 6
Mort d'un cuisinier chinois
Fayard, 2005

Les Nouvelles Enquêtes du juge Ti, vol. 7
L'Art délicat du deuil
Fayard, 2006

Les Nouvelles Enquêtes du juge Ti, vol. 8
Mort d'un maître de go
Fayard, 2006

Les Nouvelles Enquêtes du juge Ti, vol. 9
Dix petits démons chinois
Fayard, 2007

Les Nouvelles Enquêtes du juge Ti, vol. 10
Médecine chinoise à l'usage des assassins
Fayard, 2007

JEUNESSE

La Nuit de toutes les couleurs
(en collaboration avec Émilie Chollat)
Milan, 1999

Une histoire à dormir debout
(en collaboration avec Gwen Kéraval)
Milan, 1999

Petit lapin a disparu
(en collaboration avec Isabelle Chatelard)
Milan, 2000

Je m'envole
(en collaboration avec Olivier Latick)
Milan, 2000

L'Orphelin de la bastille, vol. 1
Milan, 2002

L'Orphelin de la bastille, vol. 2
Révolution
Milan, 2003

L'Orphelin de la bastille, vol. 3
La Grande Peur
Milan, 2004

L'Orphelin de la bastille, vol. 4
Les Derniers Jours de Versailles
Milan, 2005

La Princesse météo
(en collaboration avec Frédéric Pillot)
Milan, 2005

L'Orphelin de la bastille, vol. 5
Les Savants de la Révolution
Milan, 2006

RÉALISATION : GRAPHIC HAINAUT
IMPRESSION : BRODARD ET TAUPIN, À LA FLÈCHE
DÉPÔT LÉGAL : JANVIER 2008. N° 88539 (44529)
IMPRIMÉ EN FRANCE

Collection Points Policier

P18. L'Héritage empoisonné, *Paul Levine*
P19. Les Égouts de Los Angeles, *Michael Connelly*
P29. Mort en hiver, *L.R. Wright*
P81. Le Maître de Frazé, *Herbert Lieberman*
P103. Cadavres incompatibles, *Paul Levine*
P104. La Rose de fer, *Brigitte Aubert*
P105. La Balade entre les tombes, *Lawrence Block*
P106. La Villa des ombres, *David Laing Dawson*
P107. La Traque, *Herbert Lieberman*
P108. Meurtre à cinq mains, *Jack Hitt*
P142. Trésors sanglants, *Paul Levine*
P155. Pas de sang dans la clairière, *L.R. Wright*
P165. Nécropolis, *Herbert Lieberman*
P181. Red Fox, *Anthony Hyde*
P182. Enquête sous la neige, *Michael Malone*
P226. Une mort en rouge, *Walter Mosley*
P233. Le Tueur et son ombre, *Herbert Lieberman*
P234. La Nuit du solstice, *Herbert Lieberman*
P244. Une enquête philosophique, *Philip Kerr*
P245. Un homme peut en cacher un autre, *Andreu Martín*
P248. Le Prochain sur la liste, *Dan Greenburg*
P259. Minuit passé, *David Laing Dawson*
P266. Sombre Sentier, *Dominique Manotti*
P267. Ténèbres sur Jacksonville, *Brigitte Aubert*
P268. Blackburn, *Bradley Denton*
P269. La Glace noire, *Michael Connelly*
P272. Le Train vert, *Herbert Lieberman*
P282. Le Diable t'attend, *Lawrence Block*
P295. La Jurée, *George Dawes Green*
P321. Tony et Susan, *Austin Wright*
P341. Papillon blanc, *Walter Mosley*
P356. L'Ange traqué, *Robert Crais*
P388. La Fille aux yeux de Botticelli, *Herbert Lieberman*
P389. Tous les hommes morts, *Lawrence Block*
P390. La Blonde en béton, *Michael Connelly*
P393. Félidés, *Akif Pirinçci*
P394. Trois heures du matin à New York
Herbert Lieberman
P395. La Maison près du marais, *Herbert Lieberman*
P422. Topkapi, *Eric Ambler*
P430. Les Trafiquants d'armes, *Eric Ambler*
P432. Tuons et créons, c'est l'heure, *Lawrence Block*
P435. L'Héritage Schirmer, *Eric Ambler*

P441. Le Masque de Dimitrios, *Eric Ambler*
P442. La Croisière de l'angoisse, *Eric Ambler*
P468. Casting pour l'enfer, *Robert Crais*
P469. La Saint-Valentin de l'homme des cavernes
George Dawes Green
P483. La Dernière Manche, *Emmett Grogan*
P492. N'envoyez plus de roses, *Eric Ambler*
P513. Montana Avenue, *April Smith*
P514. Mort à la Fenice, *Donna Leon*
P530. Le Détroit de Formose, *Anthony Hyde*
P531. Frontière des ténèbres, *Eric Ambler*
P532. La Mort des bois, *Brigitte Aubert*
P533. Le Blues du libraire, *Lawrence Block*
P534. Le Poète, *Michael Connelly*
P535. La Huitième Case, *Herbert Lieberman*
P536. Bloody Waters, *Carolina Garcia-Aguilera*
P537. Monsieur Tanaka aime les nymphéas
David Ramus
P539. Énergie du désespoir, *Eric Ambler*
P540. Épitaphe pour un espion, *Eric Ambler*
P554. Mercure rouge, *Reggie Nadelson*
P555. Même les scélérats…, *Lawrence Block*
P571. Requiem caraïbe, *Brigitte Aubert*
P572. Mort en terre étrangère, *Donna Leon*
P573. Complot à Genève, *Eric Ambler*
P606. Bloody Shame, *Carolina Garcia-Aguilera*
P617. Les Quatre Fils du Dr March, *Brigitte Aubert*
P618. Un Vénitien anonyme, *Donna Leon*
P626. Pavots brûlants, *Reggie Nadelson*
P627. Dogfish, *Susan Geason*
P636. La Clinique, *Jonathan Kellerman*
P639. Un regrettable accident, *Jean-Paul Nozière*
P640. Nursery Rhyme, *Joseph Bialot*
P644. La Chambre de Barbe-Bleue, *Thierry Gandillot*
P645. L'Épervier de Belsunce, *Robert Deleuse*
P646. Le Cadavre dans la Rolls, *Michael Connelly*
P647. Transfixions, *Brigitte Aubert*
P648. La Spinoza Connection, *Lawrence Block*
P649. Le Cauchemar, *Alexandra Marinina*
P650. Les Crimes de la rue Jacob, *ouvrage collectif*
P651. Bloody Secrets, *Carolina Garcia-Aguilera*
P652. La Femme du dimanche
Carlo Fruttero et Franco Lucentini
P653. Le Jour de l'enfant tueur, *Pierre Pelot*
P669. Le Concierge, *Herbert Lieberman*
P670. Bogart et moi, *Jean-Paul Nozière*

P671. Une affaire pas très catholique, *Roger Martin*
P687 Tir au but, *Jean-Noël Blanc*
P693. Black Betty, *Walter Mosley*
P706. Les Allumettes de la sacristie, *Willy Deweert*
P707. Ô mort, vieux capitaine…, *Joseph Bialot*
P708. Images de chair, *Noël Simsolo*
P717. Un chien de sa chienne, *Roger Martin*
P718. L'Ombre de la louve, *Pierre Pelot*
P727. La Morsure des ténèbres, *Brigitte Aubert*
P733. Le Couturier de la Mort, *Brigitte Aubert*
P734 Entre deux eaux, *Donna Leon*
P742. La Mort pour la mort, *Alexandra Marinina*
P754. Le Prix, *Manuel Vázquez Montalbán*
P755. La Sourde, *Jonathan Kellerman*
P756. Le Sténopé, *Joseph Bialot*
P757. Carnivore Express, *Stéphanie Benson*
P768. Au cœur de la mort, *Laurence Block*
P769. Fatal Tango, *Jean-Paul Nozière*
P770. Meurtres au seuil de l'an 2000
Éric Bouhier, Yves Dauteuille, Maurice Detry, Dominique Gacem, Patrice Verry
P771. Le Tour de France n'aura pas lieu, *Jean-Noël Blanc*
P781. Le Dernier Coyote, *Michael Connelly*
P782. Prédateurs, *Noël Simsolo*
P792. Le Guerrier solitaire, *Henning Mankell*
P793. Ils y passeront tous, *Lawrence Block*
P794. Ceux de la Vierge obscure, *Pierre Mezinski*
P803. La Mante des Grands-Carmes
Robert Deleuse
P819. London Blues, *Anthony Frewin*
P821. Palazzo maudit, *Stéphanie Benson*
P834. Billy Straight, *Jonathan Kellerman*
P835. Créance de sang, *Michael Connelly*
P847 King Suckerman, *George P. Pelecanos*
P849. Pudding mortel, *Margaret Yorke*
P850. Hemoglobine Blues, *Philippe Thirault*
P851. Exterminateurs, *Noël Simsolo*
P859. Péchés mortels, *Donna Leon*
P860. Le Quintette de Buenos Aires
Manuel Vázquez Montalbán
P861. Y'en a marre des blondes, *Lauren Anderson*
P862. Descente d'organes, *Brigitte Aubert*
P875. La Mort des neiges, *Brigitte Aubert*
P876. La lune était noire, *Michael Connelly*
P877. La Cinquième Femme, *Henning Mankell*
P882. Trois Petites Mortes, *Jean-Paul Nozière*

P883. Le Numéro 10, *Joseph Bialot*
P888. Le Bogart de la cambriole, *Lawrence Block*
P892. L'Œil d'Ève, *Karin Fossum*
P898. Meurtres dans l'audiovisuel, *Yan Bernabot, Guy Buffet, Frédéric Karar, Dominique Mitton et Marie-Pierre Nivat-Henocque*
P899. Terminus pour les pitbulls, *Jean-Noël Blanc*
P909. L'Amour du métier, *Lawrence Block*
P910. Biblio-quête, *Stéphanie Benson*
P911. Quai des désespoirs, *Roger Martin*
P926. Sang du ciel, *Marcello Fois*
P927. Meurtres en neige, *Margaret Yorke*
P928. Heureux les imbéciles, *Philippe Thirault*
P949. 1280 Âmes, *Jean-Bernard Pouy*
P950. Les Péchés des pères, *Lawrence Block*
P963. L'Indispensable Petite Robe noire, *Lauren Henderson*
P964. Vieilles dames en péril, *Margaret Yorke*
P965. Jeu de main, jeu de vilain, *Michelle Spring*
P971. Les Morts de la Saint-Jean, *Henning Mankell*
P972. Ne zappez pas, c'est l'heure du crime, *Nancy Star*
P976. Éloge de la phobie, *Brigitte Aubert*
P989. L'Envol des anges, *Michael Connelly*
P990. Noblesse oblige, *Donna Leon*
P1001. Suave comme l'éternité, *George P. Pelecanos*
P1003. Le Monstre, *Jonathan Kellerman*
P1004. À la trappe !, *Andrew Klavan*
P1005. Urgence, *Sara Paretsky*
P1016. La Liste noire, *Alexandra Marinina*
P1017. La Longue Nuit du sans-sommeil, *Lawrence Block*
P1029. Speedway, *Philippe Thirault*
P1030. Les Os de Jupiter, *Faye Kellerman*
P1039. Nucléaire chaos, *Stéphanie Benson*
P1040. Bienheureux ceux qui ont soif…, *Anne Holt*
P1042. L'Oiseau des ténèbres, *Michael Connelly*
P1048. Les Lettres mauves, *Lawrence Block*
P1060. Mort d'une héroïne rouge, *Qiu Xiaolong*
P1061. Angle mort, *Sara Paretsky*
P1070. Trompe la mort, *Lawrence Block*
P1071. V'là aut'chose, *Nancy Star*
P1072. Jusqu'au dernier, *Deon Meyer*
P1081. La Muraille invisible, *Henning Mankell*
P1087. L'Homme de ma vie, *Manuel Vázquez Montalbán*
P1088. Wonderland Avenue, *Michael Connelly*
P1089. L'Affaire Paola, *Donna Leon*
P1090. Nous n'irons plus au bal, *Michelle Spring*
P1100. Dr la Mort, *Jonathan Kellerman*

P1101. Tatouage à la fraise, *Lauren Henderson*
P1102. La Frontière, *Patrick Bard*
P1105. Blanc comme neige, *George P. Pelecanos*
P1110. Funérarium, *Brigitte Aubert*
P1111. Requiem pour une ombre, *Andrew Klavan*
P1122. Meurtriers sans visage, *Henning Mankell*
P1123. Taxis noirs, *John McLaren*
P1134. Tous des rats, *Barbara Seranella*
P1135. Des morts à la criée, *Ed Dee*
P1146. Ne te retourne pas !, *Karin Fossum*
P1158. Funky Guns, *George P. Pelecanos*
P1159. Les Soldats de l'aube, *Deon Meyer*
P1162. Visa pour Shanghai, *Qiu Xiaolong*
P1174. Sale temps, *Sara Paretsky*
P1175. L'Ange du Bronx, *Ed Dee*
P1187. Les Chiens de Riga, *Henning Mankell*
P1188. Le Tueur, *Eraldo Baldini*
P1189. Un silence de fer, *Marcello Fois*
P1190. La Filière du jasmin, *Denise Hamilton*
P1197. Destins volés, *Michael Pye*
P1206. Mister Candid, *Jules Hardy*
P1207. Déchaînée, *Lauren Henderson*
P1215. Tombe la pluie, *Andrew Klavan*
P1224. Le Vagabond de Holmby Park, *Herbert Lieberman*
P1225. Des amis haut placés, *Donna Leon*
P1228. Chair et sang, *Jonathan Kellerman*
P1230. Darling Lilly, *Michael Connelly*
P1239. Je suis mort hier, *Alexandra Marinina*
P1240. Cendrillon, mon amour, *Lawrence Block*
P1242. Berlinale Blitz, *Stéphanie Benson*
P1245. Tout se paye, *George P. Pelecanos*
P1251. Le Rameau brisé, *Jonathan Kellerman*
P1256. Cartel en tête, *John McLaren*
P1271. Lumière morte, *Michael Connelly*
P1291. Le croque-mort a la vie dure, *Tim Cockey*
P1292. Pretty Boy, *Lauren Henderson*
P1306. La Lionne blanche, *Henning Mankell*
P1307. Le Styliste, *Alexandra Marinina*
P1308. Pas d'erreur sur la personne, *Ed Dee*
P1309. Le Casseur, *Walter Mosley*
P1318. L'Attrapeur d'ombres, *Patrick Bard*
P1331. Mortes-eaux, *Donna Leon*
P1332. Déviances mortelles, *Chris Mooney*
P1344. Mon vieux, *Thierry Jonquet*
P1345. Lendemains de terreur, *Lawrence Block*
P1346. Déni de justice, *Andrew Klavan*

P1347. Brûlé, *Leonard Chang*
P1359. Los Angeles River, *Michael Connelly*
P1360. Refus de mémoire, *Sarah Paretsky*
P1361. Petite musique de meurtre, *Laura Lippman*
P1372. L'Affaire du Dahlia noir, *Steve Hodel*
P1373. Premières armes, *Faye Kellerman*
P1374. Onze jours, *Donald Harstad*
P1375. Le croque-mort préfère la bière, *Tim Cockey*
P1393. Soul Circus, *George P. Pelecanos*
P1394. La Mort au fond du canyon, *C. J. Box*
P1395. Recherchée, *Karin Alvtegen*
P1396. Disparitions à la chaîne, *Ake Smedberg*
P1407. Qu'elle repose en paix, *Jonathan Kellerman*
P1408. Le Croque-mort à tombeau ouvert, *Tim Cockey*
P1409. La Ferme des corps, *Bill Bass*
P1414. L'Âme du chasseur, *Deon Meyer*
P1417. Ne gênez pas le bourreau, *Alexandra Marinina*
P1425. Un saut dans le vide, *Ed Dee*
P1435. L'Enfant à la luge, *Chris Mooney*
P1436. Encres de Chine, *Qiu Xiaolong*
P1437. Enquête de mor(t)alité, *Gene Riehl*
P1451. L'homme qui souriait, *Henning Mankell*
P1452. Une question d'honneur, *Donna Leon*
P1453. Little Scarlet, *Walter Mosley*
P1476. Deuil interdit, *Michael Connelly*
P1493. La Dernière Note, *Jonathan Kellerman*
P1494. La Cité des Jarres, *Arnaldur Indridason*
P1495. Électre à La Havane, *Leonardo Padura*
P1496. Le croque-mort est bon vivant, *Tim Cockey*
P1497. Le Cambrioleur en maraude, *Lawrence Block*
P1539. Avant le gel, *Henning Mankell*
P1540. Code 10, *Donald Harstad*
P1541. Les Nouvelles Enquêtes du juge Ti, vol. 1
Le Château du lac Tchou-An, *Frédéric Lenormand*
P1542. Les Nouvelles Enquêtes du juge Ti, vol. 2
La Nuit des juges, *Frédéric Lenormand*
P1559. Hard Revolution, *George P. Pelecanos*
P1560. La Morsure du lézard, *Kirk Mitchell*
P1561. Winterkill, *C.J. Box*
P1582. Le Sens de l'arnaque, *James Swain*
P1583. L'Automne à Cuba, *Leonardo Padura*
P1597. La Preuve par le sang, *Jonathan Kellerman*
P1598. La Femme en vert, *Arnaldur Indridason*
P1599. Le Che s'est suicidé, *Petros Markaris*
P1600. Les Nouvelles Enquêtes du juge Ti, vol. 3
Le Palais des courtisanes, *Frédéric Lenormand*

P1601. Trahie, *Karin Alvtegen*
P1602. Les Requins de Trieste, *Veit Heinichen*
P1635. La Fille de l'arnaqueur, *Ed Dee*
P1636. En plein vol, *Jan Burke*
P1637. Retour à la Grande Ombre, *Hakan Nesser*
P1660. Milenio, *Manuel Vázquez Montalbán*
P1661. Le Meilleur de nos fils, *Donna Leon*
P1662. Adios Hemingway, *Leonardo Padura*
P1678. Le Retour du professeur de danse, *Henning Mankell*
P1679. Romanzo Criminale, *Giancarlo de Cataldo*
P1680. Ciel de sang, *Steve Hamilton*
P1690. La Défense Lincoln, *Michael Connelly*
P1691. Flic à Bangkok, *Patrick Delachaux*
P1692. L'Empreinte du renard, *Moussa Konaté*
P1693. Les fleurs meurent aussi, *Lawrence Block*
P1703. Le Très Corruptible Mandarin, *Qiu Xiaolong*
P1723. Tibet or not Tibet, *Péma Dordjé*
P1724. La Malédiction des ancêtres, *Kirk Mitchell*
P1761. Chroniques du crime, *Michael Connelly*
P1762. Le croque-mort enfonce le clou, *Tim Cockey*
P1782. Le Club des conspirateurs, *Jonathan Kellerman*
P1783. Sanglants trophées, *C.J. Box*
P1811. - 30°, *Donald Harstad*
P1821. Funny Money, *James Swain*
P1822. J'ai tué Kennedy ou les mémoires d'un garde du corps
Manuel Vázquez Montalbán
P1823. Assassinat à Prado del Rey et autres histoires sordides
Manuel Vázquez Montalbán
P1830. La Psy, *Jonathan Kellerman*
P1831. La Voix, *Arnaldur Indridason*
P1832. Les Nouvelles Enquêtes du juge Ti, vol. 4
Petits meurtres entre moines, *Frédéric Lenormand*
P1833. Les Nouvelles Enquêtes du juge Ti, vol. 5
Madame Ti mène l'enquête, *Frédéric Lenormand*
P1834. La Mémoire courte, *Louis-Ferdinand Despreez*
P1835. Les Morts du Karst, *Veit Heinichen*

Collection Points

DERNIERS TITRES PARUS

P1578. L'Avortement, *Richard Brautigan*
P1579. Les Braban, *Patrick Besson*
P1580. Le Sac à main, *Marie Desplechin*
P1581. Nouvelles du monde entier, *Vincent Ravalec*
P1582. Le Sens de l'arnaque, *James Swain*
P1583. L'Automne à Cuba, *Leonardo Padura*
P1584. Le Glaive et la Flamme. La Saga du Roi Dragon III
Stephen Lawhead
P1585. La Belle Arcane. La Malerune III
Michel Robert et Pierre Grimbert
P1586. Femme en costume de bataille, *Antonio Benitez-Rojo*
P1587. Le Cavalier de l'Olympe. Le Châtiment des Dieux II
François Rachline
P1588. Le Pas de l'ourse, *Douglas Glover*
P1589. Lignes de fond, *Neil Jordan*
P1590. Monsieur Butterfly, *Howard Buten*
P1591. Parfois je ris tout seul, *Jean-Paul Dubois*
P1592. Sang impur, *Hugo Hamilton*
P1593. Le Musée de la sirène, *Cypora Petitjean-Cerf*
P1594. Histoire de la gauche caviar, *Laurent Joffrin*
P1595. Les Enfants de chœur (Little Children), *Tom Perrotta*
P1596. Les Femmes politiques, *Laure Adler*
P1597. La Preuve par le sang, *Jonathan Kellerman*
P1598. La Femme en vert, *Arnaldur Indridason*
P1599. Le Che s'est suicidé, *Petros Markaris*
P1600. Les Nouvelles Enquêtes du juge Ti, vol. 3
Le Palais des courtisanes, *Frédéric Lenormand*
P1601. Trahie, *Karin Alvtegen*
P1602. Les Requins de Trieste, *Veit Heinichen*
P1603. Pour adultes seulement, *Philip Le Roy*
P1604. Offre publique d'assassinat, *Stephen W. Frey*
P1605. L'Heure du châtiment, *Eileen Dreyer*
P1606. Aden, *Anne-Marie Garat*
P1607. Histoire secrète du Mossad, *Gordon Thomas*
P1608. La Guerre du paradis. Le Chant d'Albion I
Stephen Lawhead
P1609. La Terre des Morts. Les Enfants de l'Atlantide IV
Bernard Simonay
P1610. Thenser. Aradia II, *Tanith Lee*
P1611. Le Petit Livre des gros câlins, *Kathleen Keating*
P1612. Un soir de décembre, *Delphine de Vigan*
P1613. L'Amour foudre, *Henri Gougaud*

P1614. Chaque jour est un adieu
suivi de Un jeune homme est passé
Alain Rémond
P1615. Clair-obscur, *Jean Cocteau*
P1616. Chihuahua, zébu et Cie.
L'étonnante histoire des noms d'animaux
Henriette Walter et Pierre Avenas
P1617. Les Chaussettes de l'archiduchesse et autres défis de la prononciation
Julos Beaucarne et Pierre Jaskarzec
P1618. My rendez-vous with a femme fatale.
Les mots français dans les langues étrangères
Franck Resplandy
P1619. Seulement l'amour, *Philippe Ségur*
P1620. La Jeune Fille et la Mère, *Leïla Marouane*
P1621. L'Increvable Monsieur Schneck, *Colombe Schneck*
P1622. Les Douze Abbés de Challant, *Laura Mancinelli*
P1623. Un monde vacillant, *Cynthia Ozick*
P1624. Les Jouets vivants, *Jean-Yves Cendrey*
P1625. Le Livre noir de la condition des femmes
Christine Ockrent (dir.)
P1626. Comme deux frères, *Jean-François Kahn et Axel Kahn*
P1627. Equador, *Miguel Sousa Tavares*
P1628. Du côté où se lève le soleil, *Anne-Sophie Jacouty*
P1629. L'Affaire Hamilton, *Michelle De Kretser*
P1630. Une passion indienne, *Javier Moro*
P1631. La Cité des amants perdus, *Nadeem Aslam*
P1632. Rumeurs de haine, *Taslima Nasreen*
P1633. Le Chromosome de Calcutta, *Amitav Ghosh*
P1634. Show business, *Shashi Tharoor*
P1635. La Fille de l'arnaqueur, *Ed Dee*
P1636. En plein vol, *Jan Burke*
P1637. Retour à la Grande Ombre, *Hakan Nesser*
P1638. Wren. Les Descendants de Merlin I, *Irene Radford*
P1639. Petit manuel de savoir-vivre à l'usage des enseignants
Boris Seguin, Frédéric Teillard
P1640. Les Voleurs d'écritures *suivi de* Les Tireurs d'étoiles
Azouz Begag
P1641. L'Empreinte des dieux. Le Cycle de Mithra I
Rachel Tanner
P1642. Enchantement, *Orson Scott Card*
P1643. Les Fantômes d'Ombria, *Patricia A. McKillip*
P1644. La Main d'argent. Le Chant d'Albion II
Stephen Lawhead
P1645. La Quête de Nifft-le-mince, *Michael Shea*
P1646. La Forêt d'Iscambe, *Christian Charrière*

P1647. La Mort du Nécromant, *Martha Wells*
P1648. Si la gauche savait, *Michel Rocard*
P1649. Misère de la Ve République, *Bastien François*
P1650. Photographies de personnalités politiques
Raymond Depardon
P1651. Poèmes païens de Alberto Caeiro et Ricardo Reis
Fernando Pessoa
P1652. La Rose de personne, *Paul Celan*
P1653. Caisse claire, poèmes 1990-1997, *Antoine Emaz*
P1654. La Bibliothèque du géographe, *Jon Fasman*
P1655. Parloir, *Christian Giudicelli*
P1656. Poils de Cairote, *Paul Fournel*
P1657. Palimpseste, *Gore Vidal*
P1658. L'Épouse hollandaise, *Eric McCormack*
P1659. Ménage à quatre, *Manuel Vázquez Montalbán*
P1660. Milenio, *Manuel Vázquez Montalbán*
P1661. Le Meilleur de nos fils, *Donna Leon*
P1662. Adios Hemingway, *Leonardo Padura*
P1663. L'avenir c'est du passé, *Lucas Fournier*
P1664. Le Dehors et le Dedans, *Nicolas Bouvier*
P1665. Partition rouge.
Poèmes et chants des indiens d'Amérique du Nord
Jacques Roubaud, Florence Delay
P1666. Un désir fou de danser, *Elie Wiesel*
P1667. Lenz, *Georg Buchner*
P1668. Resmiranda. Les Descendants de Merlin II
Irene Radford
P1669. Le Glaive de Mithra. Le Cycle de Mithra II
Rachel Tanner
P1670. Phénix vert.Trilogie du Latium I, *Thomas B. Swann*
P1671. Essences et parfums, *Anny Duperey*
P1672. Naissances, *Collectif*
P1673. L'Évangile une parole invincible, *Guy Gilbert*
P1674. L'Époux divin, *Francisco Goldman*
P1675. La Comtesse de Pimbêche
et autres étymologies curieuses
Pierre Larousse
P1676. Les Mots qui me font rire
et autres cocasseries de la langue française
Jean-Loup Chiflet
P1677. Les carottes sont jetées.
Quand les expressions perdent la boule
Olivier Marchon
P1678. Le Retour du professeur de danse, *Henning Mankell*
P1679. Romanzo Criminale, *Giancarlo de Cataldo*
P1680. Ciel de sang, *Steve Hamilton*

P1681. Ultime Témoin, *Jilliane Hoffman*
P1682. Los Angeles, *Peter Moore Smith*
P1683. Encore une journée pourrie ou 365 bonnes raisons de rester couché, *Pierre Enckell*
P1684. Chroniques de la haine ordinaire 2, *Pierre Desproges*
P1685. Desproges, portrait, *Marie-Ange Guillaume*
P1686. Les Amuse-Bush, *Collectif*
P1687. Mon valet et moi, *Hervé Guibert*
P1688. T'es pas mort !, *Antonio Skármeta*
P1689. En la forêt de Longue Attente. Le roman de Charles d'Orléans, *Hella S. Haasse*
P1690. La Défense Lincoln, *Michael Connelly*
P1691. Flic à Bangkok, *Patrick Delachaux*
P1692. L'Empreinte du renard, *Moussa Konaté*
P1693. Les fleurs meurent aussi, *Lawrence Block*
P1694. L'Ultime Sacrilège, *Jérôme Bellay*
P1695. Engrenages, *Christopher Wakling*
P1696. La Sœur de Mozart, *Rita Charbonnier*
P1697. La Science du baiser, *Patrick Besson*
P1698. La Domination du monde, *Denis Robert*
P1699. Minnie, une affaire classée, *Hans Werner Kettenbach*
P1700. Dans l'ombre du Condor, *Jean-Paul Delfino*
P1701. Le Nœud sans fin. Le Chant d'Albion III, *Stephen Lawhead*
P1702. Le Feu primordial, *Martha Wells*
P1703. Le Très Corruptible Mandarin, *Qiu Xiaolong*
P1704. Dexter revient !, *Jeff Lindsay*
P1705. Vous plaisantez, monsieur Tanner, *Jean-Paul Dubois*
P1706. À Garonne, *Philippe Delerm*
P1707. Pieux mensonges, *Maile Meloy*
P1708. Chercher le vent, *Guillaume Vigneault*
P1709. Les Pierres du temps et autres poèmes, *Tahar Ben Jelloun*
P1710. René Char, *Éric Marty*
P1711. Les Dépossédés, *Robert McLiam Wilson et Donovan Wylie*
P1712. Bob Dylan à la croisée des chemins. Like a Rolling Stone *Greil Marcus*
P1713. Comme une chanson dans la nuit *suivi de* Je marche au bras du temps, *Alain Rémond*
P1714. Où les borgnes sont rois, *Jess Walter*
P1715. Un homme dans la poche, *Aurélie Filippetti*
P1716. Prenez soin du chien, *J.M. Erre*
P1717. La Photo, *Marie Desplechin*
P1718. À ta place, *Karine Reysset*
P1719. Je pense à toi tous les jours, *Hélèna Villovitch*
P1720. Si petites devant ta face, *Anne Brochet*
P1721. Ils s'en allaient faire des enfants ailleurs *Marie-Ange Guillaume*

P1722. Le Jugement de Léa, *Laurence Tardieu*
P1723. Tibet or not Tibet, *Péma Dordjé*
P1724. La Malédiction des ancêtres, *Kirk Mitchell*
P1725. Le Tableau de l'apothicaire, *Adrian Mathews*
P1726. Out, *Natsuo Kirino*
P1727. La Faille de Kaïber. Le Cycle des Ombres I
Mathieu Gaborit
P1728. Griffin. Les Descendants de Merlin III, *Irene Radford*
P1729. Le Peuple de la mer. Le Cycle du Latium II
Thomas B. Swann
P1730. Sexe, mensonges et Hollywood, *Peter Biskind*
P1731. Qu'avez-vous fait de la révolution sexuelle ?
Marcela Iacub
P1732. Persée, prince de la lumière. Le Châtiment des dieux III
François Rachline
P1733. Bleu de Sèvres, *Jean-Paul Desprat*
P1734. Julius et Isaac, *Patrick Besson*
P1735. Une petite légende dorée, *Adrien Goetz*
P1736. Le Silence de Loreleï, *Carolyn Parkhurst*
P1737. Déposition, *Leon Werth*
P1738. La Vie comme à Lausanne, *Erik Orsenna*
P1739. L'Amour, toujours !, *Abbé Pierre*
P1740. Henri ou Henry, *Didier Decoin*
P1741. Mangez-moi, *Agnès Desarthe*
P1742. Mémoires de porc-épic, *Alain Mabanckou*
P1743. Charles, *Jean-Michel Béquié*
P1744. Air conditionné, *Marc Vilrouge*
P1745. L'Homme qui apprenait lentement, *Thomas Pynchon*
P1746. Extrêmement fort et incroyablement près
Jonathan Safran Foer
P1747. La Vie rêvée de Sukhanov, *Olga Grushin*
P1748. Le Retour du Hooligan, *Norman Manea*
P1749. L'Apartheid scolaire, *G. Fellouzis & Cie*
P1750. La Montagne de l'âme, *Gao Xingjian*
P1751. Les Grands Mots du professeur Rollin
Panacée, ribouldingue et autres mots à sauver
Le Professeur Rollin
P1752. Dans les bras de Morphée
Histoire des expressions nées de la mythologie
Isabelle Korda
P1753. Parlez-vous la langue de bois ?
Petit traité de manipulation à l'usage des innocents
Martine Chosson
P1754. Je te retrouverai, *John Irving*
P1755. L'Amant en culottes courtes, *Alain Fleischer*
P1756. Billy the Kid, *Michael Ondaatje*

P1757. Le Fou de Printzberg, *Stéphane Héaume*
P1758. La Paresseuse, *Patrick Besson*
P1759. Bleu blanc vert, *Maïssa Bey*
P1760. L'Été du sureau, *Marie Chaix*
P1761. Chroniques du crime, *Michael Connelly*
P1762. Le croque-mort enfonce le clou, *Tim Cockey*
P1763. La Ligne de flottaison, *Jean Hatzfeld*
P1764. Le Mas des alouettes, Il était une fois en Arménie
Antonia Arslan
P1765. L'Œuvre des mers, *Eugène Nicole*
P1766. Les Cendres de la colère. Le Cycle des Ombres II
Mathieu Gaborit
P1767. La Dame des abeilles. Le Cycle du latium III
Thomas B. Swann
P1768. L'Ennemi intime, *Patrick Rotman*
P1769. Nos enfants nous haïront
Denis Jeambar & Jacqueline Remy
P1770. Ma guerre contre la guerre au terrorisme
Terry Jones
P1771. Quand Al-Quaïda parle, *Farhad Khosrokhavar*
P1772. Les Armes secrètes de la C.I.A., *Gordon Thomas*
P1773. Asphodèle, *suivi de* Tableaux d'après Bruegel
William Carlos Williams
P1774. Poésie espagnole 1945-1990 (anthologie)
Claude de Frayssinet
P1775. Mensonges sur le divan, *Irvin D. Yalom*
P1776. Le Sortilège de la dague. Le Cycle de Deverry I
Katharine Kerr
P1777. La Tour de guet *suivi des* Danseurs d'Arun.
Les Chroniques de Tornor I, *Elisabeth Lynn*
P1778. La Fille du Nord, Les Chroniques de Tornor II
Elisabeth Lynn
P1779. L'Amour humain, *Andreï Makine*
P1780. Viol, une histoire d'amour, *Joyce Carol Oates*
P1781. La Vengeance de David, *Hans Werner Kettenbach*
P1782. Le Club des conspirateurs, *Jonathan Kellerman*
P1783. Sanglants trophées, *C.J. Box*
P1784. Une ordure, *Irvine Welsh*
P1785. Owen Noone et Marauder, *Douglas Cowie*
P1786. L'Autre Vie de Brian, *Graham Parker*
P1787. Triksta, *Nick Cohn*
P1788. Une histoire politique du journalisme
Géraldine Muhlmann
P1789. Les Faiseurs de pluie.
L'histoire et l'impact futur du changement climatique
Tim Flannery

P1790. La Plus Belle Histoire de l'amour, *Dominique Simonnet*
P1791. Poèmes et proses, *Gerard Manley Hopkins*
P1792. Lieu-dit l'éternité, poèmes choisis, *Emily Dickinson*
P1793. La Couleur bleue, *Jörg Kastner*
P1794. Le Secret de l'imam bleu, *Bernard Besson*
P1795. Tant que les arbres s'enracineront dans la terre et autres poèmes, *Alain Mabanckou*
P1796. Cité de Dieu, *E.L. Doctorow*
P1797. Le Script, *Rick Moody*
P1798. Raga, approche du continent invisible, *J.M.G. Le Clézio*
P1799. Katerina, *Aharon Appefeld*
P1800. Une opérette à Ravensbrück, *Germaine Tillion*
P1801. Une presse sans Gutenberg, Pourquoi Internet a révolutionné le journalisme *Bruno Patino et Jean-François Fogel*
P1802. Arabesques. L'aventure de la langue en Occident *Henriette Walter et Bassam Baraké*
P1803. L'Art de la ponctuation. Le point, la virgule et autres signes fort utiles *Olivier Houdart et Sylvie Prioul*
P1804. À mots découverts. Chroniques au fil de l'actualité *Alain Rey*
P1805. L'Amante du pharaon, *Naguib Mahfouz*
P1806. Contes de la rose pourpre, *Michel Faber*
P1807. La Lucidité, *José Saramago*
P1808. Fleurs de Chine, *Wei-Wei*
P1809. L'Homme ralenti, *J.M. Coetzee*
P1810. Rêveurs et nageurs, *Denis Grozdanovitch*
P1811. - 30°, *Donald Harstad*
P1812. Le Second Empire. Les Monarchies divines IV, *Paul Kearney*
P1813. Été machine, *John Crowley*
P1814. Ils sont votre épouvante, et vous êtes leur crainte *Thierry Jonquet*
P1815. Paperboy, *Pete Dexter*
P1816. Bad city blues, *Tim Willocks*
P1817. Le Vautour, *Gil Scott Heron*
P1818. La Peur des bêtes, *Enrique Serna*
P1819. Accessible à certaine mélancolie, *Patrick Besson*
P1820. Le Diable de Milan, *Martin Suter*
P1821. Funny Money, *James Swain*
P1822. J'ai tué Kennedy ou les mémoires d'un garde du corps *Manuel Vázquez Montalbán*
P1823. Assassinat à Prado del Rey et autres histoires sordides *Manuel Vázquez Montalbán*
P1824. Laissez entrer les idiots. Témoignage d'un autiste *Kamran Nazeer*

P1825. Patients si vous saviez, *Christian Lehmann*
P1826. La Société cancérigène
Geneviève Barbier et Armand Farrachi
P1827. La Mort dans le sang, *Joshua Spanogle*
P1828. Une âme de trop, *Brigitte Aubert*
P1829. Non, ce pays n'est pas pour le vieil homme
Cormack Mc Carthy
P1830. La Psy, *Jonathan Kellerman*
P1831. La Voix, *Arnaldur Indridason*
P1832. Les Nouvelles Enquêtes du juge Ti, vol. 4
Petits meurtres entre moines, *Frédéric Lenormand*
P1833. Les Nouvelles Enquêtes du juge Ti, vol. 5
Madame Ti mène l'enquête, *Frédéric Lenormand*
P1834. La Mémoire courte, *Louis-Ferdinand Despreez*
P1835. Les Morts du Karst, *Veit Heinichen*
P1836. Un doux parfum de mort, *Guillermo Arriaga*
P1837. Bienvenue en enfer, *Clarence L. Cooper*
P1838. Le Roi des fourmis, *Charles Higson*
P1839. La Dernière Arme, *Philip Le Roy*
P1840. Désaxé, *Marcus Sakey*
P1841. Opération vautour, *Stephen W. Frey*
P1842. Éloge du gaucher, *Jean-Paul Dubois*
P1843. Le Livre d'un homme seul, *Gao Xingjian*
P1844. La Glace, *Vladimir Sorokine*
P1845. Je voudrais tant revenir, *Yves Simon*
P1846. Au cœur de ce pays, *J.M. Coetzee*
P1847. La Main blessée, *Patrick Grainville*
P1848. Promenades anglaises, *Christine Jordis*
P1849. Scandales et folies.
Neuf récits du monde où nous sommes, *Gérard Mordillat*
P1850. Un mouton dans la baignoire, *Azouz Begag*
P1851. Rescapée, *Fiona Kidman*
P1852. Le Sortilège de l'ombre. Le Cycle de Deverry II
Katharine Kerr
P1853. Comment aiment les femmes. Du désir et des hommes
Maryse Vaillant
P1854. Courrier du corps. Nouvelles voies de l'anti-gymnastique
Thérèse Bertherat
P1855. Restez zen. La méthode du chat, *Henri Brunel*
P1856. Le Jardin de ciment, *Ian McEwan*
P1857. L'Obsédé (L'Amateur), *John Fowles*
P1858. Moustiques, *William Faulkner*
P1859. Givre et sang, *John Cowper Powys*
P1860. Le Bon Vieux et la Belle Enfant, *Italo Svevo*